가스등

Gas Light

KB199453

패트릭 해밀턴(1930)

패트릭 해밀턴 희곡집
민지현 옮김

가스등

Gas Light

일러두기

1 「가스등(Gas Light)」은 1942년 Samuel French에서 출간한 판본(당시 제목은 *Angel Street*)을, 「로프(Rope)」는 1961년 Constable and Company에서 출간한 판본을 저본으로 삼아 우리말로 옮겼다.

2 본문의 각주는 모두 옮긴이 주다.

3 각 원서 판본에 수록된 초연 당시의 극장, 연출자, 배우에 대한 소개와 무대 장치, 소품, 조명에 관한 설명은 번역에서 제외하였다.

차례

가스등

3막으로 구성된
빅토리아 시대
스릴러

줄거리

엔젤 스트리트[1]에 사는 매닝엄이라는 남자의 악마적 잔혹성과 그의 아내에 관한 이야기다. 외모가 준수한 매닝엄은 자상함으로 가장한 학대로 아내를 정신적 혼란 상태로 내몬다. 예컨대 일상의 소소한 사고나 실수를 미리 꾸며 놓고, 그것을 아내의 탓으로 몰아가는 식이다. 아내는 친정어머니가 정신병을 앓다가 사망한 뒤로 자기 역시 그렇게 되리라고 거의 확신하고 있다. 그런데 어느 날, 사악한 남편이 집을 비운 사이 경찰에 소속된 선량한 수사관이 찾아오고, 아내는 그 수사관을 통해 남편이 사이코패스적 범죄자임을 깨닫게 된다. 사실 매닝엄은 15년 전에 같은 집에서 일어난 살인 사건의 용의자일 뿐 아니라, 급기야 현재의 아내마저 처리할 계획을 세우고 있다. 그때부터 매닝엄 부인은 수사관의 도움을 받아, 매닝엄의 죄를 밝히는 데 필요한 증거를 확보하기 시작한다. 멜로드라마적 요소를 가지고 있으면서도 스릴 넘치고 흥미진진한 이야기다.

---

1   1941년, 뉴욕 브로드웨이 무대에 오를 때 이 작품의 제목은 *Gaslight*에서 *Angel Street*로 변경되었다. *Angel Street*라는 제목으로 상연될 당시에, 해당 지명은 이 작품의 무대가 되는 가상의 주소지로 언급되었다.

등장인물

잭 매닝엄

키가 크고 외모가 준수한 45세 정도의 남자. 콧수염과 턱수염이 더부룩하며 옷차림새가 지나칠 정도로 말끔하다. 세련되고 침착하지만 권위적이고, 어딘가 모르게 비밀스러운데다 날카로운 면을 가지고 있다.

벨라 매닝엄(매닝엄 부인)

나이는 34세 정도. 예전엔 아름다웠지만 지금은 주눅이들고 초췌하고 창백한 모습이다. 도통 잠을 못 자는지 눈 밑에짙은 그림자가 드리워져 있다.

엘리자베스

다부지고 상냥하며 순종적인 50세 정도의 여인.

낸시

19세의 소녀. 예쁘고 야무지고 당돌하다.

러프

중년에 이르러 머리가 반백이다. 몸집은 작으나 강단 있고 적극적인 성격이다. 거칠어 보이지만 정이 많고, 이따금 고압적이기도 하다. 따듯함이 느껴지는 중후한 웃음소리로 등장부터 무대를 압도한다.

1막

19세기 후반, 런던의 음침하고 낙후한 동네에 위치한 4층짜리 주택의 1층 거실. 당대에는 꽤나 고가였을 가구와 장식품으로 잔뜩 치장되어 있지만 우중충하다. 얼핏 부족한 것 없어 보이는 살림살이에서는 빈곤하고 구차한 세월의 낡은 숨결이 느껴진다.

무대 오른편 앞쪽에 벽난로가 있고, 벽난로의 오른쪽 뒤편에 작은 방으로 통하는 문이 있다. 무대 오른편, 벽난로 왼쪽에는 소파가 놓여 있고, 그 앞에 등받이 없는 의자가 있다. 무대 중앙에는 테이블이 있고 그 오른쪽과 왼쪽에 의자가 하나씩 놓여 있다. 무대 왼편에는 창문이 있고, 창문 앞에 책상이 있으며, 책상 뒤에 의자가 놓여 있다. 무대 오른편에는 서랍이 달린 접이식 책상[2] 하나가 벽에 바짝 붙어 있으며, 중앙에 위치한 테이블 위에는 램프가 놓여 있다. 무대 뒤쪽 중앙에

---

2   접이식 책상(secretary desk)은 경첩을 달아 여닫을 수 있는 덮개를 책상으로 활용하거나 닫아걸 수 있는 가구를 가리킨다.

서 약간 왼편에 서 있는 뒷벽에는 복도로 통하는 두 쪽짜리 미닫이문이 있고, 복도의 왼편은 현관, 오른편은 하인들의 방으로 이어진다. 무대 뒤쪽 오른편 중앙에는 위층으로 이어지는 나선형 계단이 있다. 계단 양옆에는 무대 정면 가까이 의자가 하나씩 놓여 있다.

막이 열리면 어두침침하고 음산한 오후다. 희미한 가스등 아래에서 차를 마시는 저녁 일상이 시작되는 바로 그즈음이다. 벽난로 앞 소파에는 매닝엄이 길게 드러누운 채 깊은 잠에 빠져 있다. 키가 크고 번듯한 외모의 45세 정도의 남자. 콧수염과 턱수염이 더부룩하며 옷차림새가 지나칠 정도로 말끔하다. 세련되고 침착하지만 권위적이고, 어딘가 모르게 비밀스러운 데다 냉소적인 면을 가지고 있다. 매닝엄 부인은 무대 중앙에 있는 테이블 왼쪽에 놓인 의자에 앉아 바느질하고 있다. 나이는 34세 정도. 예전에는 아름다웠겠으나 지금은 주눅이 들어 초췌하고 창백한 모습이다. 잠을 못 이루는 듯 눈 밑에 짙은 그늘이 드리워져 있다. 빅 벤[3]이 5시를 알린다. 커튼이 완전히 걷힌다.

잠시 정적. 멀리서 머핀 장수의 종소리가 드문드문 들려온다. 매닝엄 부인이 가만히 귀를 기울인다. 마치 그 소리에조차 겁을 먹은 듯 조심스럽다. 그러다 소리가 들려오는 방향으로 고개를 돌린다. 그러고는 현관문 왼쪽에 있는 설렁줄을 잡아당겨 종을 울린다. 매닝엄 부인은 다시 바느질하던 의자로 돌아가 바느질감을 챙겨 상자에 넣고는 그 안에서 지갑을 꺼낸다. 노크 소리가 들리더니, 요리사이자 가정부인 엘리자베

---

3   Big Ben. 영국 런던, 국회 의사당 시계탑에 설치된 대형 시계.

스가 들어온다. 다부지고 상냥하며 순종적인 50세 정도의 여인이다. 매닝엄 부인은 남편이 잠들어 있다는 신호를 보내며 문가에 서 있는 그녀에게 다가가서는 지갑 속 돈을 꺼내 건네주며 속삭인다. 엘리자베스가 문을 닫고 도로 나간다.

매닝엄 [눈을 뜨더니 미동도 하지 않는 채] 벨라, 무슨 일이지?

매닝엄 부인 아무 일도 아니에요, 여보. [가벼우면서도 잰걸음으로. 바느질감을 접이식 책상에 가져다 놓은 뒤 문으로 향한다.] 더 자도 돼요. [잠시 멈추었다가 다시 창문 쪽으로 간다.]

매닝엄 [다시 눈을 감은 채] 뭐 하고 있소? 이리 와요.

매닝엄 부인 [잠시 망설이다가 다가간다.] 차 마실 때 함께 먹을 머핀이 좀 필요해서요. [남편의 손을 잡는다.]

매닝엄 머핀……?

매닝엄 부인 네. 모처럼 머핀 장수가 와서, 당신을 깜짝 놀라게 해 주려고 했어요.

매닝엄 벨라, 왜 그렇게 불안해하지? 당신을 책망하려는 것도 아닌데.

매닝엄 부인 [불안한 듯 손을 빼며] 알아요, 아닌 줄 알고 있어요.

매닝엄 난롯불이 꺼져 가는군. 종을 울려 주겠어?

매닝엄 부인 네 ─ . [종을 울리러 가려다가 멈춘다.] 석탄만 넣으면 되는 거 아니에요? 그건 제가 할 수 있어요.

매닝엄 또 그러는군. 이 문제에 대해선 전에도 얘기했잖아. 어서 종을 울려요.

매닝엄 부인 그렇지만 여보, 엘리자베스는 지금 밖에 나갔어요. 그냥 제가 할게요. 아주 간단한걸요. [벽난로 쪽으로 다가간다.]

매닝엄 [팔을 뻗어 그녀를 붙잡으며] 아니, 아니라니까. 낸시는 어디 있지? 엘리자베스가 없으면 낸시라도 불러요.

매닝엄 부인 그렇지만, 여보 —.

매닝엄 어서 가서 종을 쳐요, 벨라. 내 말대로 하라고. [매닝엄 부인은 하는 수 없다는 듯 종을 치러 간다.] 자, 이제 이리 와요. [남편에게 다가간다.] 벨라, 하인이 왜 있다고 생각하지? [매닝엄 부인은 대답하지 않는다. 잠시 침묵이 흐르고 매닝엄이 차분한 어조로 말한다.] 자, 어서 대답해 봐요. [몸을 일으키며] 하인이 왜 필요한 거지?

매닝엄 부인 [마지못해 기어들어 가는 목소리로] 우리를 위해 일하기 위해서겠지요.

매닝엄 바로 그거요. 그런데 왜 —?

매닝엄 부인 그렇지만 그들도 조금은 배려해 줘야 하잖아요. 그것뿐이에요.

매닝엄 그들을 배려해 준다고? 바로 그런 점이 당신의 착각이라는 거요. 마치 그들이 아무런 대가 없이 우리를 위해 일하고 있는 듯 말하잖아. 나는 엘리자베스한테 일 년에 16파운드씩 지급하고 있다고. [매닝엄 부인에게 다가가며] 낸시에게는 10파운드. 둘의 보수를 합하면 일 년에 26파운드라는 말이오. 그게 다른 무엇보다 정확하고 현실적인 배려가 아니라면 도대체 뭐가 배려라는 말이오.

매닝엄 부인 알겠어요, 여보. 당신 말이 맞는 것 같네요.

매닝엄 당연하지. 달리 생각하자면 그건 당신 마음이 너무 약해서 그런 거요. [매닝엄은 방을 가로질러 거울로 다가가서 자기 얼굴을 비춰 본다. 매닝엄 부인은 창가로 가서 거리를 내다본다.] 날씨가 어떻소? 여전히 찌뿌둥한가?

매닝엄 부인 네. 점점 더 우중충해지는 거 같아요. 그래도 외출하려고요?

매닝엄 음ㅡ. 우선 차부터 마시고 나서 결정하지. 날씨가 심하게 나빠지지만 않는다면 나갈까 해. [이때 노크 소리가 울리고, 매닝엄 부인이 잠시 머뭇거리는 사이 또다시 노크 소리가 난다.] 들어와.

[매닝엄이 소파로 가서 앉는다.]

[하녀 낸시가 들어온다. 야무지고 당돌해 보이는 19세의 예쁜 여자아이다. 매닝엄이 아내를 돌아본다.]

낸시 [매닝엄 부인이 호출한 이유를 얼른 말하지 못하자, 낸시는 두 사람을 번갈아 쳐다보며 말한다.] 어머, 죄송합니다. 종소리가 난 줄 알았어요.

매닝엄 맞아, 우리가 종을 울렸어. [잠시 기다리다가] 여보, 어서 부른 이유를 말해야지, 안 그래?

매닝엄 부인 아, 그러죠. 낸시, 난로에 석탄을 좀 넣어 줘.

[낸시가 당돌한 표정으로 매닝엄 부인을 바라보다가 옅은 미소를 머금은 채 머리를 뒤로 넘기더니 벽난로에 다가가서 석탄을 떠 넣는다.]

매닝엄 [잠시 침묵하다가] 그리고 가스등도 켜 주면 좋겠군. 오늘 오후는 날이 좀 심하게 어두워서 말이야.

낸시 네, 알겠습니다. [다시 한 번 보일 듯 말 듯한 미소를 짓더

니 성냥을 그어 벽난로 양쪽에 달린 가스등에 불을 밝힌다.]

매닝엄 [낸시가 두 번째 가스등에 불붙이는 모습을 지켜보다가 말한다.] 낸시, 오늘 유난히 도발적으로 예뻐 보이는군. 알고 있나?

낸시 아니요, 무슨 말씀인지 모르겠는데요.

매닝엄 뭐지? 또 한 남자의 마음을 아프게 한 건가?

낸시 저는 누구의 마음도 아프게 한 적이 없습니다, 나리.

매닝엄 그럴 리가. 그냥 본연의 모습은 아닌 것 같은데. 어떤 화장품을 바르기에 그렇게 돋보이는지 궁금하군.

낸시 본래 제 모습인데요, 나리. 정말이에요. [무대 중앙 테이블 위에 놓인 램프에 불을 붙이기 위해 다가간다.]

매닝엄 솜씨가 아주 뛰어난 것 같은데 말이야. 비결이 뭐지? 아내에게 화장품 이름 좀 알려 줄 수 없겠나? [낸시가 매닝엄 부인을 힐끔거린다.] 창백한 안색을 가릴 수 있는 비법을 가르쳐 주면 아주 고마워할 거야. 내가 장담하지.

낸시 그럴 수만 있다면 저도 정말 기쁘겠네요, 나리.

매닝엄 여자들은 질투심이 많아서 자기가 아는 비결을 경쟁자에게 알려 주길 싫어하나?

낸시 모르겠습니다, 나리. 이제 더는 시키실 일 없나요?

매닝엄 없어. 아, 낸시—. [낸시가 멈춰 선다.] 차 한 잔만 가져다주면 좋겠군.

낸시 바로 가져다 드리겠습니다, 나리. [문을 열어 놓은 채 나간다.]

매닝엄 부인 [잠시 침묵하다가, 화가 났다기보다는 원망스러운 표정을 하고 테이블을 향해 걸어가며 말한다.] 잭, 어떻게 나한테 그럴 수 있어요?

매닝엄 그렇지만 여보, 당신이 이 집의 안주인이잖아. 그러니 하녀에게 석탄을 넣도록 지시하는 건 당신이 할 일이지.

매닝엄 부인 그거 말고요! 나를 모욕했잖아요. 내가 얼굴을 돋보이게 하고 싶어서 안달이라도 난 것처럼 말이에요. 게다가 낸시에게 조언을 구하다니요.

매닝엄 당신은 하인도 우리와 동등한 인격체로 생각하는 줄 알았는데. 그래서 나도 낸시를 그렇게 대했을 뿐이오. [소파에 앉아 신문을 집어 든다.] 게다가 그건 단지 농담이었단 말이야.

매닝엄 부인 당신은 참 이상해요. 내 기분을 상하게 하고도 그걸 모르다니. 그러지 않아도 그 애는 나를 우습게 여기는데 말이에요.

매닝엄 당신을 우습게 여긴다고? 어떻게 그런 생각을. 왜 그녀가 당신을 우습게 여긴다고 생각하지?

매닝엄 부인 속으로 그러는 거 다 알 수 있어요. 아니, 이제 아주 대놓고 그러죠. 날이 갈수록 더 노골적으로 말이에요.

매닝엄 그렇지만, 여보—. 낸시가 정말 그런다면, 그건 당신 탓이지 않을까?

매닝엄 부인 [잠시 생각하다가] 내가 우스운 사람이라는 뜻이에요?

매닝엄 별 뜻 없이 한 말이오. 벨라, 당신은 매사를 너무 심각하게 생각하는 것이 문제야. 제발 그렇게 어리석은 생각 좀 하지 말라고. 자, 이제 그만하고 이리 와 봐. 방금, 아주 근사한 계획이 떠올랐어.

매닝엄 부인 근사한 계획이요? 무슨 계획인데요?

매닝엄 이리 오지 않으면 말해 주지 않을 거요.

매닝엄 부인 [테이블 오른편에 있는 의자에 가서 앉으며] 뭔데요, 잭? 무슨 생각을 하는 거죠?

매닝엄 유명 배우 맥노튼이 새 시즌 공연을 하러 런던에 왔다는 뉴스가 났더군.

매닝엄 부인 네, 그 기사, 나도 읽었어요. 그래서요?

매닝엄 '그래서요'라니? 그게 무슨 뜻인지 몰라서 묻는 거요?

매닝엄 부인 어머, 여보. 정말이에요? 맥노튼의 공연을 보여 주겠다는 말인가요? 당신, 정말 날 맥노튼의 공연에 데려가려는 건 아니죠?

매닝엄 물론 당신에게 맥노튼의 공연을 보여 주고 싶다는 거요. 그리고 실제로 맥노튼의 공연에 당신을 데려가겠다는 거야, 당신이 가고 싶다면 말이지.

매닝엄 부인 [벌떡 일어서며] 어머나, 잭! 세상에 —. 이렇게 기쁠 수가 없어요!

매닝엄 언제 가면 좋겠어? 이 광고를 보아하니 삼 주밖에 시간이 없는 것 같던데.

매닝엄 부인 [소파 뒤로 가서 매닝엄의 어깨 위로 몸을 굽히며] 아, 너무 기뻐요! 어디 봐요. 기사 좀 다시 보자고요!

매닝엄 자, 여기. 보여? 희극이든 비극이든 원하는 대로 고를 수 있어. 당신은 어느 쪽이 좋아? 희극? 아니면 비극?

매닝엄 부인 와 —. 너무 어려운 선택이네요! 둘 다 너무 멋질 것 같아요. [소파를 돌아 오른편 끝으로 간다.] 당신에게 고르라 하면 어느 쪽을 선택할 건가요?

매닝엄 글쎄 —. 그건 아마도 공연을 보며 웃고 싶은지, 울고 싶은지에 달렸겠지.

매닝엄 부인 음 —. 나는 웃고 싶어요. 그런데 울고 싶은 것

18

같기도 해요. 사실은 둘 다예요. 잭, 그런데 왜 나를 데려가겠다고 마음먹은 거예요? [등받이 없는 의자에 앉아 매닝엄에게 기댄다.]

매닝엄 글쎄. 요즘 당신이 아주 잘 지내고 있는 듯 보이기도 하고, 또 기분 전환이 필요할 것 같았거든.

매닝엄 부인 잭. 당신 요즘 한결 자상해졌어요. 혹시 내 마음을 이해하기 시작한 건가요?

매닝엄 당신 마음을 몰랐던 적은 없었다고 생각하는데. 내가 그랬던가?

매닝엄 부인 여보, 맞아요. 사실은 그렇죠. [매닝엄을 바라보면서] 그냥 기분 전환이 필요한 거 같아요. 그리고 약간의 변화. 그러니까 당신이 조금만 더 내게 마음을 기울여 준다든가 하는 거 말이에요. 오, 잭, 내가 더 잘할게요. 나아지도록 노력할 거고요. 내 말이 무슨 뜻인지 알죠. 이런 기회를 조금 더 자주 가질 수 있다면 정말 좋을 것 같아요.

매닝엄 여보, 그런데 나아진다는 게 구체적으로 무슨 뜻이지?

매닝엄 부인 [고개를 돌리며] 알잖아요―, 무슨 뜻인지. 최근에 있었던 일들 말이에요. 그 일들에 관해서는 더 이상 말하지 않기로 했잖아요.

매닝엄 [아내에게서 거리를 두며 고개를 돌린다.] 아, 제발―. 그 이야기는 하지 맙시다.

매닝엄 부인 안 해요, 여보. 하고 싶지도 않고요. 그렇지만 나아지겠단 말은 중요한 거라고요. 나 정말 좋아진 것 같아요. 지난주만 해도 그렇고요. 당신도 그렇게 생각하지 않나요? 이게 다 무엇 덕분인 줄 알아요? 바로 당신이 집에서 나와 함께 많은 시간을 보내고, 자상하게 대해 주었기 때문이에요. 며칠 전 저녁에도 당신과 같이 카드 게임을 하고 있노라니 마치 옛날로 돌아간 거 같았어요. 그날은 예전처럼 편안한 기분으로 잠자리에 들 수 있었죠. 행복하고 건강했던 예전의 나로 돌아간 것 같았으니 말이에요. 그리고 다음 날, 함께 난롯가에 앉아서 당신이 내게 책을 읽어 줬을 때 당신을 향한 나의 사랑이 되살아나는 것 같았어요. 그날 밤에는 아기처럼 곤히 잘 수 있었죠. 그동안의 지독한 공포와 끔찍한 두려움이 모두 사라진 것 같더군요. 전부 당신이 내게 시간을 내주고, 그래서 나 혼자 쓸쓸히 집 안을 배회하지 않게 되었기 때문이에요.

매닝엄 [자기 어깨에 기대고 있던 아내의 머리를 들어 올린다.] 그래서 그런 걸지도 모르지만, 당신이 복용하는 약이 마침내 효과를 보이기 시작한 건 아닐까?

매닝엄 부인 그렇지 않아요, 잭. 약 때문이 아니에요. 나는 정말 성실하게 약을 챙겨 먹지요, 거의 종교 의식처럼요. 그러지 않나요? 약 먹기를 그토록 싫어하면서도 말이에요! 그렇지만 내가 진정 원하는 건 그런 약이 아니에요. 사랑으로 충만하고 안정된 마음, 관심을 원해요. 내 말이 무슨 뜻인지 알겠어요?

매닝엄 아, 결국 우울한 이야기를 하겠다는 거로군, 그렇지 않아?

매닝엄 부인 [소파에 앉으며] 맞아요. 물론 나도 우울해지고 싶지는 않아요. 그거야말로 제일 싫어하는 일이니까요. 다만 날 이해해 달라는 거예요. 여보, 내 말이 무슨 뜻인지 이해한다고 말해 줘요.

매닝엄 [벨라를 돌아본다.] 여보, 내가 이해 못 하는 걸로 보이나? 방금 당신을 극장에 데려가겠다고 말하지 않았던가?

매닝엄 부인 [다시 가까이 다가가며] 맞아요, 이해해 주고 있죠. 그래서 정말 행복해요. 아주 많이 행복해요, 여보.

　　매닝엄 그럼 됐어. 어떤 걸 볼래? 희극, 아니면 비극. 마음을 정하라니까.

　　매닝엄 부인 [기쁜 감정을 주체하지 못하며] 아, 여보, 어떤 걸로 봐야 할까요? [기쁨에 겨운 몸짓으로 자리에서 일어나 무대 중앙으로 걸어간다.] 뭘 볼까? 하지만 중요한 건 그런 게 아니에요! 그런 건 정말 중요하지 않다고요! 내가 연극을 보러 간다는 사실이 중요하죠! [무대 왼쪽으로 걸어갔다가 중앙에 있는 테이블로, 그리고 다시 소파 뒤로 돌아가서 남편을 두 팔로 껴안고 키스한다.] 여보, 알아요? 내가 연극을 보러 간다고요! [왼쪽 중앙에 있는 문에서 노크 소리가 들린다. 매닝엄 부인이 벽난로로 향하며 말한다.] 들어와요. [낸시가 쟁반을 들고 들어온다. 왼쪽에 있는 책상으로 향하다가 멈춰 선다.] 아니야, 낸시, 오늘은 테이블에서 마실게.

　　낸시 [여전히 건방진 태도로] 아, 원하시는 대로 하세요, 마님.

　　[잠시 후, 테이블 가운데에 쟁반을 두고 찻잔과 책 따위를 한쪽으로 정리한다.]

　　매닝엄 부인 [벽난로 선반 앞에서] 낸시, 말해 봐. 만약 연극을 보러 간다면, 너는 희극과 비극 중에 어느 걸 보고 싶어?

　　낸시 어느 걸 볼지 모르시겠다는 말씀인가요, 마님? 저는 단연코 희극이죠.

　　매닝엄 부인 그래? 왜 희극을 보고 싶은데?

　　낸시 그야 웃는 게 좋아서겠지요, 마님.

　　매닝엄 부인 그래? 음―. 네 말이 맞는 거 같아. 나도 그러는 게 좋겠어. 다음 주에 그이가 연극 공연에 데려가 준다고

가스등

했거든.

낸시 어머나, 그러세요? 좋은 시간을 보내셨으면 좋겠네요. 곧 머핀을 가져오겠습니다. [문을 열어 둔 채 밖으로 나가 오른쪽으로 돌아선다.]

[낸시가 나가자, 매닝엄 부인은 그녀를 향해 혀를 삐죽 내민다. 매닝엄이 그 모습을 본다.]

매닝엄 여보, 지금 뭐 하는 거요?

매닝엄 부인 [계단으로 걸어간다.] 여우 같은 계집애! 이제 내 말을 곰곰이 생각해 보라지.

매닝엄 그 애가 뭘 어쨌는데?

매닝엄 부인 아휴, 당신은 저 애를 몰라요. 하루 종일 나를 괴롭히며, 감히 이겨 먹으려 한다고요. 당신은 이해하지 못할 거예요. 남자들이 모르는 그런 게 있거든요. [매닝엄이 일어난다.] 쟤는 나를 아주 형편없는 존재로 여긴다고요. 하지만 이제 당신이 나를 극장에 데려가 준다는 말을 들었으니, 마음이 좀 쓰리겠죠.

매닝엄 당신 혼자 그렇게 생각하는 거 같은데.

매닝엄 부인 아니, 그렇지 않아요. 우리가 그 아이한테 너무 익숙해져서 못 느낄 뿐이라고요. [기쁨에 들뜬 표정으로 의자를 정리하며] 이리 오세요, 여보. 당신은 그쪽에 앉고 나는 이쪽에 앉는 거예요. 마치 소꿉놀이를 하는 아이들처럼요.

매닝엄 [자리에서 일어나 벽난로를 등지고 선다.] 당신이 이토록 즐거워하는 모습을 보니, 좀 더 자주 극장에 데려가야겠다는 생각이 드는군.

매닝엄 부인 [테이블 왼편에 앉으며] 여보, 그러면 정말 좋죠.

매닝엄 그러지 못할 이유가 뭐 있겠어. 젊었을 때, 나도 연극 공연을 보러 가기를 좋아했거든. 사실은 말이야, 당신은 믿지 못하겠지만, 한때는 배우가 되겠다는 꿈을 품은 적도 있었다고.

매닝엄 부인 [찻주전자를 들어 올리며] 이해할 수 있어요. 어서 와서, 차 드세요.

매닝엄 [소파 뒤로 돌아가며] 어떤 배역을 맡아, 나 아닌 다른 인물에 완전히 빠져든다는 건 그 무엇보다 짜릿한 일일 테지. 자화자찬일지 몰라도 나는 좋은 배우가 될 수 있었을 것 같아.

매닝엄 부인 [차를 따르며] 그럼요, 물론이지요. 당신은 누가 봐도 배우의 소질을 타고난 사람이에요.

매닝엄 [소파 뒤에서 천천히 왼쪽으로 걸으며] 정말 그렇게 생각하는 거요? 사실 마음 한구석에 늘 아릿한 후회가 남아 있기는 해. 물론 공부도 해야 하고, 수련 기간도 필요했을 테지. 그럼에도 나는 그 모든 걸 잘 해내고 훌륭한 배우가 되었을 거야.

"사느냐, 죽느냐, 그것이 문제로다.
가혹한 운명의 돌팔매와 화살을 견디는 것이
더 고결한지,
아니면 무기를 들고 일어나 고난의 바다에 맞서
끝을 내야 하는지."

[매닝엄이 독백을 읊조리는 동안, 낸시가 들어와서 테이블 위에 머핀 접시를 놓고 나간다.]

매닝엄 부인 [낸시가 나간 뒤] 당신 목소리가 얼마나 좋은지 알아요? 당신은 정말 진로를 잘못 선택한 거 같아요.

매닝엄 [테이블 오른편으로 걸어가며 가볍게 중얼거린다.] 그랬는지도 모르지.

매닝엄 부인 만약 당신이 유명 배우였더라면 나는 매일 밤, 무료로 연극 공연을 관람할 수 있었을 테죠. 공연이 끝나면 무대 뒤로 가서 당신을 만나고요. 정말 환상적이었을 것 같지 않나요?

매닝엄 [테이블 오른편에 앉으며] 하지만 곧 그 환상도 지루해졌을걸. 처음 몇 번은 공연 관람을 즐기겠지만, 머지않아 집에 있겠다고 했을 거야, 지금처럼.

매닝엄 부인 아, 아니에요. 그러지 않았을 거예요. 당신을 따라다니는 극성맞은 여자들을 감시해야 했을 테니까요.

매닝엄 아마 여자들이 나를 꽤 쫓아다녔을 거야, 그렇지? 그렇다면 더 아쉬운데.

매닝엄 부인 네, 그렇겠죠, 나쁜 사람! 하지만 당신은 내게서 도망칠 수 없어요. [머핀 접시의 덮개를 들어 올리며] 아주 맛있어 보이네요. 머핀 사 오길 잘했죠? [소금을 건네준다.] 소금, 여기 있어요. 마음껏 뿌리세요. 아—, 여보, 내가 좀 수다스러워도 이해해 줘요. 기분이 너무 좋아서 그래요.

매닝엄 아무렴, 그렇게 보이는군.

매닝엄 부인 당신과 연극 공연을 보러 가다니! 자, 여기 있어요. 난 어렸을 때부터 머핀을 좋아했어요. 당신은 어땠나요? [매닝엄에게 머핀을 건네준다.] 얼마 만에 먹어 보는지 모르겠네요. [매닝엄이 무대 뒷벽의 가운데쯤을 바라본다.] 결혼한 뒤로는 먹은 적이 없는 것 같아요. 먹었던가? 여보, 우리가 머핀을 먹은 적이 있던가요?

　　매닝엄 모르겠어. [무대 뒷벽에 시선을 고정한 채 벌떡 일어서더니. 차분하지만 위협적인 어조로 말한다.] 모른다고!

　　매닝엄 부인 [잠시 표정이 얼어붙는다. 그러고는 소리를 낮춰 속삭이듯이 묻는다.] 왜 그래요? 무슨 일이죠? 또 무슨 일이에요?

　　매닝엄 [벽난로 쪽으로 걸어가서 소파 앞에 선다. 그리고 아내를 등진 채 말한다.] 당신 기분을 망치고 싶지는 않지만, 벨라, 뭔가 몹시 잘못된 거 같아. 내가 못 본 걸로 할 테니, 당장 바로잡아 놓으면 좋겠어. 그러면 아무 일도 없었던 것처럼 넘어가기로 하지.

　　매닝엄 부인 잘못됐다고요? 뭐가 잘못됐다는 거죠? 제발 내게 등을 돌리지 말아요. 무엇 때문에 그래요?

　　매닝엄 무엇 때문인지는 당신이 더 잘 알 텐데, 벨라. 지금 당장 되돌려 놓으면 더는 말하지 않겠어.

　　매닝엄 부인 나는 몰라요. 모르겠다고요. 당신, 아직 차도 마시지 않았잖아요. 왜 그러는지 말해 줘요. 말해 달라고요!

　　매닝엄 나를 바보로 만들 셈이야, 벨라? 저 뒷벽에 걸려 있던 것 말이야. 당장 다시 가져다 걸어 놔, 그럼 더는 말하지 않겠다고.

　　매닝엄 부인 뒷벽이요? [돌아선다.] 아, 그렇네요. 저기 걸려 있던 그림이 없어졌어요. 맞죠, 그림 말예요. 도대체 누가 그걸 치웠을까요? 왜 그랬을까?

　　매닝엄 그래. 왜 치운 거지? 이 질문에 대답할 수 있는 사람은 당신뿐이야. 그리고 지난번엔 왜 치웠던 거야? 어디다 숨겼는지 모르겠지만, 다시 가져다 걸어 줄 수 있겠어?

　　매닝엄 부인 하지만 난 치우지 않았다고요. [일어선다.] 손

가스등　　　　　　　　　　　　　　　　　　　　　　　　25

도 대지 않았어요. 제발, 날 좀 봐요. 내가 그러지 않았어요. 그림이 어디 있는지도 모른다고요. 다른 사람이 그랬겠지요.

매닝엄 다른 사람? [아내를 향해 돌아선다.] 벨라, 내가 혹시 당신을 그처럼 교활하고 악랄한 수법으로 속인다고 생각하는 거야?

매닝엄 부인 아니에요, 여보. 그럴 리가요! 그냥 다른 사람이 그랬을 거라는 말이에요. [남편에게 다가가며] 하느님께 맹세코, 나는 치우지 않았어요! 다른 사람이 그랬을 거예요, 여보. 다른 사람이요.

매닝엄 [아내를 밀어내며] 내게서 좀 떨어져. [종을 울리러 걸어가며] 그럼, 그 '다른 사람'이 누군지 알아보자고.

매닝엄 부인 [소파 앞으로 걸어가며] 여보, 제발 종을 치지 말아요. 하인들 앞에서 날 망신 주지 말라고요. 아, 내가 치우지 않았으니 망신일 건 없겠죠. 그래도 하인들을 부르지는 말아요. 제발, 여기 오지 말라고 하세요! [매닝엄이 설렁줄을 잡아당긴다. 이에 매닝엄 부인은 그에게 다가간다.] 우리 둘이서 얘기해요! 낸시는 부르지 말고요, 제발!

매닝엄 [아내를 거세게 밀쳐 낸다.] 제발, 날 좀 가만히 놔두고 저쪽에 앉아 있어! [매닝엄 부인은 책상 앞 의자에 앉는다. 그리고 매닝엄은 벽난로 쪽으로 걸어간다.] 다른 사람이 치웠다고 말했지? 좋아, 한번 확인해 보자고. [의자에 앉아 있던 매닝엄 부인이 운다.] 얼른 마음을 가라앉히고 정신을 차리는 게 좋을 거야, 그렇지? [문을 노크하는 소리가 들린다.] 들어와. [엘리자베스가 문을 열어 놓은 채 들어온다.] 아, 엘리자베스, 들어와. 문은 닫고. [문을 닫는 동안, 잠시 기다린다.] 방 가운데로 오게. [엘리자베스가 테이블 왼쪽 의자 뒤로 걸어오는 동안 기다린다.] 자, 엘리자베스, 이 방에서 뭔가 달라진 게 있다는 걸 알아보겠소? 벽을 찬찬히 훑어보고, 뭐가 달라졌는지 말해 봐요. [엘리자베스가 방 안을 둘러보는 동안, 잠자코 기다린다. 그러다 그림이 걸려 있던 자리에 시선이 머무는 순간 묻는다.] 자, 엘리자베스, 뭔가 달라진 게 있소?

엘리자베스 뭐 달라진 건 없는 거 같은데요. 그림이 치워진 것 말고는요.

매닝엄 바로 그거요. 그림이 치워졌어. 역시 바로 알아보는군. 오늘 아침에 청소할 때 그림이 걸려 있었던가?

엘리자베스 네, 나리. 걸려 있었습니다. 어찌 된 일인지 도통 모르겠네요.

매닝엄 나도 마찬가지요. 어찌 된 일인지 영문을 모르겠어. 한 가지만 더 묻겠네. 혹시 자네가 저기 걸려 있던 그림을 치웠나?

엘리자베스 아닙니다, 나리. 제가 그랬을 리가요.

매닝엄 자네는 아니라는 말이지. 그렇다면 단 한 번이라도, 저 자리에 걸려 있던 그림을 옮긴 적이 없다는 뜻이겠군?

엘리자베스 예, 단 한 번도 손댄 적 없습니다. 제가 왜 그러겠습니까, 나리?

매닝엄 그렇지, 그럴 이유가 뭐 있겠나? 그렇다면 엘리자베스, 자네의 결백을 증명하는 의미에서 저기 있는 성경에 입 맞춤할 수 있겠소? 저기, 내 책상에서 성경을 가져와요. [엘리자베스가 잠시 머뭇거리다가 매닝엄이 지시한 대로 따른다.] 좋아요, 이제 나가도 좋소. [엘리자베스가 성경을 도로 책상에 가져다 두려 하자, 매닝엄은 무대 중앙 테이블 위에 그냥 놔두라고 손짓한다.] 그리고 낸시를 들여보내요.

엘리자베스 알겠습니다, 나리. [두 사람을 번갈아 바라보면서 문을 닫고 나간다.]

매닝엄 부인 [남편에게 다가가며] 잭, 그 아이 앞에서는 제발! 그 아이는 부르지 말아 주세요. 당신이 원하는 대로 말할게요. 내가 그림을 치웠다고요. 내가 그랬어요, 잭. 내가 했다고요. 그 아이는 제발 부르지 말아요. 부르지 말라고요!

매닝엄 좀 진정할 수 없겠나? [노크 소리가 들린다. 매닝엄 부인은 벽난로 앞 의자에 앉는다.] 들어와.

낸시 [문을 열어 둔 채로 들어와서 소파 쪽으로 걸어간다.] 네, 나리. 부르셨습니까?

매닝엄 그래, 낸시, 내가 불렀어. 뒤돌아서 벽을 한번 살펴보게. 저기 걸려 있던 그림이 없어졌다는 걸 알 수 있을 거야.

낸시 [무대 뒤쪽으로 물러나며] 어머나, 정말 그러네요. [돌아서서] 참 이상한 일이네요! [매닝엄을 돌아본다.]

매닝엄 낸시, 네 의견을 묻는 게 아니야. 무례한 언행은 삼가고, 묻는 말에 대답만 하게. 저기 걸려 있던 그림을 치웠나, 안 치웠나?

낸시 제가요? 물론, 저는 치우지 않았습니다. [교태를 부리며 매닝엄에게 다가간다.] 제가 왜 그림을 치우겠어요, 나리?

매닝엄 좋아. 그렇다면 저기 있는 성경에 입맞춤하는 걸로 네 결백을 맹세해 봐. 그러고 나면 나가도 좋네.

낸시 기꺼이 그리하겠습니다, 나리. [성경에 입맞춤하고 다시 테이블에 내려놓는다. 그 순간, 입가에 희미한 미소가 번진다.] 제가 만약 그런 짓을 했다면…….

매닝엄 됐어, 낸시, 이제 나가도 좋아. [낸시가 문을 닫고 나간다. 매닝엄이 성경을 다시 책상에 가져다 두려는 듯 움직이다가 말한

다.] 자, 보라고! [무대 왼편으로 걸어가더니 아내를 바라보며] 이것
으로 충분히 확인됐다고 생각하는데.

   매닝엄 부인 [자리에서 일어선다. 남편에게 다가가며] 나에게도
성경을 줘요! 나도 입맞춤하겠다고요! [매닝엄의 손에서 성경
을 빼앗는다.] 자 봐요! [성경에 입맞춤한다.] 이렇게! 자, 봤어요?
[또다시 입맞춤한다.] 자요! 내가 입맞춤하는 거 봤죠?

   매닝엄 [손을 내밀어 성경을 잡으며] 신중하게 행동하라는 말
이야. 신성 모독까지 범하고 싶어?

   매닝엄 부인 나는 신성 모독을 하지 않았어요. 신성 모독은
다른 사람이 했겠죠. 나는, 내가 그 그림에 손대지 않았다는
걸 전능하신 하느님께 맹세하겠어요. [성경에 거듭 입맞춤한다.]
자요! [그러고 나서 매닝엄에게 다가간다.]

   매닝엄 [성경을 집는다.] 그렇다면, 하느님 맙소사, 당신은
미친 게 분명해! 자기가 무슨 짓을 하고 있는지조차 모르니
말이야. 딱하게도 당신 어머니가 그랬듯이, 완전히 미쳐서 횡
설수설하는 게 틀림없어.

   매닝엄 부인 잭, 그 얘기는 다시 꺼내지 않기로 약속했잖아요.

   매닝엄 [무대 오른편으로 걸어가다가 멈춰 선다.] 이제 사실을
인정해야 해, 벨라. [아내를 향해 반쯤 돌아서며] 이런 상황이 계
속되면, 곧 나도 더는 당신을 보호해 줄 수 없게 될 거야.

   매닝엄 부인 [그에게 다가가며] 잭—. 마지막으로 내 진심을
말할게요. 간절한 마음으로 당신에게 매달리는 거예요. 내 마
음이 얼마나 간절한지 모르겠어요? 정녕 모른다면, 당신은 돌
처럼 차가운 심장을 가진 사람일 거예요.

   매닝엄 [아내를 향해 돌아서며] 말해 봐. 무슨 말이 하고 싶은
거지?

매닝엄 부인 여보, [소파 앞으로 다가간다.] 어쩌면 내가 미쳐 가는지도 몰라요. 가여운 내 어머니처럼 말이죠. 하지만 정말 그렇더라도 내게 화를 내고 거칠게 대하진 말아 줘요. 하느님 께 맹세하건대, 당신에게 일부러 거짓말을 한 적은 없어요. 내 가 만약 벽에 걸린 그림을 치웠다면, 그건 나도 모르게 벌인 일일 거예요. 의식하지 못한 채 말이에요. 전에 또 그런 일이 있었더라도, 그 역시 나는 모르는 일이에요. [돌아서서 무대 중 앙으로 간다.] 잭, 만약에 내가 당신의 물건들을 훔쳤다면, 그러 니까 당신의 반지, 열쇠, 연필, 수건 같은 것들 말이에요. 그리 하여 마침내 내 상자 안에서 그것들을 찾아낸 게 사실이라면, 실제로 당신은 그 물건들을 거기서 발견했죠, 그 또한 나는 전 혀 의식하지 못한 채 저지른 일이에요. 여보, 내가 정말 그런 이상한 행동을, 그야말로 아무 이유도 없고 아무 의미도 없 는 행동을 범했다면, [남편에게 한 걸음 다가간다.] 내가 왜 그랬 을까요? [잠시 침묵한다.] 내가 정말 그런 짓을 했다면, 머리가 이상해진 게 틀림없을 테죠. 그렇다면 당신은 내게 더 마음을 써 주고, 자상하게 대해 줘야 해요. 그래야 내가 좋아질 수 있 을 테니까요. [남편에게 다가간다.] 분노해서 내게 화를 쏟아 내 지 말고, 나를 이해해 줘야 해요. 내가 노력하고 있다는 걸, 하 느님은 아실 거예요. 잭, 나 노력하고 있어요! 제발 내 말을 믿 고, 좀 친절하게 대해 줘요!

매닝엄 벨라, 그림이 어디 있는지 알고 있지?

매닝엄 부인 네, 알아요. 그릇장 뒤에 있겠죠.

매닝엄 가서 확인해 보겠어?

매닝엄 부인 [머뭇거리며] 그러죠. 그럴 게요. [남편을 지나쳐, 무대 오른편에 있는 접이식 책상 뒤로 가서 액자를 꺼낸다.] 네, 여기 있네요.

매닝엄 [책망하는 듯한 표정을 하고 책상으로 다가가서 성경을 내려 둔 뒤, 무대 왼편으로 걸어간다.] 벨라, 그러니까 당신은 그림이 거기 있다는 걸 이미 알고 있었던 거잖아. [아내를 향해 돌아서서] 그림이 어디 있는지 알고 있었어.

매닝엄 부인 [남편에게 다가가며] 아니, 아니에요! 그저 거기에 있을 거라 짐작했을 뿐이라고요! 전에도 거기 있었으니까요. 벌써 두 번이나 거기 있었잖아요. 그렇잖아요? 나는 몰랐어요. 몰랐다고요!

매닝엄 그렇게 그림을 든 채로 돌아다니지 말고, 원래 있던 자리에 걸어 놓지그래.

매닝엄 부인 [벽에 그림을 걸고 나서, 테이블 오른편에 있는 의자 뒤로 간다.] 이것 봐요. 차가 다 식었어요. 차를 마시면서 머핀을 먹으려고 했는데.

매닝엄 벨라, 내가 조금 전에 말했잖아. 이제 사실을 인정해야 한다고. 우리가 할 수 있는 일은 그것뿐이야. 더 이상 말하고 싶지 않아. 너무 화가 나고 답답해서 도저히 참을 수가 없군. 나는 지금 바로 나가야겠어. 당신도 방에 가서 잠시 누워 있어, 아무래도 안정을 취하는 게 좋겠어.

매닝엄 부인 아니요, 방은 싫어요. 제발 나를 방으로 들여보내지 말아요! [손으로 의자를 붙잡는다.]

매닝엄 나는 굳이 당신을 방에 들여보낼 생각이 없으니, 벨라, [아내에게 다가간다.] 당신 마음대로 하라고.

매닝엄 부인 아, 어지러워서 쓰러질 거 같아요, 잭. [매닝엄이 얼른 다가가서 부축한다.] 어지러워요.

매닝엄 자, 괜찮아—. [아내를 소파로 데려간다. 매닝엄 부인은 소파 왼쪽에 머리를 기대고 앉는다.] 자, 이제 진정하고 여기 누워서 좀 쉬라고. 소금이 어디 있지? [접이식 책상으로 다가가서 소금통을 집어 들고는 다시 소파로 돌아온다.] 여기 있군. [잠시 후] 자, 여보, 난 나갔다 올 테니 잠시 쉬고 있어.

매닝엄 부인 [소파에 누우며 눈을 감는다.] 꼭 가야 하나요? 정말 나갈 거예요? 왜 항상 내가 이런 끔찍한 상황을 겪은 뒤에 혼자 내버려두는 거죠?

매닝엄 자, 말씨름은 이제 그만합시다. 어차피 난 차 마시고 나서 외출하려 했었다고, 알잖아. 조금 일찍 나가는 것뿐이야. [잠시 침묵하다가 옷방으로 들어가더니 재킷을 걸치고 나온다.] 나가기 전에, 내가 뭐 해 줄 건 없나?

매닝엄 부인 아니, 없어요. 다녀와요.

매닝엄 그러지. [책상 앞 의자에 걸쳐 둔 외투와 모자를 집으려다가 멈춘다.] 아 참, 가는 길에 식료품점을 지날 테니, 외상값을 갚는 게 좋겠군. 영수증, 어디 있지? 내가 당신한테 준 거 같은데, 맞지?

매닝엄 부인 네, 맞아요. 접이식 책상 위에 있어요. [몸을 반쯤 일으키며] 내가—.

매닝엄 [접이식 책상으로 걸어가며] 아니, 됐어. 그대로 있어. 일어나지 마. 내가 찾지. [책상에 이르러 이것저것 들추기 시작한다.] 싹 갚아 버리면 속이 시원할 거야. 어디 있지, 여보? 서랍에 넣어 두었나?

매닝엄 부인 아니요. 책상 위에 있을 거예요. 오늘 낮에 거기 올려 두었거든요.

매닝엄 그랬군. 그렇다면 여기 있겠지. 여기 둔 게 분명하단 말이지? 그런데 편지지 몇 장 말곤 다른 건 안 보이는데.

매닝엄 부인 [반쯤 일어나서 이상하다는 듯이] 분명히 거기 있을 텐데요. 좀 찬찬히 살펴보세요.

매닝엄 [침착하려고 애쓰며] 괜찮아, 여보. 걱정하지 말아요. 찾아낼 테니, 누워 있어요. 별일 아니야. 금방 찾을 거니까. 아니, 근데 여기엔 없는 거 같아. 서랍에 들어 있나 보군.

매닝엄 부인 [허겁지겁 책상으로 다가간다.] 서랍에 넣지 않았다고요! 책상 위에 올려 두었어요! 지금 그게 없어졌다는 말이에요?

매닝엄 [동시에 함께 말한다.] 여보, 진정해. 진정하라고.

매닝엄 부인 [허둥지둥 책상 위를 뒤지며] 틀림없이 내 손으로 여기 올려 두었는데! 어디 간 거지? [서랍을 차례로 여닫는다.] 어디에 있지? 이제 또 내가 숨겼다고 하겠군요!

매닝엄 [소파 왼쪽 끝으로 걸어가며] 맙소사! 이제 이런 식으로 나를 괴롭히는 건가?

매닝엄 부인 [소파 오른쪽 끝으로 와서] 오늘 낮에만 해도 거기 있었다고요! 내가 거기 두었단 말이에요! 이건 모함이에요! 당신들 모두 작당하고 나를 모함하고 있어! 모함이라고요! [발작적으로 소리를 지른다.]

매닝엄 [아내에게 다가가서 몸을 붙들고 거칠게 흔든다.] 제발 정신 차려! 정신 차리라고! [아내가 진정할 때까지 잠시 기다린다.] 내 말 잘 들어, 한 마디만 더 하면 흠씬 두들겨 팬 뒤에 일주일 동안 캄캄한 방에 가둬 둘 테니까. 내가 그동안 당신한테 너무 관대했어. 하지만 이제는 방법을 바꿔야겠단 말이야.

매닝엄 부인 [무릎을 꿇고 주저앉는다.] 오, 하느님, 도와주세요! 저를 도와주세요!

매닝엄 그래, 하느님께 열심히 도움을 청하라고. 자, 내 말

잘 들어. 나는 지금 나갔다가 10시에 돌아올 거야. [벨라를 일으킨다.] 그동안 영수증을 찾아 놔. 그리고 내게 거짓말을 했으며, 사실은 일부러 감췄다는 걸 인정할 준비를 하라고. 그러지 않으면 응당한 대가를 치르게 될 거야. [벨라를 의자 오른편에 앉히고 책상으로 걸어간다.] 조만간 당신은 의사를 만나게 될 거야. [걸음을 멈추고 벨라를 돌아본다.] 한 명이 아니라 여러 명을 말이야. [모자를 쓰고 한쪽 팔에 외투를 걸친다.] 그들이 당신 상태를 진단해 주겠지. 내 말 알아들었어?

매닝엄 부인 하느님, 도와주세요. 여보, 나를 너무 몰아세우지 말아요. 내가 정말 미쳤더라도, 당신은 그런 나를 너그럽게 봐줘야 해요.

매닝엄 난 정말 오랫동안 인내심을 가지고 당신을 이해하려 노력했어. 이제 당신이 정신을 차릴 차례야. 아니면 대가를 감수할 각오를 하든가. 잘 생각해 봐, 벨라. [현관으로 가서 문을 연다.]

매닝엄 부인 여보―, 잭―, 가지 말아요. 잭―, 그래도 연극엔 데려가 줄 거죠?

매닝엄 지금 어떻게 그런 걸 물을 수 있지? 아니, 벨라, 그럴 일은 없을 거요. 당신이 나를 기분 좋게 해 주면, 나 역시 당신을 기쁘게 해 줄 거야. 하지만 당신이 나를 거스른다면, 그리하여 당신과 내가 적이 된다면, 당신은 결코 평안할 수 없을 거야. [밖으로 나간다.]

[잠시 후 문이 세게 닫힌다. 매닝엄 부인은 힘겹게 일어나서 벽난로 선반을 붙잡고 접이식 책상 쪽으로 다가간다. 서랍을 차례로 열어 영수증을 찾다가 무대 중앙으로 걸음을 옮긴다. 벽에 걸린 그림을 바

라보다가 몸서리를 친다. 무대 중앙에 있는 테이블로 가서 찻잔 쟁반에 놓인 주전자를 들고 다시 접이식 책상으로 간다. 그러고는 벽장 문을 열어 유리잔을 꺼낸 뒤, 서랍을 열어 약봉지를 꺼낸다. 약을 입에 털어 넣고 물을 마신다. 약이 지독하게 쓴지 거의 질식할 것 같은 표정이다. 다시 비틀거리며 중앙 테이블에 주전자를 가져다 두고는 램프의 불을 끈다. 그런 다음, 소파로 걸어가서 벽난로를 향해 쓰러지듯 주저앉아 울기 시작한다. 그러면서 중얼거린다. '마음을 편안하게—. 편안하게—. 편안하게.' 시계가 6시를 알리자 갑자기 숨이 가빠진다. 누군가 문을 노크하지만 듣지 못한다. 다시 한 번 노크 소리가 울리고 왼쪽 문으로 엘리자베스가 들어온다.]

엘리자베스 마님—. 마님? [소파 뒤쪽으로 다가온다.]

매닝엄 부인 왜! 무슨 일이지? 날 좀 내버려둬.

엘리자베스 [어두워진 창밖을 내다보며] 밖에 누가 찾아왔습니다.

매닝엄 부인 누군데? 지금은 아무도 만나고 싶지 않아.

엘리자베스 어떤 신사인데요, 마님을 뵙고 싶답니다.

매닝엄 부인 돌아가라고 해, 엘리자베스. 아마 남편을 만나러 온 사람일 거야. 지금 외출 중이라고 해.

엘리자베스 아니에요. 마님을 뵈러 왔답니다. 만나 보셔야 할 것 같아요.

매닝엄 부인 제발, 날 내버려둬. 돌아가라고 해. 혼자 있고 싶어.

엘리자베스 마님. 나리하고 무슨 일이 있으셨는지 모르겠지만, 기운을 내셔야 해요. 정신을 차리셔야 한다고요, 마님.

매닝엄 부인 나는 미쳐 가고 있어. 지금 미쳐 가고 있다고.

엘리자베스 [소파 등받이 위로 몸을 굽혀 매닝엄 부인을 두 팔로 끌어안는다.] 그런 말씀 마세요, 마님. 용기를 내세요. 이렇게 어둠 속에 누워 계시지 마세요. 이러다간 정말로 정신이 나가 버리실 거예요. 문밖에 계신 분을 만나셔야 해요. 나리가 아니라 마님을 뵈러 왔다고 했으니까요. 지금 기다리고 있습니다. 어서 일어나세요, 마님. 제가 모시고 나가겠습니다.

매닝엄 부인 아니, 왜 이렇게 귀찮게 하는 거야? 난 지금 누구를 만날 상태가 아니라니까.

엘리자베스 [중앙 테이블 쪽으로 걸어가며] 어서요, 마님. 불을 켜겠습니다. [엘리자베스가 불을 켠다. 그러고는 성냥갑을 집어 들고 책상으로 가서 램프에 불을 밝힌다.] 자, 됐어요. 이제 곧 기분이 나아지실 겁니다.

매닝엄 부인 엘리자베스! 도대체 왜 이러는 거야? 손님을 맞을 상태가 아니라니까.

엘리자베스 전혀 이상해 보이지 않으세요, 마님. 제발 그렇게 생각하지 마세요. 자, 이제 들어오시라고 하겠습니다. [엘리자베스가 문가로 가서 '들어오시겠습니까, 선생님?' 하고 외친다.]

[문 닫히는 소리가 들리자 매닝엄 부인은 반쯤 굳은 상태로 일어나서 벽난로 선반 위에 놓인 거울로 달려간다. 거울을 들여다보며 황급히 머리를 매만진다. 그런 다음, 벽난로를 등지고 서서 손님을 기다린다. 엘리자베스가 다시 들어오고, 현관문을 열어 둔 사이에 러프 수사관 역시 들어온다. 중년에 이르러 머리가 반백이며, 체구는 작지만 강단 있어 보이고 매우 적극적이다. 다소 거칠고 고압적인 면도 있지만 정겨운 인상이다. 따스함이 느껴지는 중후한 웃음소리로 등장부터 무대를 압도한다.]

러프 감사합니다. 아, 안녕하십니까? [소파 왼쪽 끝으로 다가 선다.] 매닝엄 부인이시죠? 안녕하세요? [껄껄 웃으며 악수를 청한다.]

매닝엄 부인 [손을 내밀어 악수를 받는다.] 안녕하세요? 죄송하지만⋯⋯.

러프 그러니까, 제가 생판 모르는 사람이라는 말씀이죠? 당연히 꺼려지실 겁니다.

[엘리자베스가 왼쪽 문으로 나가며 문을 닫는다.]

매닝엄 부인 아, 아니에요. 그런 말씀이 아니라, 당연히 남편을 만나러 오셨을 테죠. 안 그런가요?

러프 [여전히 손을 잡은 채로 매닝엄 부인의 안색을 살핀다.] 아, 아닙니다! 잘못 짚으셨습니다. [껄껄 웃는다.] 사실은 부군께서 외출하신 걸 알고 찾아뵈러 왔지요. 잠깐, 외투를 벗고 앉아도 되겠습니까? [외투를 벗기 시작한다.]

매닝엄 부인 물론이죠, 그러세요.

러프 제가 생각했던 것보다 훨씬 더 젊고 아름다우시군요. 그런데 안색이 몹시 창백하시네요. 혹시 울고 계셨나요?

매닝엄 부인 그런데 ─, 찾아오신 연유를 모르겠군요.

러프 곧 이해하시게 될 겁니다, 부인. [무대 왼쪽 중앙으로 나오면서 목도리를 푼다.] 요즘 정신이 오락가락하신다는 분이 바로 부인이신 거죠? [껄껄 웃으며 책상 옆으로 다가간다. 모자를 벗어 책상 위에 내려놓고 목도리와 외투도 마저 벗는다.]

매닝엄 부인 [겁먹은 음성으로] 무슨 근거로 그런 말씀을 하시는 거죠? [러프를 향해 다가서다가 무대 중앙에 멈춰 선다.] 당신

누구예요? 무슨 일로 오신 거죠?

러프 참 성급하시군요, 매닝엄 부인. 그렇게 한꺼번에 물어보시면 제가 대답할 수가 없지 않습니까. [외투를 벗어 왼편에 있는 의자에 걸쳐 놓고, 무대 왼쪽의 중앙으로 간다.] 그보다 제가 한두 가지 여쭤보겠습니다. 이리로 오셔서 제 손을 잡아 주시겠습니까? [매닝엄 부인은 잠시 망설이다가 그의 제안에 따른다.] 자, 매닝엄 부인, 제 눈을 잘 보십시오. 제가 신뢰할 수 있는 사람인지 아닌지 스스로 판단해 보시라는 겁니다. 하지만 저를 아무리 자세히 뜯어보셔도 부인께 저는 낯선 이방인일 뿐이고, 저에 대해선 거의 아무것도 알아내지 못하실 겁니다. 그런데 저는 부인을 바라보면서 많은 걸 감지할 수 있지요.

매닝엄 부인 [잠시 침묵하다가] 뭐라고요? 제게서 뭘 감지하신다는 말씀이죠?

러프 부인께서는 오랫동안 슬픔과 의혹의 길을 걸어오셨지요. 그리고 앞으로도 조금 더 그 길을 걸어가셔야 할 겁니다. 곧 모든 게 끝날 테죠. 자, 이제 저를 믿고 제 말씀을 들어보시겠습니까?

매닝엄 부인 [잠시 머뭇거린다.] 대체 누구시죠? 사실은 하느님께 절실히 도움을 청하고 있었답니다.

러프 [여전히 손을 잡은 채] 하느님께서 그 청을 듣고 계시는지 모르겠군요. 만약 듣고 계셨다면 진즉에 도움의 손길을 내려 주셨겠지요. 어쨌든 이제 제가 왔으니, 부인께서는 저를 전적으로 믿어 주셔야 합니다.

매닝엄 부인 [잡았던 손을 빼고 뒤로 물러선다.] 누구신데요? 의사이신가요?

러프 그 분야엔 문외한입니다. 저는 그저 평범한 수사관이죠.

매닝엄 부인 [움츠리고 물러서며] 수사관이시라고요?

러프 그렇습니다. 아니, 몇 년 전까지 그랬다고 말씀드리는 편이 정확하겠군요. [테이블 왼편에 놓인 의자를 향해 걸어가며] 그래도 오늘 저녁에 부인께 차를 마시려다가 사달이 났음을 알고 있으니 아직 수사관이라 해도 문제없을 겁니다. 이제라도 차를 좀 드시지 않으시겠습니까? 저도 한 잔 주시고요. [러프는 테이블 왼편에 놓인 의자 뒤에 서서 매닝엄 부인을 위해 의자를 뒤로 빼 준다.]

매닝엄 부인 네, 좋아요. 그러시죠. 찻잔을 준비해 드리겠습니다. 물만 따르면 돼요. [매닝엄 부인은 대화를 이어 가면서 부산한 손놀림으로 뜨거운 물과 찻잔, 주전자 따위를 준비한다.]

러프 [테이블 뒤로 돌아서 오른편 의자로 다가온다.] 러프 경사라고 하는, 유명한 수사관에 대해 들어 보신 적이 있으신가요? '클라우데슬리 다이아몬드 사건'을 해결한 러프 경사 말입니다. 캠버웰 일당을 소탕하고, 샌드햄을 법정에 세운 사람도 러프 경사이지요. [한 손을 의자 등받이에 얹은 채 매닝엄 부인을 바라본다.] 어쩌면 한 시대를 떠들썩하게 했던 이런 사건들이 부인에게는 단지 앞선 시대의 지난 일인지도 모르겠군요.

매닝엄 부인 [러프를 바라보며] 샌드햄이라고요? 네, 들어 본 적이 있는 것 같네요. 살인자 샌드햄, 교살자였죠.

러프 그렇습니다, 부인. 교살자 샌드햄. 지금 부인과 마주하고 있는 사람이 바로, 그 샌드햄을 교수대에 세운 장본인입니다. 그저 평범한 사형 집행인이었다고 해 두죠, 매닝엄 부인. 여하튼 지금 부인 앞에 있는 사람이 한때 시대를 풍미했던 유능한 수사관이었다는 말씀입니다. 믿으실지 모르겠습니다만.

가스등

매닝엄 부인 [찻잔에 물을 따르며] 당연히 믿지요. 앉으시겠어요? 물이 아주 뜨겁진 않을 거예요.

러프 감사합니다. [의자에 앉는다.] 결혼하신 지는 얼마나 되었습니까?

매닝엄 부인 [차를 따르며] 5년 좀 넘었습니다.

러프 그동안 어디서 사셨나요? 여기서 계속 사시진 않으셨죠?

매닝엄 부인 [러프의 잔에 우유를 따라 건네주며] 맞아요. 결혼 초에는 외국에서 살았고, 그 뒤로는 요크셔에서 살았어요. 그러다가 6개월 전에 남편이 이 집을 매입했답니다.

러프 집을 구입하셨다고요?

매닝엄 부인 네. 제게 돈이 조금 있었어요. 남편이 투자하기에 아주 좋은 기회라고 해서.

러프 [찻잔을 들며] 돈이 조금 있으셨단 말씀이죠? 다행입니다. 그런데 부군께서는 저녁마다 이렇게 부인을 혼자 두고 외출하시나요?

매닝엄 부인 네. 클럽에 가는 것 같아요. 사업상 만남도 가져야 하고요.

러프 아, 그렇군요. [차를 저으며 잠시 생각에 잠긴다.]

매닝엄 부인 네, 그렇답니다.

러프 남편이 집에 없을 때, 부인은 집 안 어디든 자유롭게 돌아다니실 수 있나요?

매닝엄 부인 네? 음, 아니요. 제일 위층은 제외이니까요. 그건 왜 물으시죠?

러프 아하, 제일 위층은 제외하고······.

매닝엄 부인 네, 맞아요. 설탕을 넣으시겠어요?

러프 감사합니다.

매닝엄 부인 [러프의 질문에 대답하기 위해 몸을 앞으로 기울이며] 그런데 방금 뭐라고 하셨죠?

러프 [설탕통을 건네받으며, 가볍게 웃는다.] 다른 이야기로 넘어가기에 앞서, 미리 말씀드릴 게 있습니다. 집안사람 중에 이곳 정보를 밖으로 흘리는 사람이 있답니다. 낸시라는 하녀를 데리고 계시죠?

매닝엄 부인 네, 맞아요.

러프 낸시가 저녁에 만나는 부커라는 젊은이가 제 부하입니다. 제 집은 댁에서 골목 몇 개 정도 지나면 금방이지요.

매닝엄 부인 아, 그러세요?

러프 [껄껄 웃으며] 이 집에서 일어나는 일은 하나도 빠짐없이, 자세히, 부커에게 전달되지요. 그게 또 저에게 전달되고요.

매닝엄 부인 아, 그럴 줄 알았어! 그 애가 문제일 줄 알았다고요. 당장 해고하겠어요.

러프 아니죠, 그렇게 극단적인 조치는 오히려 그녀를 자극할 수 있습니다. 그리고 사실은 부인께서 낸시에게 큰 빚을 진 셈이지요. 그 아이가 그토록 맹랑하게 굴지 않았다면 지금 저는 여기에 없었을 테니까요. 그렇지 않습니까?

매닝엄 부인 무슨 말씀이시죠? 모든 게 너무 수수께끼 같군요. 설명을 좀 해 주세요. 혹시 무슨 일이 일어나고 있나요?

러프 당분간은 말씀드리기가 곤란합니다. 아직은 확인되지 않은 사실이 많아서요. 설탕 한 조각, 더 주시겠습니까?

매닝엄 부인 네, 그러세요. [설탕통을 건네준다.]

러프 감사합니다. [잠시 침묵이 흐른다.] 제일 위층에 관해 이야기하고 있었죠. [각설탕을 몇 조각 더 넣으며] 이 방 위에 침실이 있고, 그 위에 꼭대기 층이 있는 거 맞죠?

매닝엄 부인 네. 하지만 거긴 잠겨 있어요. 처음 이사 왔을 때부터, 남편은 아이들이 생기기 전까지 맨 위층은 사용하지 않아도 될 거 같다고 했거든요.

러프 그럼, 부인은 그곳에 단 한 번도 올라가 보신 적이 없나요?

[잠시 침묵이 흐른다.]

매닝엄 부인 그곳엔 아무도 올라가지 않아요.
러프 하인들이 청소하러 가는 일도 없고요?
매닝엄 부인 거긴 청소하지 않고 있습니다.
러프 좀 이상하지 않습니까?
매닝엄 부인 [잠시 침묵하다가] 이상하다고요? [거듭 잠시 머뭇거린다.] 글쎄요—. [대답은 잘 모르겠다는 투지만 그녀 역시 이상하다고 생각하는 듯하다.]

러프 저는 참 이상하다고 생각합니다만. 자, 이제 부인의 신상에 관해 여쭤봐야겠군요. 부인의 사고력에 문제가 있다고 느낀 건 언제부터였나요?

매닝엄 부인 [차를 마시려다가 멈춘다. 그러고는 러프 수사관을 바라보다가 결국 찻잔을 내려놓는다.] 그건 어떻게 아셨나요?

러프 제가 어떻게 아는지는 신경 쓰지 마세요. 자, 언제부터였죠?

매닝엄 부인 늘 미칠지도 모른다는 생각에 시달리곤 했어요. 제 어머니가 젊으셨을 적에 정신병을 앓다가 돌아가셨거든요. 아마, 지금 제 나이쯤에 그렇게 되셨을 거예요. 하지만 제게 문제가 생긴 건 6개월 전 무렵부터였어요. 그래요, 이 집으로 이사 온 뒤부터 시작됐지요.

러프 그런 상황으로 인한 두려움 때문에, 더욱 정신이 나갈 것 같으시겠군요?

매닝엄 부인 [숨을 깊게 들이마시며] 네. 두려워서 미칠 것 같아요.

러프 이 집이 무서우신가요, 부인?

매닝엄 부인 네. 그런 것 같아요. 저는 처음부터 이 집이 싫었어요.

러프 맨 위층 때문인가요?

매닝엄 부인 네, 맞아요. 저 꼭대기 층 때문에 무서운 거예요.

러프 아, 거기에 뭔가 중요한 단서가 있을 것 같네요. 맨 위층에 관해 좀 더 자세히 말씀해 주시죠.

매닝엄 부인 무슨 말씀을 드려야 할지 모르겠네요. 좀 이상하게 들리실 것 같아서요. 주로 밤에 혼자 있을 때 상상하게 된답니다. 누군가가 맨 위층에서 걸어 다니는 거 같다고 말예요. [천장을 올려다본다.] 저 위에서 말이죠. 밤에 남편이 외출하고, 침실에 혼자 있을 때면 그 소리가 들려요. 하지만 너무 무서워서 감히 올라가 볼 수는 없어요.

러프 남편에게 그런 이야기를 하신 적이 있습니까?

매닝엄 부인 아니요. 절대 이야기할 수 없어요. 틀림없이 화를 낼 테니까요. 남편은 평소에도 제가 혼자만의 상상으로 있지도 않은 일을 꾸며 낸다고 하거든요.

러프 저 위에서 걸어 다니는 사람이, 바로 부군일 수도 있겠다고는 생각해 보지 않으셨습니까?

매닝엄 부인 맞아요, 저도 그런 생각을 해 봤답니다. 하지만 그거야말로 제가 미쳐 가고 있다는 뜻이겠지요. [러프를 향해 돌아서며] 그런 사실을 어떻게 아셨는지, 이제 말씀해 주세요.

러프 먼저 부인께서 왜 그런 생각을 하게 되셨는지 말씀해 주시지요.

매닝엄 부인 [일어나서 벽난로 쪽으로 걸어간다.] 그렇다면 제 생각이 사실이군요! 아, 사실이었어요! 그럴 것 같았다니까요! 남편이 집 밖으로 나갔다가 곧장 돌아서는, 맨 위층으로 올라가서 이리저리 걸어 다녔던 거예요. [벽난로를 향해 돌아선다.] 유령처럼 돌아와서 말이에요. 그런데 어떻게 꼭대기 층으로 올라갔을까요?

러프 [일어나서 매닝엄 부인에게 다가간다.] 지금부터 우리가 그걸 알아내야 하는 겁니다. 가장 흔한 방법으로는 지붕이나 비상구 따위를 이용했을 테죠. 그렇게 겁먹은 얼굴은 하지 마세요. 부인의 남편은 유령이 아니니까요. 그리고 부인도 정신이 이상해진 게 아니랍니다. [잠시 침묵하다가] 그런데 부인은 어떻게 남편이 그럴 수도 있겠다고 생각하시게 되었나요?

매닝엄 부인 저 등(燈) 때문이에요. 가스등 말이에요. 불이 흐려졌다 밝아졌다 하거든요. [갑자기 울기 시작한다.] 오, 하느님, 감사합니다. 드디어 이 말을 누군가에게 털어놓을 수 있게 되었군요. 누구이신지 모르겠지만, 제가 다 말씀드리겠어요. [러프에게 가까이 다가간다.]

러프 [매닝엄 부인의 손을 잡는다.] 자, 진정하시고요. 앉아서 차분히 말씀하실 수도 있지 않을까요? 자리에 앉으시겠습니까? [러프가 조금 물러선다.]

매닝엄 부인 네, 그러죠. [소파 오른쪽 끝에 앉는다.]

러프 [방 안을 둘러보며] 가스등이라고 하셨나요? 창문 너머로 보이는 저 불빛 말씀인가요?

매닝엄 부인 아니요. 집 안에 있는 가스등 말이에요. 가스등을 보면 알 수 있어요. 저기 벽난로 선반 위쪽에 있는 등이 보이시죠. 지금은 아주 밝아요. 그런데 주방이나 침실에서 누군가가 등을 하나 더 밝히면, 저 등의 불빛은 흐려지죠. 집 안에 있는 가스등은 전부 같은 원리로 작동한답니다.

러프 그렇죠, 맞습니다. 가스의 압력이 낮아져서 그런 거죠. 우리 집도 마찬가지입니다. 계속 말씀해 보세요.

매닝엄 부인 [잠시 머뭇거리다가] 언제부터인가 밤에 남편이 외출하고 나면, 머지않아 특이한 현상이 나타난다는 사실을 깨닫게 되었어요. 방 안을 둘러보며 기다리노라면 가스등의 불빛이 서서히 어두워지는 거예요. 그러고는 톡톡 두드리는 듯한 소리가 들리기 시작하죠. 지속적으로요. 처음에는 무심히 넘기려고 했는데, 시간이 지날수록 점점 더 신경이 쓰이더군요. 그래서 온 집 안을 돌아다니며 등을 밝힌 데가 있는지 살펴보았어요. 하지만 그런 적은 단 한 번도 없었답니다. 게다가 항상 남편이 나가고 10분쯤 뒤에 그런 현상이 나타났어요. 자꾸 그러다 보니 남편이 다시 집으로 돌아와서 맨 위층을 걸어 다니는 게 아닌가, 하는 생각이 들더라고요. 2층 침실에 올라가서 쉴 때도 있지만, 바로 머리 위에서 그런 소리가 끊임없이 들려오니 도무지 오래 버틸 수가 없어요. 어떤 때는 소리를 지르며 집 밖으로 뛰쳐나가고 싶을 지경이에요. 겁에 질린 채 여기 앉아서, 몇 시간이고 남편이 돌아오기만을 기다려요. 언제 그가 집에 올지를 늘 예측할 수 있거든요. 한순간에 저 불빛이 밝아지고 10분쯤 지나면, 남편이 열쇠로 현관문을 여는 소리가 들리죠. [왼쪽 중앙의 문을 바라본다.] 그리고 남편이 들어와요.

러프 [가볍게 웃으며] 참 이상한 일이군요. 부인께서는 경찰관이 되셨어도 무척 잘하셨을 것 같습니다.

매닝엄 부인 놀리시는 건가요? 역시 제가 모든 걸 상상해 냈다고 생각하시는 거죠?

러프 아, 아닙니다! 부인의 예리한 관찰력에 찬사를 보내는 겁니다. 부인의 추리가 정확할 뿐 아니라, 중대한 문제를 해결하는 데에 아주 결정적인 단서를 발견하셨으니까요.

매닝엄 부인 결정적인 단서라고요? 어떻게?

러프 음, 그 얘기는 나중에 하기로 하죠. [매닝엄 부인에게 좀 더 다가가며] 말씀해 보세요. 부인, 단지 그런 일 때문에 자신의 사고력을 스스로 의심하게 되신 건 아니죠? [잠깐 말을 끊었다가] 혹시 그 밖에도 다른 뭔가를 겪으신 적이 있으신가요? [잠시 뜸을 들인다.] 안심하고 말씀하셔도 됩니다.

매닝엄 부인 네, 다른 일들도 있었어요. 차마 말씀드리기가 어려운 일이기는 합니다만, 너무나 오랜 세월 시달리고 있지요. 가스등은 그간의 모든 일들을 머릿속으로 정리하는 계기가 되었을 뿐이에요. 아, 제 사고력과 기억력에 문제가 생기기 시작한 거 같아요.

러프 문제라고 하셨나요? 어떤 문제죠? 주로 언제?

매닝엄 부인 늘 그러는 편인데, 최근 들어서 점점 심해지는 것 같아요. 남편이 제게 맡긴 뭔가를 나중에 필요할 때 찾으려 하면 감쪽같이 사라져 버려요. 그 뒤로 다시는 그 물건을 찾을 수 없게 되는 거예요. 남편의 반지도, 금단추도 없어졌어요. 그때마다 저는 온 집 안을 뒤지며 찾아보지만 끝끝내 나오지 않아요. 그러다 마침내 남편이 제 반짇고리에서 찾아내곤 한답니다. 저 방문이 두 번이나 [오른쪽 문을 돌아보며] 잠긴 적도 있었죠. 그런데 열쇠가 어디 갔는지 당최 보이지 않더라고요. 그 열쇠도 역시나 제 반짇고리에서 찾았어요. 오늘도 선생님 께서 이곳에 오시기 전에 저기 걸려 있던 그림이 귀신같이 사라졌었답니다. [러프가 그림을 돌아본다.] 저 말고 그런 짓을 할 사람이 누가 있겠어요? 기억을 애써 되짚어 보았지요. [러프가 매닝엄 부인을 향해 돌아선다.] 두통이 생길 정도로 말이에요. 하지만 도무지 기억이 나지 않는 거예요. 아, 그리고 반려견 문제로도 정말 힘들었답니다.

러프 반려견이요?

매닝엄 부인 네, 강아지 한 마리를 기르고 있거든요. 몇 주 전에, 남편이 강아지 발바닥에서 상처를 발견했어요. 그런데 어떻게 그런 생각을 할 수 있는지 모르겠지만, 남편은 제가 강아지 발에 상처를 냈다고 하더군요. 그 뒤로는 강아지를 제 곁에서 아예 치워 버렸답니다. 강아지를 항상 주방에 두고, 저는 보지도 못하게 하는 거예요! 그러다 보니 저 자신을 의심하게 돼요, 그렇지 않겠어요? 급기야 저도 제가 모든 걸 혼자 상상해 낸다고 믿기 시작했답니다. 정말 그럴지도 모르죠. 선생님은 정말, 지금 우리 집에 오신 건가요? 아니면 제가 아직도 꿈을 꾸고 있나요? 당신은 누구시죠? 저들이 나를 또 가둘까 봐 두려워요.

러프 부인의 증세는 약만 좀 드시면 금방 좋아질 거 같은데요.

매닝엄 부인 약이라고요? 선생님은 의사이신가요? 의사는 아니시죠?

러프 [껄껄 웃으며] 아닙니다. 저는 의사가 아니에요. 하지만 약이 부인에게 해가 되지 않으리라는 것 정도는 알 수 있지요.

매닝엄 부인 약은 제게도 있어요. 남편이 먹으라고 했거든요. 그런데 딱히 효과는 없어요. 먹기도 정말 괴롭고요. 약이 어떻게 아픈 마음을 치료해 줄 수 있겠어요?

러프 아ー. 하지만 제가 드리는 약은 특별합니다. 지금 가지고 있는데 좀 드셔 보세요.

매닝엄 부인 어떤 약인데요?

러프 [일어나서 무대 왼쪽으로 걸어간다.] 한번 드셔 보시고 효과를 직접 확인해 보시죠. [무대 중앙에 서서] 암흑 같은 공포와 의심을 즉시 물리치기 위해 인류가 오랫동안 사용해 온 약이지요. 바로 부인에게 필요한 것 아니겠습니까? [무대 왼쪽, 외투를 벗어 둔 곳으로 걸어가더니 매닝엄 부인을 향해 돌아선다.]

매닝엄 부인 의심을 물리쳐 준다고요. 어떻게 약이 그런 효과를 낼 수 있을까요?

러프 아ー. 그건 우리도 모르죠. 다만 그렇다는 사실만이 확인되었을 뿐입니다. 자, 여기 있습니다. [한눈에 봐도 위스키 병처럼 보이는 것을 꺼내 들고 무대 중앙의 테이블 왼편으로 간다.] 스코틀랜드산입니다. 자, 부인, 잔 두 개만 꺼내 주시겠습니까? 아니면 컵이라도?

매닝엄 부인 [소파 왼쪽 끝으로 다가앉으며] 어머, 선생님도 드시게요?

러프 네, 그럼요. 다른 건 몰라도 이건 마셔야지요. 괜찮으시다면 이 컵을 사용해도 될 것 같은데요.

매닝엄 부인 아니에요. [접이식 책상으로 가서 유리잔 두 개를 꺼내 들고 테이블 오른편으로 걸어온다.] 잔 두 개 가져왔어요.

러프 아, 감사합니다. 딱 알맞은 걸 꺼내 오셨군요. 곧 약효를 확인하시게 될 겁니다.

매닝엄 부인 무슨 약이죠? 저는 약이라면 질색이에요. 그건 어떤 맛이 나죠?

러프 맛이 아주 좋습니다. 신들의 음식인 암브로시아와 메틸 알코올의 중간 정도라고 할까요. 그나저나 부인께선 여태껏 좋은 위스키의 맛을 단 한 번도 경험해 보지 못하셨나요?

매닝엄 부인 위스키요? 위스키를 마실 수는 없습니다. 그건 안 돼요!

러프 [위스키를 따르며] 자신을 과소평가하지 마세요, 매닝엄 부인. 더는 자신의 판단을 믿을 수 없다는 생각도 하지 않으셨으면 합니다. 이 위스키가 자신감을 북돋아 드릴 겁니다. 물을 조금 넣고―. 옳지. [물병을 들어 술잔에 물을 약간 따른다.] 이제 됐습니다! [매닝엄 부인에게 술잔을 건넨다.] 그런데 말씀입니다, 부인. [이번에는 자기 술잔에 물을 따른다.] 마부의 친구 이야기를 들어 보신 적이 있습니까?

매닝엄 부인 마부의 친구요?

러프 그렇습니다. 웃으시는 모습을 보니 저도 기분이 좋군요. 부인의 건강을 위하여! [위스키를 마신다.] 자, 얼른 마셔 보세요. [매닝엄 부인이 위스키를 마신다.] 그렇죠, 좋습니다. 혹시 너무 독한가요?

매닝엄 부인 아니요, 좋은데요. 어렸을 때 열이 나면 어머니가 이걸 주시곤 했어요.

러프 아하, 그렇다면 진즉에 위스키 애주가셨군요. 자리에 앉아서 마시면 좀 더 느긋하게 즐기실 수 있을 텐데요.

매닝엄 부인 그러죠. [벽난로 앞 의자에 앉는다. 러프가 술잔을 입으로 가져간다.] 무슨 말씀을 하시던 중이었죠? 음, 마부의 친구가 누군데요?

러프 아, 맞아요. 마부의 친구 이야기를 하려던 참이었습니다. [매닝엄 부인을 향해] 마부의 친구가 누구인지, 제게 물어봐 주세요. 제법 오래전에 세상을 떠난 한 노부인이거든요. [위스키 잔을 벽난로 위 선반에 올려놓고 잠시 침묵한다.]

매닝엄 부인 오래전에 돌아가신 노부인이라고요? 그분이 저와 무슨 관계가 있죠?

러프 깊은 관계가 있지요. [소파 오른쪽 끝으로 다가간다.] 제 이야기를 잘 들어 보시면 곧 아시게 될 겁니다. 그녀의 이름은 발로였어요. 앨리스 발로. 재산이 아주 많은 노부인이었죠. 그런데 상당히 괴짜였어요. 특히 마부들을 지원하는 데 열성을 쏟았답니다. 어떻게 보면 좀 특이한 취향으로 보일 수도 있지만, 그녀는 나름의 방식으로 좋은 일을 많이 했지요. 마부들에게 안식처를 제공해 주기도 하고, 의복이나 생활 보조금 따위를 대 주기도 했습니다. 그녀에겐 그러는 것이 세상에 행복을 조금 더 보태는 일이었을 뿐 아니라, 현실의 고통을 조금이나마 상쇄해 주는 일이기도 했지요. 세상엔 참 힘든 일들이 많지 않습니까. [벽난로 쪽으로 다가간다.] 아쉽게도 저는 그녀와 인연이 닿은 적은 없습니다만, 딱 한 번, 업무상 그녀를 만나 봐야 했습니다. [매닝엄 부인을 향해 돌아선다.] 바로 자기 집에서 목에 자상을 입고 숨진 채 발견되었을 때였지요.

매닝엄 부인 어머나, 어떻게 그런 끔찍한 일이! 그러니까 살해되었다는 말씀인가요?

러프 그렇습니다. [소파 오른쪽 끝으로 걸어간다.] 살해되었지요. 당시 저는 풋내기 젊은 경찰이었는데, 그 끔찍한 사건은 제 머릿속에 결코 지워지지 않는 충격으로 남았습니다. 살인자는 끝내 잡지 못했지만 범행 동기만큼은 뚜렷했어요. 그녀의 남편이 남겨 준, 그 유명한 '발로 루비' 때문이었죠. [소파 왼쪽 끝으로 걸어간다.] 그녀는 그 귀중한 보석을 무방비 상태로 위층 침실에 보관했고, 외부인들도 그 사실을 알고 있었답니다. [매닝엄 부인을 향해 돌아선다.] 심지어 그녀는 혼자 살았고, 동거인이라고는 지하실에 거주하는 귀머거리 하인 한 명뿐이었지요. 사정이 그러하다 보니 자신의 목숨마저 지키지 못했던 거예요.

매닝엄 부인 그런데 어째서 그 일이—.

러프 그 사건에는 아주 기이한 특이점이 있습니다. 범인은 밤 10시경에 침입해서 동틀 무렵까지 집 안에 머물렀던 것으로 보입니다. 일단 그 유명한 루비는 손에 넣었다 치고, 그 밖에 소소한 장신구 말고는 도난당한 게 없음에도 온 집 안을 샅샅이 뒤지고 완전히 뒤집어 놓은 겁니다. 2층 살림살이를 모조리 뒤엎고, 갈가리 찢어 놓았지요. 심지어 의자의 쿠션까지 피 묻은 칼로 갈라서 헤집어 놓았으니까요. 경찰은 현장을 보고, 단순 강도가 아니라 원한 관계에서 비롯한 범행이라고 결론을 내렸습니다. 하지만 제 생각은 달랐어요. 그러나 당시에 저는 풋내기였고, 사건의 책임자도 아니어서 감히 나설 수가 없었지요.

매닝엄 부인 선생님의 생각은 어떠셨는데요?

러프 [오른쪽으로 걸으며] 여러 출처를 통해 수집한 정보로 미뤄 보자면, 노부인은 좀 괴팍하고 자기중심적이긴 했지만, 그렇다고 영 바보는 아니었습니다. 오히려 [다시 소파로 걸어간다.] 범인을 감쪽같이 속일 수 있을 만큼 영리했을지도 모릅니다. 이게 제가 내린 판단이었지요. 일단 범인은 노파가 큰 소리를 내지 못하도록 제압한 뒤 살해했겠죠. 그런 다음에는 뭘 했을까요? 그녀가 결코 허술한 사람이 아니었다면 말입니다. [천천히 매닝엄 부인을 향해 다가간다.] 이를테면, 좀체 상상할 수조차 없는 기발한 장소에 보석을 감춰 놓았다면? 예컨대 벽 속이라든가 침실 바닥 아래, 아니면 벽돌 사이의 공간 같은 곳에 말이죠. 그리하여 바닥에 널브러진 채 죽어 있는 사람 말고는 아무도 그 보석의 행방을 알지 못한다면? 그렇다면 매닝엄 부인, 현장이 그토록 아수라장이 되었던 이유를 설명할 수 있지 않을까요? [소파 뒤로 돌아서 무대 중앙으로 나온다.] 밤새도록 보석을 찾느라 온 집 안을 헤집고 다니는 범인의 모습을 상상해 보세요. 시간이 흐를수록 범인은 점점 더 절박해졌겠죠. 결국엔 동이 트고 범인은 피비린내 나는 현장을 뒤로한 채 어둑하고 차가운 새벽 거리로 나서야 하지 않았을까요? [매닝엄 부인을 향해 돌아선다.] 그러는 동안 지하실에 살던 귀머거리 하인은 세상모르고 잠들어 있었을 겁니다.

매닝엄 부인 아, 정말 끔찍한 사건이었군요! 너무 무서워요! 그 뒤로 범인은 잡히지 않았나요?

러프 그렇습니다, 부인. 그 뒤로 모습을 드러내지 않았지요. 마찬가지로 '발로 루비'도요.

매닝엄 부인 그렇다면 결국 그 루비를 찾아내서 지금까지 잘살고 있다는 뜻이 아닐까요?

러프 살아 있는 건 맞습니다만, 그 범인이 보석을 찾은 것 같지는 않습니다. 제 추론이 맞다면 말입니다.

매닝엄 부인 그럼, 그 보석은 여전히 노부인이 숨겨 둔 장소에 있다는 말씀인가요?

러프 그렇습니다, 부인. 제 추론이 역시 맞다면 그 루비는

애당초 노부인이 숨겨 놓은 장소에 그대로 있을 겁니다. 하지만 세상에 알려진 공식적인 결론은 사뭇 달랐죠. 경찰은 살인자가 보석을 찾았으리라 단정했고, 따라서 그 사건은 종결된 채 더는 거론되지 않았습니다. 대중 역시 곧 그 사건을 잊어버렸고요. 사실 저 자신도 거의 잊고 살아왔지요. 그런데 이제야 제 추론이 옳았다고 밝혀지면 참 재미있을 겁니다.

　　매닝엄 부인 물론 그렇겠지요. 그나저나 그 사건이 저와 무슨 관계가 있죠?

　　러프 아, 바로 그 점이 제 얘기의 핵심입니다. 무슨 관계가 있느냐고요? 15년 전에 한 노부인을 살해한 남자가 지금 제 앞에 있는, 아름답지만 다소 창백하고 지쳐 있는, 심지어 지금 자신이 미쳐 가고 있다고 굳게 믿는 부인과 과연 어떤 관계가 있을까요? 음, 분명히 관계가 있죠. 완전히 동떨어진 이야기 같고, 말도 안 되는 기이한 가설처럼 들리시겠지만 틀림없이 관계가 있습니다. 그게 바로 오늘 제가 부인을 찾아온 이유이기도 하고요.

　　매닝엄 부인 너무 혼란스럽군요. 어서 말씀을⋯⋯.

　　러프 부인은 그자가 아직도 그 숨겨진 보석을 손에 넣겠다는 야심을 버리지 않았으리라고 생각하십니까?

　　매닝엄 부인 네, 그럼요. 충분히 가능하죠. 그렇지만 어떻게⋯⋯.

　　러프 어쩌면 그자가 그동안 외국에서 살았고, 결혼까지 했으며, 마침내 그 끔찍한 밤에 시작한 탐색을 이어 갈 기회를 잡았을 가능성에 대해서는 어떻게 생각하시나요? [그녀에게 다가선다.] 지금 제가 무슨 말씀을 드리려 하는지, 이해하시겠습니까, 매닝엄 부인?

가스등　　　　　　　　　　　　　　　　　　　　　　53

매닝엄 부인 이해하느냐고요? 그런 것 같습니다만.

러프 부인, 옛말에 범인은 반드시 범행 장소로 돌아온다고 합니다.

매닝엄 부인 무슨 말씀이신지?

러프 그런 말이 있답니다. 하지만 이번 경우는, 단지 그런 음흉한 충동 때문만이 아닌 거예요. 반드시 찾아야 할 보물이 있으니까요. 누군가의 방해를 받거나 의혹을 살 위험 없이, 차근차근 체계적으로 수색할 기회를 가지려고 말입니다. 어떻게 그런 기회를 만들 수 있을까요? 부인의 생각에는……. [매닝엄 부인이 갑자기 벌떡 일어선다.] 왜 그러시죠?

매닝엄 부인 [가스등이 걸린 방향을 바라보며 무대 오른편의 중앙으로 간다.] 쉿! 소리 내지 마세요! 남편이 오고 있어요! 저 불빛을 보세요! 어두워지고 있잖아요! [불빛이 흐려지는 동안, 정적이 흐른다.] 잠시만요! 들어 보세요! [잠시 침묵이 이어지고] 남편이 돌아왔어요. 들리시죠? [천장을 올려다보며] 지금은 위층에 있어요.

러프 과연 그렇군요. 이런 상황을 실제로 목격하다니, 정말 기괴한 일입니다.

매닝엄 부인 [속삭인다.] 남편이 이 집 안에 있어요. 이제 가셔야 해요. 곧 선생님께서 오셨다는 걸 눈치챌 거예요. 어서 가세요.

[막 내릴 준비를 한다.]

러프 너무 어둡군요. [소파 오른쪽 끝으로 다가선다.] 글을 읽기가 힘드시겠어요.

매닝엄 부인 어서 가셔야 해요. 남편이 왔다고요. 제발 가세요.

러프 [재빨리 다가와서 매닝엄 부인의 팔을 잡는다.] 쉿! 조용히 하세요, 부인! 정신을 똑바로 차리셔야 합니다. 여태 제 말을 못 알아들으셨나요? 아직도 이 집이 바로 그 집이었다는 사실을 모르시는 겁니까?

매닝엄 부인 그 집이라고요? 무슨 집이요?

러프 그 노부인의 집 말입니다, 매닝엄 부인, 이 집이에요. 바로 여기, 이 방과 저 벽, 15년 전에 바로 이 방에서, 앨리스 발로가 살해되었다고요! 15년 전에 그녀를 살해하고, 이 집을 샅샅이 뒤졌으나 끝내 보석을 찾아내지 못한 범인이 여전히 그것에 집착하고 있다면? [손가락으로 위층을 가리키며] 여전히 위층에서 그 보석을 찾고 있다면요? 이제 왜 부인께서 정신을 똑바로 차리셔야 하는지 이해하시겠습니까?

매닝엄 부인 그렇지만 위층에는 남편이, 제 남편이 있는데요!

러프 [매닝엄 부인의 팔을 놓는다.] 바로 그렇습니다, 부인. 부인의 남편이죠. [벽난로 선반에 올려놓은 매닝엄 부인의 위스키 잔을 가지러 간다.] 이제 아시겠어요? 부인께서는 매우 위험한 사람과 결혼하신 겁니다. [벽난로 위 선반에서 잔 두 개를 집어 들고 매닝엄 부인에게 다가간다.] 어서 이 잔을 비우십시오. 할 일이 아주 많습니다.

[러프가 잔을 내민 채 서 있는 동안, 매닝엄 부인은 얼어붙은 듯 꼼짝도 않는다.]

막이 내린다.

2막

매닝엄 부인은 거의 무의식적인 동작으로 허겁지겁 위스키 잔을 받아 들고 러프를 바라본다.

매닝엄 부인 그런데 이 집이ㅡ. 이 집이 그 집이었다는 걸 어떻게 아시죠?

러프 그거야 제가 그 사건을 수사했었고, 이 집에 직접 와 보기도 했으니까요.

매닝엄 부인 하지만 그런 추론은 억지예요. 저희는 결혼한 지 벌써 5년이나 되었어요. 어떻게 제 남편을, 선생님께서 생각하시는 그 사람이라고 의심하실 수 있죠?

러프 매닝엄 부인ㅡ.

매닝엄 부인 네?ㅡ

[잠시 침묵이 흐른다.]

러프 15년 전, 경찰이 이곳에 왔을 때, 부인께서도 짐작하시겠지만, 수사와 관련한 일련의 필수적인 조사가 이루어졌습니다. 친인척과 친구, 주변 사람을 만나서 탐문도 하고 말예요. 그런 일들은 대부분 제 담당이었죠.

매닝엄 부인 그래서요? ─

러프 사건 관련자와 주변 사람들을 거의 다 만나 보았는데, 그중에 시드니 파워라는 이름의 젊은이가 있었습니다. 부인은 그 이름을 단 한 번도 들어 본 적이 없으시지요?

매닝엄 부인 파워?

러프 그렇습니다. 시드니 파워. 그 이름과 관련해서 뭔가 떠오르는 건 없으시죠?

매닝엄 부인 시드니 파워. 없는데요.

러프 사실 그는 [테이블 왼편으로 다가가서 매닝엄 부인을 응시한다. 그러고는 다음 대사를 이어 가는 동안, 자기 잔에 술을 한 차례 더 따른다.] 노부인의 먼 친척이었는데, 당시 노부인과 무척 가깝게 지냈던 모양입니다. 그녀의 자선 활동을 돕기도 했고요. 그때 보았던 그의 모습을 아직 기억하고 있는데, 놀랍게도 몇 주전에 그를 다시 보게 된 겁니다. 물론, 그가 예전에 만났던 시드니 파워라는 사실을 기억해 내기까지 꼬박 하루가 걸렸답니다.

매닝엄 부인 그래서요? 그를 기억해 내서 어떻다는 말씀이죠?

러프 제가 시드니 파워를 기억해 낸 건 중요하지 않습니다, 부인. 저를 놀라게 했던 건 그의 팔에 안겨 있던 여인과, 그를 마주친 장소였어요.

매닝엄 부인 그 여인이 누구였는데요?

러프 바로 당신이었습니다, 매닝엄 부인. [창문을 향해 돌아섰다가 무대 중앙으로 걸어 나오며] 그리고 여기, 이 거리에서 두 사람을 맞닥뜨렸지요.

매닝엄 부인 [테이블 오른편으로 다가가며] 그게 무슨 말씀이세요? 그러니까 제 남편이 —, 제 남편이 시드니 파워라는 말씀이신가요?

러프 그렇다고 단정하기보다는, 제 추론이 맞다면 그럴 수도 있다는 말씀입니다. [위스키를 마신다.]

매닝엄 부인 그게 무슨 뜻이죠? [자리에 앉는다.] 몹시 수수께끼 같은 말씀만 하시네요. 그리고 너무 냉정하세요. 제 남편만큼이나 냉정하신 분 같군요.

러프 [테이블 왼편으로 다가오며] 그렇지 않습니다, 매닝엄 부인. 저는 냉정한 사람이 아닙니다. 수수께끼 같은 얘기도 아니고요. [위스키 잔을 테이블에 내려놓는다.] 단지 냉철하고 논리적인 어조를 유지하려고 애쓸 따름입니다. 왜냐하면 부인께선 이제 곧 전 생애를 통틀어 가장 위험하고 힘겨운 순간을 맞이하게 될 테니까요. 앞으로 한 시간 동안 어떻게 대처하느냐에, 부인의 미래가 달려 있습니다. 부인의 남은 삶 전체가 걸려 있다는 말입니다. 지금부터라도 자유를 위해 단호하게 맞서야 합니다. 오늘 같은 기회가 두 번 다시 찾아오지 않을 수도 있으니까요.

매닝엄 부인 맞서라고요?

러프 [테이블 너머로 매닝엄 부인을 향해 몸을 숙이며] 부인은 미쳐 가고 있는 게 아닙니다. [일어선다.] 하지만 정신적으로 혼란에 빠지게끔 아주 치밀하고도 계획적으로 조종당하고 있지요. 왜 그럴까요? 부인이 결혼한 남자가 악랄한 범죄자이기 때문입니다. 그는 부인께서 너무 많은 걸 알게 될까 봐 두려워하고 있어요. 그럼에도 15년 전에 찾아내지 못한 물건을 찾기 위해 밤마다 자기 집을 뒤져야 하지요. 너무나 기이하고 허무 맹랑한 추론 같지만 전부 사실입니다. [테이블로 다가오며] 그의 성[姓]은 매닝엄이 아니에요. 그의 이름은 시드니 파워이고, 바로 이 집에서 앨리스 발로를 살해했습니다. 그러고는 이름을 바꾼 뒤 조용히 기회를 엿보며 줄곧 기다려 온 겁니다. 합법적으로 이 집을 손에 넣을 수 있을 때까지 말이에요. 심지어 이 옆집이 매물로 나오자, 그것마저 구입했지요. 지난 몇 주 동안 그는, 매일 밤, 옆집의 뒷문을 이용해 건물 지붕으로 올라간 다음, 이 집 천장에 난 채광창을 통해 꼭대기 층으로 들어온 겁니다. 제가 이렇게 잘 아는 까닭은, 그가 그러는 모습을 직접 목격했기 때문이에요. [소파 뒤로 걸어가며] 부인은 가스등을 관찰하면서 스스로도 깨닫지 못하는 사이에 진실을 파헤친 겁니다. [무대 중앙의 테이블 왼편에 놓인 의자로 다가가다가 잠시 멈춘다.] 그는 지금 위층에 있습니다. [무대 왼쪽의 중앙으로 걸어가며] 그가 왜 이렇게까지 기이하고도 우회적인 방법으로 그 보석을 손에 넣으려 하는지는 아마 하느님밖에 모를 일입니다. 아무튼 문제는, 그가 아마도 (노부인을 살해한 것과) 같은 이유로 부인을 제거하기 위해, 말하자면 부인을 정신 병원에 보내기 위해 서서히 미쳐 가도록 교묘하게 수를 쓰고 있다는 사실입니다.

매닝엄 부인 왜죠?

러프 부인에게, 이 집을 살 만한 돈이 있었다는 것도 이유 중 하나이겠지요. 이제 집을 소유하게 됐으니 더는 부인이 필요하지 않게 된 겁니다. [테이블로 다가와서 왼편에 앉는다.] 부인께서 아직 그와 혼인하지 않아서 천만다행입니다. 제가 저토록 흉악한 자의 손아귀에서 부인을 구하기 위해 제때 나타난

것도 그렇고요.

매닝엄 부인 혼인하지 않았다고요? 혼인하지 않았다니요? 저와 그이는 벌써 결혼했다고요!

러프 물론 그랬겠지요. [일어나서 왼쪽으로 돌아선다.] 하지만 불행인지 다행인지, 그는 부인을 만나기 수년 전에 이미 다른 여성과 혼인을 했답니다. 그 여성은 여전히 생존해 있고, 또 영국은 일부일처제를 철저히 엄수하지요. 그리고 그동안 시드니 파워에 관해 몇 가지 사실을 더 알아냈습니다. [천장을 한번 올려다본다.]

매닝엄 부인 그 말씀이 사실인가요? [일어선다.] 세상에 어쩌면―. 그 말씀이 사실이에요? 그렇다면 그 아내분은 지금 어디에 있죠?

러프 [무대 왼편의 중앙으로 걸어가며] 지구 반대편, 정확히 말하자면 호주 대륙에 있는 것 같습니다. 그는 호주에서 2년을 살았거든요. 혹시 알고 계셨나요?

매닝엄 부인 아니요. [잠시 침묵하다가 소파 앞으로 걸어가서 벽난로를 마주하고 선다.] 저는―, 몰랐던―, 사실입니다.

러프 그러시겠죠. 그 여자를 찾을 수만 있다면야 일이 한결 쉬워질 텐데 말입니다. 결정적인 단서가 될 테니까요. [소파 뒤쪽으로 걸어가며] 지금까지는 추측과 얼마간의 사실을 근거로 조사해 왔지만, 이젠 증거가 필요해요. 그래서 부인을 찾아온 겁니다. 부인께서 증거를 제공해 주시거나, 제가 그것을 찾을 수 있도록 도와주셔야 합니다.

매닝엄 부인 [무대 뒤쪽으로 돌아서서 러프를 향하며] 그 사람은 제 남편이에요. 그가 제 남편이라는 사실을 간과하신 건 아니죠? 그는 저와 결혼했습니다. 그를 배신하라는 말씀이신가요?

러프 혼인을 빙자하여 부인을 속이고 배신한 자를 말씀하시는 거겠죠.

매닝엄 부인 아무튼 저는 그와 결혼했습니다. 이제 가세요. 생각을 좀 정리해야 할 것 같아요. 어서 가세요. 저는 남편을 믿을 수밖에 없습니다. 그렇지 않나요?

러프 그렇게 하십시오. 하지만 부인이 그의 삶에서 유일한 여자라고는 생각하지 마세요. 시내 사창가에 가면, 부인께서 부군에게 매달리듯 그에게 매달리는 여자들을 여럿 찾아볼 수 있으니까요. 부인이 믿고 의지하는 자의 정체가 바로 그런 사람이라는 말입니다.

매닝엄 부인 [소파에 앉는다.] 여자들이라고요? 무슨 말씀을 하시는 거죠?

러프 다른 뜻이 있는 건 아닙니다. 제가 목격한 바를 그대로 말씀드리는 겁니다. 그자는 밤이 되면 활기를 찾는 것 같더군요. 위층에 있는 저 사람은 다중적인 인간이에요. [무대 중앙으로 나온다.] 한동안 그의 소소한 일상을 미행하는 게 저의 일과였습니다. 그러다 보니 그가 일거리 없는 여자 배우들과 가깝게 지내고 있다는 사실을 알게 되었죠. 게다가 그런 일들을 별로 숨기려 하는 것 같지도 않더군요.

매닝엄 부인 [잠시 침묵하다가] 하느님, 맙소사! 도대체 어떤 말을 믿어야 할지 모르겠어요.

러프 [소파 왼쪽 끝으로 다가가며] 매닝엄 부인, 제가 부인의 삶을 통째로 뒤흔드는 것 같아서 제 마음 역시 몹시 괴롭습니다. 하지만 부인, 더 이상 그자에게 얽매이지 마세요. 사창가의 여자들이 그를 대수롭지 않게 여기듯 이제 자유로워지세요. 앞으로 제 말에 감사하게 될 겁니다.

매닝엄 부인 [잠시 생각하다가] 제가 뭘 하면 되나요? 이제 어떻게 하시려고요?

러프 [말없이 무대 앞으로 나와서 소파에 앉는다.] 그의 신상 정보가 담긴 서류가 필요합니다. 분명 이 집 어딘가에 있을 거예요. 그걸 손에 넣어야 해요. [방 안을 둘러본다. 어느새 러프의 어조가 완전히 바뀌어 있다.] 서류 같은 건 어디에 보관하죠?

매닝엄 부인 서류요? 서류에 관해서는 모르는데요. 남편이 일을 보는 책상에 있다면 모를까…….

러프 [자리에서 일어나 소파 왼쪽 끝으로 간다. 방 안을 한번 둘러보고는 다시 오른쪽 끝으로 간다.] 아, 서류 작업을 하는 책상 말입니까? 그건 어디 있죠?

매닝엄 부인 네, 저거예요. [무대 왼쪽에 있는 접이식 책상을 가리킨다. 러프가 테이블 뒤로 걸어간다.] 하지만 남편이 늘 잠가 두기 때문에 [러프가 무대 왼편에 멈춰 선다.] 그게 열려 있는 걸 단 한 번도 본 적이 없어요.

러프 아하―. 항상 잠가 둔다?

매닝엄 부인 남편의 책상이니까요. 서류 작업을 하는 책상이기도 하고요.

러프 [무대 왼편에서 다가가, 책상 뒤를 살핀다.] 잘됐군요. 내부를 한번 살펴보기로 하죠.

매닝엄 부인 잠겨 있는데, 어떻게요?

러프 음, 자물쇠를 여는 건 별로 어렵지 않을 것 같군요. 제가 살아오면서 후회하는 게 딱 두 가지 있는데, 하나는 정원사가 되지 않은 것, [외투를 벗어 놓은 데로 걸어가더니 주머니에서 열쇠 뭉치와 다른 도구들을 꺼낸다.] 다른 하나는 도둑이 되지 않은 것이랍니다. 둘 다 조용히 집중하지 않으면 안 되는 직업이죠.

특히 도둑질은 일찍이 시작해서 성실하게 노력했다면, 아마 지금쯤 천재적인 대도(大盜)가 되었으리라고 확신합니다. [다시 책상으로 간다.] 자, 이제 안을 살펴봅시다.

매닝엄 부인 [러프가 있는 곳으로 다가가며] 손대시면 안 돼요! 남편이 바로 알아차릴 거예요.

러프 부인, 진정하세요. 이제 부인은 저와 한배를 탄 겁니다. 저와 적대하시면 안 된다고요. [책상을 살핀다.] 음—. 좋아—. 재킷을 좀 벗어도 되겠습니까? 재킷을 입고 있으면 영 일하는 느낌이 안 들어서요. [재킷을 벗어서 왼편 의자에 걸쳐 놓는다. 재킷 안에 입고 있던 밝은 분홍색 셔츠가 드러난다.] 셔츠가 제법 대담하고 화려하지요? 제가 이 정도로 멋쟁이일 줄은 모르셨나 봅니다. 자, [책상 곁에 앉아서 열쇠 뭉치를 꺼내 든다.] 이제 제대로 살펴봅시다.

매닝엄 부인 [잠시 머뭇거리다가 무대 중앙으로 나와서 오른편을 향해 선다.] 하지만 뒤지시면 곤란해요. 남편은, 누군가 손댄 흔적을 바로 알아볼 거예요.

러프 그러니까 영리하게 뒤져야지요. 그런데 그만큼 주의를 기울일 필요조차 없겠군요. 이런 건 그저 다—.

[불빛이 밝아진다.]

매닝엄 부인 [가스등이 걸린 벽을 쳐다보고는 책상으로 서둘러 다가간다.] 그만—. 조용히 하세요—. 못 느끼셨나요? 뭔가 눈치 채지 못하셨느냐고요?

러프 눈치채다니요? 저는 이제 막—.

매닝엄 부인 그만하세요! 맞아요. 제가 옳았어요. 자, 보세요. 모르시겠어요? 저 불빛이요! 밝아졌잖아요. 남편이 돌아오는 거예요.

러프 불빛이라고요?

매닝엄 부인 쉿! [잠시 정적이 흐른다. 긴장감이 흐르는 가운데 불빛이 서서히 밝아진다. 매닝엄 부인이 속삭인다.] 보세요. 불빛이 밝아졌다고요. [무대 왼편의 중앙으로 걸어가며] 이제 가셔야 해요. 모르시겠어요? 남편이 돌아오고 있다고요. 이제 남편이 올 거예요. 어서 가세요!

러프 [일어선다.] 이런! 이건 미처 예상하지 못했던 상황이군요.

매닝엄 부인 맞아요. 남편은 늘 이렇게 예상 밖의 행동을 한답니다. 저는 도무지 예측할 수가 없어요. 어서 가세요. [책상 뒤로 간다.]

러프 [가만히 서서 뭔가 골똘히 생각한다.] 어디 보자. 그렇지. 음―. 좋아―. [열쇠를 주머니에 넣고 재킷을 입기 시작한다.] 자, 이제―. 종을 울려서 엘리자베스를 부르시지요.

매닝엄 부인 엘리자베스는 왜 부르라고 하시는 거죠?

러프 제 말대로 종을 울리세요. 어서요. 아니면 직접 불러 오시든가요. [매닝엄 부인이 무대 뒤로 가서 종을 울린다.] 자, 어디 봅시다.

매닝엄 부인 가세요, 제발!―제발, 어서 가시라고요! 지금 당장 떠나셔야 해요. [무대 뒤쪽에 있는 책상으로 다가가며] 도대체 엘리자베스는 왜 부르라는 거죠?

러프 [외투를 입고 목도리까지 두른 뒤, 매닝엄 부인이 있는 책상 쪽으로 다가간다.] 시간은 충분합니다. 그가 창밖으로 곧장 뛰어내리지는 않을 테니까요. 마술을 부리지 않고서야 5분 이내

64

에 현관문 앞에 당도하기는 불가능하다는 말이지요. 혹시 제가 놓친 부분이 있나요?

매닝엄 부인 아니, 없어요. [돌아서서 위스키병을 본다. 그 병을 집어서 러프에게 건넨다.] 여기 위스키도 가져가세요.

러프 아, 그러죠. 말씀드렸듯이 부인은 경찰관이 되셨어도 아주 잘하셨을 겁니다. 위스키 잔도 잊지 말고 치우세요.

매닝엄 부인 알았으니 어서 가세요. [왼편 중앙의 문으로 엘리자베스가 들어온다. 매닝엄 부인은 위스키 잔을 접이식 책상에 넣고, 천천히 무대 왼편 앞쪽으로 나온다.]

러프 아, 엘리자베스―. 이리 와 주겠소?

엘리자베스 [러프에게 다가간다.] 네, 무슨 일로 부르셨나요?

러프 엘리자베스, 우선 간단히 몇 가지 정리해 둡시다. 어떻게든 매닝엄 부인을 돕고 싶다고 말했었죠?

엘리자베스 네, 제가 그렇게 말씀드렸습니다만 무슨 일인지요?

러프 이유를 불문하고 도울 수 있겠소?

엘리자베스 네, 그렇게 하겠어요. 그렇지만―.

러프 할 수 있다는 거요, 아니라는 거요?

엘리자베스 [잠시 머뭇거리며 매닝엄 부인은 바라보다가 조용히 대답한다.] 하겠습니다.

러프 좋소. 매닝엄 부인과 내가 예상하건대, 아마 지금부터 5분 뒤에 매닝엄 씨가 돌아올 것이오. 내가 이 집에서 나가는 모습을 그가 보지 않아야 하니, 혹시 나를 잠시 주방에 숨겨 줄 수 있겠소? 원한다면 날 오븐 안에 넣어도 좋소.

엘리자베스 알겠습니다, 선생님. 그런데―.

매닝엄 부인 [러프가 창가로 가서 바깥을 내다보는 동안] 이제

가셔야 해요. 지금 가시면 남편의 눈을 피할 수 있을 거예요.

러프 아, 엘리자베스, 방금 전에 무슨 말을 하려고 했소?

엘리자베스 네, 선생님, 주방에 숨겨 드릴 수야 있지만, 거기에는 낸시도 있는데요.

러프 낸시! 세상에, 오늘은 왜 이렇게 일이 꼬이는 거지? 낸시는 오후에 쉬는 줄 알았는데. 낸시가 없을 때 내가 방문하기로 계획한 거 아니었소?

엘리자베스 [당황하며] 그랬습니다, 선생님. 그런데 무슨 까닭인지 그 애의 외출이 늦어지는 것 같네요. 요즘 젊은 남자를 만나는 거 같거든요. 아무튼 제가 서둘러 내보낼 수는 없지 않습니까? 만약 그랬다가는—.

러프 물론, 그렇지. 알겠소. 그럼, 내가 여기 왔을 때도 집에 있었겠군. 내가 방문했다는 사실 역시 알고 있을 테고 말이야. 그렇지 않소?

엘리자베스 아, 아닙니다. 제가 문을 열어 드릴 때, 낸시는 주방 뒷방에 있었습니다. 또, 제가 집을 잘못 찾아온 사람이라고 말해 두었고요. 그래서 낸시는 선생님이 오신 걸 모르고 있습니다. 게다가 저는—.

러프 알았소, 좋아요. [서둘러 무대 앞쪽 오른편에 있는 테이블로 간다.] 그렇다면 다행이오. 아, 그러니까 주방엔 숨겨 줄 수 없다는 말이로군. [무대 오른편 중앙에서 엘리자베스를 향해 돌아서며] 그럼 어디에 숨겨 줄 수 있겠소? 서둘러야 하는데.

엘리자베스 모르겠습니다. 음, 혹시 저와 낸시가 쓰는 침실에 숨으시면 어떠실지.

러프 [엘리자베스의 오른편으로 다가가며] 기가 막힌 생각이로군! 지금 가면 되겠소?

엘리자베스 [엘리자베스가 러프에게 다가가는 동안, 매닝엄 부인은 무대 왼편으로 간다.] 그렇긴 합니다만, 낸시가 외출하기 전에 다시 방에 들르면 어쩌죠?

러프 영리한 사람이라 모든 가능성을 고려하는군. [무대 오른편 중앙으로 가며] 이건 어디로 통하는 문이오? 여기에 숨으면 어떻겠소?

엘리자베스 [러프에게 다가가며] 거긴 주인 나리의 옷방입니다. 나리의 옷을 보관하는 곳이지요. 거기 숨으세요. 그 방 뒤편에 커다란 옷장이 있습니다.

러프 [무대 오른편 뒤에 자리한 문으로 간다.] 실례하겠소. [그 문으로 나간다.]

매닝엄 부인 [무대 중앙으로 나오며] 아, 엘리자베스.

엘리자베스 [매닝엄 부인에게 다가가며] 마님, 괜찮습니다. 불안해하지 마세요. 다 괜찮을 거예요.

매닝엄 부인 아무래도 지금 가시는 게 좋을 것 같은데.

엘리자베스 아니에요, 마님. 선생님이 잘 알아서 하실 거예요. [러프가 오른쪽 문으로 들어온다.] 지금 상황을 누구보다 잘 알고 계실 테니까요.

러프 [무대 뒤쪽의 창문으로 가서 바깥을 내다보며] 숨기에 딱 좋은 장소로군. [뭔가 보이는 듯] 아, 저기 오고 있군. [매닝엄 부인에게 다가가며] 이제 정말 서둘러야 합니다. 부인은 얼른 침대로 가세요. 엘리자베스도 방으로 돌아가고. 그러고는 내려오지 말도록! 모두 서둘러야 해요. 엘리자베스, 램프 불빛을 낮춰 주게.

[엘리자베스가 러프의 말대로 따른다. 러프는 가스등의 불빛을 낮

춘다.]

매닝엄 부인 침대요? 저는 침대에 누워 있어야 하나요?

러프 [처음으로 다급한 모습을 보인다.] 그렇습니다. 어서 서
두르세요. 그가 오고 있다니까요. 어떤 상황인지 모르시겠어
요? 얼른 침실로 가서 누워 계세요. 이제 부인께서는 심한 두
통 때문에 괴로워하는 상황인 겁니다. [벽난로로 다가가서 가스
등의 불빛을 낮춘다.] 심한 두통 말예요! [몹시 흥분한 채, 무대 앞쪽
벽에 달린 가스등의 불빛도 낮춘다.] 제발, 어서 가시라니까요!

[러프가 가스등의 불빛을 낮추는 동안, 매닝엄 부인은 위층으로
올라가고, 엘리자베스는 왼쪽 문을 열어 놓은 채 그 밖으로 나간 뒤 오
른쪽으로 돌아선다. 열린 문으로 복도의 불빛이 새어 들어온다. 러프가
소파 왼쪽 끝으로 다가가다가 잠시 멈춰 서서 복도를 살핀다. 그러고
는 발꿈치를 들고 살금살금 문으로 다가가, 바깥에서 나는 소리에 귀를
기울인다. 잠시 정적이 흐르고, 곧 문 닫는 소리가 들린다. 러프가 긴장
한 몸짓으로 소리 없이 오른쪽 문으로 향하다가, 무대 중간쯤에서 머리
를 더듬어 보고 모자를 두고 왔다는 사실을 깨닫는다. 다시 서둘러 책
상으로 가서 모자를 뒤집어쓰고 재빨리 오른쪽 문으로 나간다. 잠시 후
매닝엄이 문틈에서 모습을 드러내고, 방 안을 살피며 들어선다. 등 뒤
로 문을 닫으며 계단 위를 올려다본다. 무대 뒤쪽 벽에 달린 가스등 쪽
으로 가서 불을 환히 밝히고, 무대 앞쪽에 있는 등도 밝힌다. 그런 다음,
소파로 가더니 모자를 벗어 그 위에 올려놓고 설렁줄을 잡아당겨 종을
울린다. 천천히 벽난로를 지나 소파에 다다랐을 때, 엘리자베스가 문을
열고 들어온다.]

엘리자베스 부르셨어요, 나리?

매닝엄 [엘리자베스를 향해 돌아서며] 응, 내가 불렀어. [종을 당긴 이유는 말하지 않고, 재킷을 벗어 소파에 걸쳐 놓는다. 그러고는 벽난로를 등지고 선다.] 매닝엄 부인은 어디 있지?

엘리자베스 침실에 드신 거 같습니다, 나리. 두통이 심해서 일찍 올라가신 듯합니다.

매닝엄 아, 그랬군. 침실에 든 지는 얼마나 됐지?

엘리자베스 조금 전에 올라가신 것 같습니다, 나리.

매닝엄 그렇군. 그러면 우리가 조용히 해 줘야겠지? 고양이 걸음을 걸어야겠어. 자네는 고양이 걸음을 걸을 줄 아나?

엘리자베스 [애써 미소를 지으며] 네, 나리.

매닝엄 [살금살금 종종걸음으로 무대 뒤쪽으로 간다.] 좋아, 엘리자베스. 이제 고양이처럼 걷자고. 그럼 되겠지.

엘리자베스 네, 나리. 감사합니다.

[엘리자베스가 방을 나가려는데, 그녀를 다시 불러 세운다.]

매닝엄 아—. 엘리자베스.

엘리자베스 [되돌아오며] 네, 나리? [매닝엄은 또다시 말이 없다.] 부르셨나요, 나리?

매닝엄 저 찻그릇들은 왜 치우지 않았지?

엘리자베스 [테이블로 다가가며] 죄송합니다, 나리. 지금 막 치우려던 참이었습니다.

매닝엄 [무대 왼편 중앙으로 걸어가며] 그래. 진즉에 치웠으면 좋았을 텐데 말이야.

엘리자베스 네, 나리. [잠시 머뭇거리다가 찻그릇을 쟁반에 담기 시작한다.] 나리, 저녁 식사를 하시겠습니까?

　　매닝엄 [책상으로 다가가며] 아, 그래. 저녁을 먹어야 할 거 같군. 그런데 여기서 먹을까, 어떡할까?

　　엘리자베스 네, 나리. 식탁에 차릴까요?

　　매닝엄 그래, 식탁에서 먹지. [매닝엄이 정장 조끼를 벗어서 테이블 왼편의 의자에 조심스럽게 걸쳐 놓고 넥타이를 푼다.] 속옷을 좀 갈아입어야겠어.

　　[매닝엄이 셔츠의 칼라를 뗀다. 잠시 정적이 흐른다.]

　　엘리자베스 [매닝엄이 재킷을 벗은 모습을 보고] 칼라를 새것으로 바꾸시겠어요? 새 칼라를 가져다드릴까요?

　　매닝엄 좋지. 칼라를 어디에 두는지 아나?

　　엘리자베스 그럼요, 알고 있습니다. 나리의 방에 있지요. 하나 가져다드릴까요?

　　매닝엄 많은 걸 알고 있군그래. 엘리자베스, 그렇다면 오늘 밤 내가 어떤 칼라를 원하는지도 알까?

　　엘리자베스 그럼요, 나리 ─. 알 수 있습니다.

　　매닝엄 [소파 뒤쪽으로 간다.] 자네가 나보다 더 많은 걸 알고 있군. 그 점은 분명히 알겠네만 그만 됐어. 내가 직접 고르지. [엘리자베스를 향해 돌아선다.] 자네가 허락해 준다면 말이야, 엘리자베스.

　　엘리자베스 [매닝엄에게서 시선을 떼지 않은 채] 그럼요, 나리 ─. 알겠습니다, 나리.

　　[매닝엄이 무대 오른편 문으로 나가자, 엘리자베스는 들고 있던

접시를 테이블 위에 내려놓고 고개를 숙인 채, 긴장한 모습으로 잠시 귀를 기울인다. 옆방에선 아무 소리도 들려오지 않고, 15초 정도의 시간이 흐른다. 잠시 후, 매닝엄이 무척 느긋한 걸음걸이로 들어온다. 넥타이를 들고 벽난로 위에 자리한 거울 앞으로 가서 자기 모습을 비춰 보며 말한다.]

매닝엄 오늘 밤, 매닝엄 부인은 좀 어떻든가?

엘리자베스 마님이요, 나리? 뭘 말씀하시는 건지요?

매닝엄 대체적인 건강 상태에 관해 묻는 말일세.

엘리자베스 잘 모르겠습니다, 나리. 그리 좋아 보이지는 않으셨어요.

매닝엄 그렇지. 얼마큼이나 안 좋은지 자네로서는 짐작할 수 없을 테지. [엘리자베스를 향해 돌아서며] 아니, 이제 조금은 짐작할 수 있겠나?

엘리자베스 모르겠습니다, 나리.

매닝엄 [소파 뒤로 다가가며] 오늘은 내가, 공연히 자네와 낸시를 우리 부부의 문제에 끌어들였던 것 같아. 그러지 말았어야 했는데.

엘리자베스 몹시 슬프고 안타까운 일입니다, 나리.

매닝엄 [미소를 띠며 호소하는 듯한 표정을 지은 채, 엘리자베스를 향해 한 걸음 다가간다.] 나도 이젠 어찌해야 좋을지 모르겠네, 엘리자베스. 자네도 알 거야, 그렇지?

엘리자베스 그럼요, 나리.

매닝엄 내가 할 수 있는 건 뭐든 다 해 봤어. 어떻게든 정신을 차리게 하려고 더욱 다정하게 대하고, 참거나 꾀를 써 보기도 하고, 엄하게 굴기도 했지. 하지만 극심한 환각 증세, 못된 장난이나 속임수를 쓰는 버릇은 전혀 나아지지 않더군.

엘리자베스 너무 지나친 생각인 것 같습니다, 나리.

매닝엄 엘리자베스, 자네는 반의반도 몰라! 오늘처럼 자네와 엮인 일이거나 굳이 불려 왔을 때나 알게 되는 게 전부이지 않나. 자네는 끊임없이 되풀이되는 상황에 대해선 거의 모르고 지나가는 셈이야. [손에 들고 있던 넥타이를 바라보다가] 아니야—. 이건 아닌 거 같고. [오른쪽 문으로 향한다.]

엘리자베스 다른 걸로 하시게요?

매닝엄 [걸음을 멈추고 엘리자베스를 향해 돌아선다.] 그래야겠어. [다시 돌아서서 옆방으로 간다. 엘리자베스도 돌아서서 긴장한 모습으로 오른쪽 문을 지켜본다. 잠시 후, 매닝엄이 다른 넥타이를 들고 들어온다. 매닝엄이 나타나자, 엘리자베스는 재빨리 테이블을 향해 돌아선다. 매닝엄은 벽난로 위에 자리한 거울로 다가가서 넥타이를 매며 대화를 시작한다.] 자네, 매닝엄 부인의 친정어머니 얘기는 알고 있지?

엘리자베스 아니요, 나리. 그분에 관해서 무엇을 말씀이십니까?

매닝엄 매닝엄 부인의 어머니가 어떻게 죽었는지 모른단 말이야?

엘리자베스 네, 모릅니다, 나리.

매닝엄 정신 병원에서 죽었다네. 말년엔 완전히 미쳐 버렸지.

엘리자베스 세상에! 저는, 아, 너무 가슴 아픈 일이네요, 나리.

매닝엄 그래, 정말 끔찍한 일이야. 의사들도 손쓸 수가 없었다네. [잠시 생각하다가, 엘리자베스를 향해 돌아선다.] 머지않아 나도 매닝엄 부인을 위해 의사를 데려와야 할 것 같아. 아마 자네도 짐작하고 있을 거야, 그렇지 않나? [테이블 왼쪽으로 가서 재킷을 집어 들며] 마지막까지 그런 상황만은 피하려고 했건만! 더 이상 비밀로 덮어 둘 수만은 없을 것 같아.

엘리자베스 그러실 수는 없지요, 나리.

매닝엄 [셔츠를 입으며] 그러니까 내가 묻고 싶은 건, 자네가 사정을 잘 알고 있으니만큼 나중에 이 절망적인 상황에 대해 증언해 줄 수 있겠느냐는 말일세. 자, 그래 줄 수 있겠나?

엘리자베스 그럼요, 나리. 잘 알겠습니다.

매닝엄 그래, 어쩌면 자네의 증언이 필요할 수도 있어. 내 말, 이해하겠나? [잠시 말을 끊었다가, 날카롭게 거듭 묻는다.] 알았지?

엘리자베스 [고개를 들어 매닝엄을 바라보며] 알겠습니다, 나리. 저는 두 분께 도움이 되고 싶은 마음뿐입니다.

매닝엄 [테이블 뒤 소파로 가서 재킷을 집어 입는다. 그러고는 거울 앞으로 가서 옷매무새를 다듬으며] 그래, 그 점에 있어서는 자네를 믿네. 자네는 참 좋은 사람이야. 가끔은 자네가 이 암울한 집구석을 어떻게 견뎌 내는지 감탄스러울 따름이야. 자네가 왜 이 집을 떠나지 않는지 신기하기도 하고 말이야. 무척 충실한 사람이지.

엘리자베스 [미묘한 표정으로 매닝엄을 응시한다. 하지만 매닝엄은 알아차리지 못한다.] 언제나 나리께 마음을 다하고 있습니다. 늘 충실하고자 노력하고요.

매닝엄 자, 보라니까. 정말 고맙네, 엘리자베스. [소파 뒤로 돌아서 엘리자베스에게 다가간다.] 그 말에 대해서는 나중에 충분히 보상하겠네, 여러모로 말이야. 무슨 말인지 알지?

엘리자베스 감사합니다, 나리. 제 직분에 충실할 뿐인걸요.

매닝엄 [소파 뒤로 가서 모자를 집는다.] 그래, 알고말고. 음, 나는 이제 나가 보겠네. 사실 오늘은 모처럼 신나게 즐길 생각이야. 이해할 수 있겠나? 혹시 내가 방탕하게 보이나?

엘리자베스 아, 아닙니다, 나리. 즐길 기회가 있을 때 마음껏 즐기셔야지요.

매닝엄 생각해 보면, 이것도 참 기묘한 삶이지 않은가. 아무튼 잘 자게, 엘리자베스. [왼쪽 문으로 나간 뒤 왼편으로 돌아선다.]

엘리자베스 좋은 밤 보내십시오, 나리. [매닝엄이 문을 열어 놓은 채 나가자, 엘리자베스는 서둘러 문을 닫으며 매닝엄의 뒷모습을 살핀다. 이윽고 러프가 모습을 드러내고, 엘리자베스는 그를 향해 돌아선다. 그렇게 두 사람은 마주 보고 서 있다가, 러프가 창가로 가서 바깥을 살핀다. 현관문이 거세게 닫히는 소리가 들린다.]

러프 [엘리자베스에게 다가오며] 엘리자베스, 당신이 보상받게 되리라는 매닝엄의 말은 분명 맞을 거요. 물론, 그자가 생각하는 방식의 보상은 아니겠지만. [모자를 벗어 책상 위에 놓고, 외투와 목도리마저 벗어서 왼쪽 의자에 걸쳐 놓는다. 잠시 침묵하다가] 자, 가서 매닝엄 부인을 모셔 오겠소?

엘리자베스 네, 모셔 오겠습니다. [계단으로 향한다.]

[러프가 외투 주머니에서 다시 도구를 꺼내는 사이에, 매닝엄 부인이 계단을 내려온다.]

러프 아—. 내려오셨군요.

매닝엄 부인 그가 나가는 걸 봤어요.

[엘리자베스가 쟁반을 들고 왼쪽 문으로 나간 뒤 오른쪽으로 돌아선다.]

러프 자, 이제, 아까 하던 일을 마저 하겠습니다.

매닝엄 부인 남편은 뭐가 필요했던 걸까요? 무슨 이유로 집을 다녀간 거죠?

러프 그저 옷을 바꿔 입으러 왔을 뿐입니다. 램프를 좀 더 밝혀 주시겠습니까? [매닝엄 부인은 램프의 불빛을 밝힌다. 그러고는 러프를 따라 접이식 책상으로 간다.] 자, 이제 다시 한번 살펴봅시다.

매닝엄 부인 [책상에 다가서며] 남편이 돌아오면 어쩌죠? 이젠 그가 오는 걸 알려 줄 가스등도 없는데 말예요.

러프 아, 그 점이 걱정이시군요. 음, 하지만 그 정도 위험이라면 감수할 수밖에 없습니다. [주머니에서 열쇠를 꺼낸다.] 이 작업은 마치 아이들의 놀이 같아요. 약간의 인내심과 기술이 필요하지요. [현관문이 닫히는 소리가 들린다.] 이게 무슨 소리죠? 가서 확인해 보시겠습니까? [매닝엄 부인이 창가로 다가간다.] 오늘 밤에는 자꾸 방해꾼이 나타나는군요.

매닝엄 부인 괜찮아요. 낸시였어요. 그 애가 늘 이 시간에 외출한다는 걸 제가 깜빡 잊고 있었네요.

러프 정문을 이용하나 보군요?

매닝엄 부인 네, 그래요. 그 애는 정문을 이용해요. 자기가 이 집의 안주인이라도 되는 줄 안다니까요.

러프 건방진 아이로군요. [접이식 책상의 뚜껑이 열린다.] 와, 열렸습니다. 열쇠가 없을 때는 섬세한 솜씨가 최고의 해결책이죠.

매닝엄 부인 감쪽같이 닫을 수도 있으신 거죠?

러프 그럼요. 책상엔 흠집 하나 나지 않았습니다. 이제 안을 제대로 살펴볼 수 있겠군요. [윗부분의 서랍을 빼서 책상 위에 놓는다. 매닝엄 부인은 오른쪽으로 돌아선다.] 어디 보자. 여기엔 별 것 없는 거 같은데요. [브로치 하나를 집어 든다.] 기껏 열었더니 쓸 만한 단서는 하나도 없고―. 결국 헛고생만 했나―.

매닝엄 부인 저기, 손에 들고 계신 게 뭐죠? 뭘 들고 계신 거예요?

러프 [브로치를 들어 보이며] 잘 아시는 물건인가요?

매닝엄 부인 그럼요! 제 것이에요! 맞아요! 그 서랍 속에 다른 뭔가가 더 들어 있나요? 또 뭐가 있죠?? 이것 좀 보세요, 내 시계! 어머나 세상에, 내 시계예요!

러프 그럼, 이것도 부인 것인가요? [매닝엄 부인을 바라본다.]

매닝엄 부인 맞아요. 둘 다요. 이 시계는 제가 일주일 전에 잃어버렸던 거고요, 브로치는 3개월 전에 잃어버렸던 물건이에요. 남편은 저더러 선물을 주면 모조리 잃어버린다면서, 앞으로 절대 선물을 주지 않겠다고 했답니다. 남편은 제가 못된 장난을 하느라 이런 것들을 숨긴다고 나무랐어요. [러프가 서랍 안을 살핀다.] 경위님, 그 안에 다른 게 또 있나요―? [잠시 후, 매닝엄 부인은 그 곁에 다가가서 러프의 어깨 너머로 서랍 안을 기웃거린다.] 혹시 영수증도 있나요? [러프가 매닝엄 부인을 돌아본다.] 식료품 상점에서 장을 본 영수증도 있을까요?

러프 [서랍을 뒤진다.] 식료품 상점의 영수증이요?―아니요―. 없는 거 같은데요―. [편지 같은 종잇장을 꺼내다가 책상 위에 떨어뜨린다.]

매닝엄 부인 [편지를 집어 들며] 잠깐―. 잠깐만요―. 이 편지!―이 편지!―[매닝엄 부인이 편지를 읽는다.] 제 사촌이 보내온 편지예요―. 사촌 동생이요―!

러프 지금 이런 상황에서 남편과 부인의 친척분이 주고받은 편지가 그렇게 중요한가요, 매닝엄 부인?

매닝엄 부인 경위님은 모르셔서 그래요. [말이 빨라진다.] 결혼하면서부터 저는 모든 관계로부터 단절되었답니다. 결혼한 뒤로 아무도 못 만나고 지내 왔으니까요. 모두들 제가 선택한 남자, 그러니까 제 남편을 인정해 주지 않았거든요. 하지만 저는 그들을 무척이나 그리워했어요. 런던으로 돌아오고 이 집으로 이사한 뒤에, 제가 두 차례나 편지를 보냈답니다. 결국 답장을 받지 못했죠. 이제 그 이유를 알겠네요. [어이없어서 명한 상태로] 이 편지는 제게 온 거예요, 제 사촌 동생에게서요!

러프 [냉소적인 어조로] 그런데 부인에게 전달되지 않았군요. 이제 이해하시겠습니까, 매닝엄 부인?

매닝엄 부인 [테이블 왼편의 의자에 가서 앉으며] 들어 보세요. 뭐라고 썼는지 읽어 볼게요. [다소 흥분한 어조로] "사랑하는 사촌 누이, 다시 누이의 소식을 듣게 되어 우리 모두 너무나 기뻤답니다." [고개를 들어 러프를 보며] 너무 기뻤대요, 들으셨어요? [다시 편지를 읽기 시작한다.] 자기 가족은 데번셔에서 산다고 썼네요. 교외로 이사했다고요. 우리 곧 만나서 다시 예전처럼 친하게 지내자고 하네요. [기쁨이 벅차올라서 어쩔 줄을 모른다.] 모두들 나를 보고 싶어 한대요. 저더러 한번 방문하라고 써 있어요. 데번셔의 맛있는 크림⁴을 대접해서 제 볼을 통통하게 살찌우겠다네요. 그곳의 신선한 공기를 들이마시면 제 눈에 총기가 되살아날 거라고요. 언제든 제가 방문하면—. 저에게—. [끝내 울음을 터트린다. 러프가 가까이 다가온다.] 오, 하느

---

4   데번셔 크림은 클로티드 크림(clotted cream)을 가리킨다. 살균 처리를 하지 않은 우유를 가열하여 응고시키는 방법으로 제조한다.

님! 모두들 내가 돌아오기를 원한대요! 그동안 줄곧 내가 돌아오기를 바랐던 거예요!

러프 [조용히 흐느끼는 매닝엄 부인에게 다가간다.] 가여운 사람. 부인은 꼭 데번셔 크림을 맛보실 겁니다. 또 그곳의 신선한 공기를 마시고, 눈빛도 다시 광채를 찾을 거예요. [매닝엄 부인이 러프를 올려다본다.] 제가 보기엔 벌써 눈에 총기가 도는 거 같습니다. 지금 저를 믿고 용기를 내신다면, 오래지 않아 그렇게 되실 거예요. 저를 믿으시겠습니까?

매닝엄 부인 이 편지를 찾아 주셔서 정말 감사해요, 경위님. [러프가 책상 뒤로 간다.] 제가 뭘 하면 될까요?

러프 지금 당장은 없습니다. 그런데 이 서랍은 아주 특별한 열쇠가 있어야 열 수 있을 것 같군요. 혹시 이 서랍이 열린 걸 본 적이 있으십니까?

매닝엄 부인 [잠시 생각해 보고] 아니요.

러프 없으신가요? 그럴 것 같았습니다. 이거 쉽지 않겠는데요. [외투를 집어 들더니 주머니에서 철제 도구를 하나 더 꺼낸다.]

매닝엄 부인 [일어나서 무대 중앙으로 나온다.] 어쩌시려고요? 힘으로 뜯어내시려는 건가요?

러프 [차분한 어조로] 그럴 수 있다면요. 하지만 될지 모르겠습니다.

매닝엄 부인 [책상으로 다가가며] 그러시면 안 돼요. 그러지 마세요. 남편이 돌아오면 부서진 책상을 보고 바로 알아챌 텐데, 제가 뭐라고 설명하겠어요?

러프 [냉소적인 표정을 지은 채, 외투에서 짤막한 쇠지렛대를 꺼낸다.] 나중에 부인께서 남편에게 뭐라고 설명할지는 저도 모르겠습니다. 하지만 제가 부군의 애정 어린 보살핌에서 부인을 구해 낼 만한 단서를 찾아내지 못한다면, 부인의 앞날이 어떻게 될지도 도무지 가늠할 수가 없군요.

매닝엄 부인 [어찌할 바를 모르고 괴로워하며] 오, 하느님. 정말 모르겠어요. 저는 어떻게 해야 하나요?

러프 [단호하게] 우리가 할 수 있는 건 오직 한 가지뿐입니다. 쭉 밀고 나가는 거예요. 지금 되돌리려 하다간 송두리째 실패할 겁니다. 자, 저를 믿고 협조하시겠습니까?

매닝엄 부인 [갈등하는 얼굴로 러프를 바라본다.] 하지만 만약 그러다가ㅡ. 좋아요. 뜯어내세요! 열어 보자고요! 그렇지만 서두르셔야 해요. [무대 오른편 뒤쪽을 향해 돌아선다.]

러프 서두를 필요는 없습니다, 부인. 지금 부군께선 한창 파티를 즐기고 있을 테니까요. 게다가 저는 거칠게 작업하는 걸 좋아하지 않아요. 마치 치과 의사가 된 듯 섬세하게 작업에 임하죠. 자, 어디 보자ㅡ. 됐습니다. [나무가 쪼개지는 소리가 난다.] 다 끝났습니다. 뭐가 들었는지 보시지요.

매닝엄 부인 [러프가 서랍을 여는 동안, 말없이 그를 지켜본다.] 뭐가 들어 있나요? 뭐가 있어요?

러프 [서류를 뒤적이며] 아, 아직 특별한 건 보이지 않습니다. 잠깐ㅡ. 이건 아니고ㅡ. 이것도 아니고ㅡ. 이건 또 뭐지? [종이 묶음을 들어 올리며] 매닝엄 귀하ㅡ. 매닝엄 귀하ㅡ. 매닝엄ㅡ.

매닝엄 부인 그런 것밖에 없나요?

러프 그렇네요. 우리가 찾는 건 없군요. 아무래도 우리가 진 것 같습니다, 부인.

매닝엄 부인 [겁에 질려서] 아, 어쩌면 좋아요? 이제 어떡하죠? [무대 중앙으로 간다.]

러프 [매닝엄 부인에게 다가가며] 얼른 다른 방도를 생각해 내야죠. 걱정하지 마세요, 부인. 이보다 더 참담한 상황도 숱 하게 겪어 봤으니까요. 우선 이것들을 제자리에 돌려놓아야 겠죠? 그 시계, 그 브로치도 주세요. [시계와 브로치를 가져간다.] 원래 있던 자리에 넣어 두겠습니다. [책상 뒤로 간다.]

매닝엄 부인 그래야죠. 자, 여기 있어요.

러프 여기 오른쪽에 있었던 거 맞죠?

매닝엄 부인 네, 거기 있었어요. 맞습니다. 거기요.

러프 [브로치를 들어 보이며] 아주 훌륭한 보석이군요. 이건 언제 받으신 겁니까?

매닝엄 부인 결혼하고 얼마 안 되었을 때 받았어요. 하지만 중고품인걸요.

러프 중고품이라고요? 부인께서는 모든 걸 중고로 얻으시 는 듯하군요. 일단 남편만 해도 그렇고요. 하기는 그래도 뭐 어떻습니까. 괜찮지요. [브로치를 서랍에 넣고, 그 서랍을 들어 책 상에 끼운다.] 이제 다시 잠가야겠군요. [두 번째 서랍을 닫는다.] 잠글 수 있을지 모르겠지만. [첫 번째 서랍을 잠그려다가] 잠깐, 중고품이라고 하셨나요? 이 브로치가 중고품인 걸 어떻게 아 셨죠?

매닝엄 부인 브로치 안쪽에 누군가에게 바치는 사랑스러 운 문구가 새겨져 있었거든요.

러프 [뭔가를 생각하는 듯] 아, 그래요? [다시 첫 번째 서랍을 연 다.] 왜 진작에 그걸 말씀해 주지 않으셨나요.

매닝엄 부인 아ㅡ. 저도 방금 전에 알았거든요.

러프 [브로치를 도로 꺼내며] 그렇군요. 그런데 제가, 이걸 어 디선가 본 것 같은 느낌이 드는 건 왜일까요? 조금 전에 말씀하신 그 문구가, 브로치 어디에 새겨져 있나요?

매닝엄 부인 쉽게 눈에 띄지 않는 자리에 있어요. 저도 아주 우연히 발견했답니다. 거기, 뒷면에 있는 핀을 잡아당겨 보세요. 그러면 오른쪽으로 당길 수 있을 거예요. [러프가 그대로 따른다.] 다시 왼쪽으로. 자, 이제 브로치가 열리면서 별 모양이 되죠.

러프 [무대 중앙으로 걸어가면서 브로치를 연다.] 아, 그렇네요. 맞아요─. 아, 여기 있군요. [테이블 왼편에 앉아 돋보기를 꺼내 든다.] 정말 오래된 보석이로군요. 그런데 이 공간은 뭘까요?

매닝엄 부인 [무대 왼편의 중앙으로 간다.] 원래 그 안에 구슬이 박혀 있었어요. 그런데 헐거워서 제가 따로 보관해 두었죠.

러프 아─. 원래 구슬이 박혀 있었는데 헐거워서 따로 빼 놓았다라─. [잠시 틈을 두었다가] 혹시 아직도 보관하고 계신가요?

매닝엄 부인 네. [잠시 생각하는 동안, 러프가 기대에 찬 표정으로 부인을 바라본다.] 그런 것 같아요. 꽃병에 넣어 두었어요.

러프 제가 좀 볼 수 있을까요?

매닝엄 부인 그럼요. [벽난로 위 선반으로 다가간다. 러프도 일어나서 테이블 뒤로 간다.] 아직 이 안에 있을 거예요.

러프 모두 아홉 개인 것 같습니다만.

매닝엄 부인 네, 맞아요. 전부 아홉 개였어요, 맞아요. [선반 위에서 꽃병을 내린다.] 여기 있어요. 적어도 몇 개는 여기에 들어 있을 거예요.

러프 [매닝엄 부인에게 다가가며] 어디 좀 보여 주시겠습니까? 아, 감사합니다. [루비를 받아서 가만히 테이블로 돌아간다. 그러고는 그 루비를 브로치에 끼워 본다.] 자, 더 찾아보세요. 아홉 개를 다 찾을 수 있으려나. [매닝엄 부인이 다시 선반으로 다가간다.] 여기에 새겨진 문구를 읽으셨나요?

매닝엄 부인 네, 그걸 읽어 봤어요. 왜 그러시죠?

러프 [문구를 읽는다.] "사랑하는 A. B.에게. C. B.로부터. 1851년." [매닝엄 부인을 올려다보며] 짐작되는 게 없으십니까?

매닝엄 부인 전혀요. 뭔데요? 뭘 떠올려야 하는 거죠?

러프 불 보듯 뻔하지 않습니까, 안 그런가요? 아, 루비가 네 개 더 있어야 합니다.

매닝엄 부인 [러프에게 다가오며] 네. 여기 있어요.

러프 감사합니다. [루비를 건네받는다.] 엄청난 루비군요. [테이블 위에 놓인 브로치에 루비를 끼운다.] 매닝엄 부인, 셔츠 바람의 나이 든 수사관에게 안겨 보신 적이 있으신가요?

매닝엄 부인 무슨 말씀이세요?

러프 지금 제가 부인을 얼싸안고 싶은 심정이거든요. [브로치를 내려놓고 매닝엄 부인에게 다가간다.] 오, 매닝엄 부인 —. [부인의 뺨에 키스한다.] 친애하는 매닝엄 부인! [한 걸음 물러서서 매닝엄 부인의 손을 잡는다.] 모르시겠습니까?

매닝엄 부인 모르겠어요. 왜 그렇게 흥분하신 거죠?

러프 [뒤로 물러서서 브로치를 집어 든다.] 보세요, 바로 여기 있지 않습니까, 매닝엄 부인. 이것이 '발로 루비'의 완전체입니다. 시가 1만 2000파운드[5]에 이르는 보석이, 지금 바로 부인의 눈앞에 있다는 말입니다! [매닝엄 부인에게 다가가서 브로치를 건네준다.] 여왕[6]의 손에 들어가기 전에 한번 자세히 봐 두

---

5   오늘날의 금전 가치와 환율로 환산해 보자면, 우리 돈 27억 원에 상당한다.
6   빅토리아 여왕을 가리킨다.

세요.

매닝엄 부인 하지만 그럴 리가―. 그럴 리가 없어요. 이것들은 이 꽃병 안에 늘 들어 있었는데요. [벽난로 위 선반을 힐끗 쳐다보고는, 다시 러프를 돌아본다.]

러프 아직도 모르시겠어요? 브로치의 완전체를 보시고도요? 노파는 이렇게 값비싼 보석을 숨겼던 거예요. 일상적으로 늘 달고 다니는 싸구려 브로치에 넣어서 말입니다. 어쩐지 이걸 어디선가 본 것 같더니만! 과연 어디서 봤을까요? [무대 왼쪽의 중앙으로 걸어가며] 처음 사건을 맡았을 때, 노파의 초상화에서 봤던 겁니다. 초상화 속 노파의 가슴에, 이 브로치가 달려 있었어요. 15년 전의 일이지만 선명하게 기억하고 있지요. 15년! [매닝엄 부인에게 다가가며] 오, 하느님, 이 정도면 저도 괜찮은 인간이 아닌가요!

매닝엄 부인 그동안 제가 쭉 가지고 있었던 셈이네요. 늘 제 곁에 있었으니까요.

러프 부인의 남편 되는 사람이 큰 범죄를 저지르는 와중에도 소소한 도둑질의 유혹을 뿌리치지 못했기 때문이지요. 이제야말로 제가 나서서 막중한 범죄를 해결해야 할 때인 것 같습니다. [떠날 채비를 한다.]

매닝엄 부인 [테이블 앞으로 나서며] 가시려고요?

러프 아, 네. 가야지요. [재킷과 소지품을 챙긴다.] 서둘러야 할 것 같습니다.

매닝엄 부인 어디로 가시는데요? 설마 저를 두고 가시려는 건가요? 이제 어떻게 하실 생각인데요?

러프 어떻게 해서든 이 사건을 해결하겠습니다, 매닝엄 부인. 운이 좋으면―. [손목시계를 들여다본다.] 아직 이른 시간이군요. 부군께선 몇 시쯤 귀가할 것 같나요?

매닝엄 부인 모르죠. 대개 11시 넘어서 돌아오긴 하지만요.

러프 그렇군요. 그럴 것 같았습니다. 아니, 그러기를 바라야지요. 그렇다면 아직 시간이 좀 있군요. 자, 그걸 제게 주십시오. [브로치를 건네받는다.] 원래 있었던 자리에 되돌려 놓읍시다. [접이식 책상으로 다가가서 위쪽 서랍을 연다.]

매닝엄 부인 [러프의 뒤를 따라 책상 뒤쪽으로 간다.] 이제 어찌할 계획이신가요?

러프 그건 저한테 달린 문제가 아니지요. 아마도 조지 래글런 경이, 정부 당국을 대신해서 마땅히 조처할 겁니다. 그럼요, 조지 래글런 경이 결정할 일이지요. 최고 권력자는 그 사람이니까요. [브로치를 서랍에 넣고 잠근다.] 오늘 제가 여기 온 것을 그 사람도 알고 있습니다. 하지만 오늘 여기서 '발로 루비'를 찾게 되리라고는 꿈에도 예상하지 못했을 겁니다. [잠시 뜯긴 서랍을 바라보며 생각하다가] 음, 역시 뜯어 볼 만한 가치가 있었군요. 그러려면 위험을 감수할 수밖에 없었고요. [뜯긴 서랍을 애써 맞춰 본다.] 자, 매닝엄 부인, 이제 부인은 방에 가서 쉬셔도 됩니다. [매닝엄 부인에게 다가간다.] 침실에 계셔도 괜찮으시겠어요?

매닝엄 부인 네, 그렇게 할게요. [2층으로 향한다.]

[막 내릴 준비를 한다.]

러프 좋습니다. 되도록 침실에 계세요. 두통이 더 심해진 걸로 합시다. 부인은 지금 몸이 아픈 상태라는 걸 잊으시면 안 됩니다. 어떤 이유로든 방에 계셔야 합니다. 이해하시겠지요?

저는 이만 가겠습니다. [무대 왼편의 문으로 다가간다.]

　　매닝엄 부인 [갑자기 계단을 내려와서 러프에게 향한다.] 아, 저를 두고 가지 마세요. 제발 저를 두고 가지 마세요. 느낌이 아무래도―. 저를 혼자 두지 마세요.

　　러프 느낌이라니요? 어떤 느낌을 말씀하시는 건가요?

　　매닝엄 부인 경위님이 떠나고 나면, 뭔가 무서운 일이 벌어질 것 같은 느낌이 들어요. 두려워요. 저는 용기가 없다고요.

　　러프 스스로 약하다고 생각하지 마세요, 부인. 이게 용기를 내는 데 도움이 될 겁니다. [주머니에서 위스키병을 꺼내 매닝엄 부인에게 건넨다.] 조금 더 마셔 보세요. 하지만 취할 정도로 마시면 안 됩니다. 위스키병은 반드시 치우시고요. [잠시 기다렸다가 문으로 향한다.] 안녕히 계십시오. [왼쪽 문을 열고 나가려 한다.]

　　매닝엄 부인 경위님!

　　러프 [돌아보며] 말씀하세요.

　　매닝엄 부인 [용기를 내서] 이제 됐어요. 안녕히 가세요. [계단을 올라가기 시작한다.]

　　러프 [잠시 기다렸다가 나가면서] 안녕히 계십시오. [문을 닫는다. 계단을 올라가던 매닝엄 부인은 문득 서서 방 안을 둘러본다. 그때 러프가 갑자기 문을 연다.] 매닝엄 부인!

　　매닝엄 부인 네.

　　[러프가 매닝엄 부인을 향해 어서 올라가라고 손짓을 한다. 매닝엄 부인은 다시 계단을 오르고, 러프가 그 모습을 바라본다.]

　　러프 안녕히 계세요.

[매닝엄 부인이 계단 위에서 모퉁이를 돌아서자, 그제야 러프가 문을 닫고 나간다.]

막이 내린다.

3막

같은 날 밤, 11시. 거실 안은 어둡지만 왼쪽 문이 열려 있어서 복도의 희미한 불빛이 비쳐 든다. 현관문 닫히는 소리가 들리고, 복도에 매닝엄의 모습이 나타난다. 매닝엄은 복도의 불을 끄고, 거실로 들어와서 무대 중앙 테이블 위에 놓인 램프의 불을 밝힌다. 두 개의 벽등에도 불을 붙이고, 오른편 테이블로 가서 모자를 벗어 내려놓는다. 그런 다음, 느긋한 걸음으로 자리를 옮기고 설렁줄을 잡아당겨 종을 울린다. 그러고는 콧노래를 흥얼거리며 벽난로 쪽으로 걸어간다.

왼편 문으로 낸시가 고개를 들이민다. 방금 귀가한 까닭에 아직 외출복 차림이다.

낸시 네, 나리. 부르셨어요?

매닝엄 응, 내가 불렀어. 모두 잠자리에 든 것 같은데, 내가 먹을 우유와 비스킷이 준비되어 있지 않은 듯싶군.

낸시 아, 죄송합니다, 나리. 바깥에 준비해 두었어요. 제가 들여오겠습니다! [문으로 향하다가 돌아서서 매닝엄을 본다.] 아,

매닝엄 부인께서 늘 준비해 주셨던가요. 그렇지요, 나리? 요리사는 잠자리에 들었고, 저는 방금 외출에서 돌아왔거든요.

　　매닝엄 그랬지. 자네가 매닝엄 부인을 대신해서 좀 가져다주면 좋겠군.

　　낸시 물론입니다, 나리.

　　매닝엄 그러고 말이야, [낸시가 문을 나서다가 멈춰 선다.] 2층에 올라가서 매닝엄 부인에게 내가 여기서 좀 보잔다고 전해줘.

　　낸시 네, 나리. 그렇게 하겠습니다. [왼쪽 문으로 나간 뒤 오른쪽으로 돌아선다.]

　　[매닝엄은 오른쪽 문으로 나가고, 그사이 낸시가 우유병과 컵, 비스킷이 담긴 쟁반을 들고 들어와서 테이블 위에 내려놓고 2층으로 올라간다. 오른쪽 문으로 들어온 매닝엄은 느린 걸음으로 테이블 뒤를 돌아, 책상으로 간다. 낸시가 내려와서 계단 아래 선다.]

　　매닝엄 뭐라던가?

　　낸시 두통이 있으시답니다, 나리. 잠을 청하는 중이라고 하셨어요.

　　매닝엄 저런, 여전히 두통이 가시질 않는 모양이지?

　　낸시 네, 나리. 또 시키실 일이 있으신가요?

　　매닝엄 매닝엄 부인이 두통을 호소하지 않은 적이 있었던가? 그런 적이 있기는 한 거 같아?

　　낸시 아니요, 나리. 거의 없으신 것 같습니다.

　　매닝엄 [낸시를 향해 돌아선다.] 자네는 주로 집안일을 할 때 외출복을 입나?

낸시 좀 전에 말씀드렸는데요, 나리. 외출했다가 방금 돌아왔다고요. 집에 막 들어온 참인데, 종을 울리셨어요.

매닝엄 그래, 바로 그 점이야.

낸시 무슨 말씀이신지요, 나리?

매닝엄 이리 가까이 와 보게, 내가 자네를 잘 볼 수 있게 말이야. [낸시가 무대 중앙으로 한 발자국 나선다. 어색하게 서로를 마주본다.] 지금이 몇 시인지 알고 있나?

낸시 네, 나리. 밤 11시가 조금 지났습니다.

매닝엄 자네가 나보다 고작 30초 정도 먼저 들어왔다는 건 알고 있나?

낸시 네, 나리. 들어오는 길에 나리를 본 것 같습니다.

매닝엄 아, 들어오는 길에 나를 봤다? 나도 자네를 본 것 같네만.

낸시 [눈길을 돌리며] 그러셨어요, 나리?

매닝엄 자네가 이 집에서 얼마나 엄청난 자유를 누리고 있는지 생각해 본 적이 있나?

낸시 어떤 자유를 말씀하시는지 모르겠습니다. 나리.

매닝엄 엄청난 자유. 일주일에 이틀이나 밤 외출이 허락되는 정도의 자유 말이야.

낸시 [잠시 생각하다가] 네, 나리.

매닝엄 음, 그냥 그렇다는 말일세. 그렇지만 이 집의 가장인 나의 귀가 시간과 맞먹을 정도로 늦게 다니는 건 좀 지나쳐. 어느 정도 질서는 있어야 하지 않겠나.

낸시 네, 나리. 그래야지요. [나가려고 한다.]

매닝엄 낸시.

낸시 [멈춰 서며] 네, 나리?

가스등

매닝엄 [조금 인정 어린 어조로] 그런데 오늘 밤엔 어디를 갔었던 건가?

낸시 [멈칫하다가 매닝엄을 향해 돌아서서] 친구들을 만났습니다, 나리.

매닝엄 그런데 말이야, 낸시, 그 친구들이라는 말에서 나는 왠지 남자들을 떠올리게 되는군.

낸시 [매닝엄을 바라보며] 글쎄요, 나리, 그럴 수도 있지요.

매닝엄 남자들은 말이지, 자네 같은 어린 소녀에게 선을 넘는 짓궂은 장난을 칠 수도 있다네. 무슨 말인지 이해하나?

낸시 아, 아닙니다, 나리. 저한테는 그런 장난이 통하지 않거든요. 저는 스스로를 충분히 지킬 수 있답니다.

매닝엄 그렇다면 언제나 자신을 지키기 위해 긴장을 늦추지 않는다는 말인가?

낸시 아닙니다, 나리. 늘 그러는 건 아니에요.

매닝엄 낸시, 자네가 쓴 보닛[7]이 아무리 예쁘다고 한들 그 밑에 감추어진 머리카락만큼 아름답지는 못하네. 그 아름다운 머리카락을 볼 수 있게 보닛을 좀 벗어 보겠나?

낸시 [보닛을 벗고, 테이블 오른편 의자의 오른쪽으로 다가선다.] 물론입니다, 나리. 벗기도 아주 쉬운걸요. 자, 벗었습니다. 더 원하시는 게 있으신가요, 나리?

매닝엄 음, 그런 것 같아. 이리 와 보겠나, 낸시?

낸시 [잠시 머뭇거리다가] 네, 나리 —. [테이블 오른편 의자에 보닛을 내려놓고, 매닝엄에게 다가간다.] 더 필요하신 게 있으신가요, 나리? [매닝엄이 낸시의 어깨에 두 팔을 두르자, 낸시의 어조가 달

7   턱 밑으로 묶을 수 있는 끈이 달린 여성용 모자.

라진다.] 원하시는 게 뭐예요, 네? 나리, 뭘 원하시는데요? [매닝엄이 낸시에게 격렬하고도 긴 키스를 한다. 그러다가 멈추자, 낸시가 잠시 매닝엄을 바라본다. 이번에는 그녀가 매닝엄에게 격렬한 키스를 퍼붓는다.] 자, 보세요! 그녀도 나리께 이렇게 해 주던가요? 이렇게 해 주느냐고요?

매닝엄 누구를 말하는 거지?

낸시 잘 아실 텐데요.

매닝엄 낸시, 아는지 모르겠지만 자네는 여러모로 참 특별한 사람이야. 내가 보기에 자네는, 마님을 질투하고 있는 거같단 말이지.

낸시 마님을요? 저는 가여운 마님을 질투할 이유가 하등 없는데요. 나리는 저와 다시 한 번 키스하고 싶으실 거예요. 그렇죠? 저와 키스 나누고 싶으신 거 아닌가요? [매닝엄이 낸시에게 키스한다.] 이거 보세요! 늘 두통이나 앓는 여자보다 제가 훨씬 낫죠. 그렇지 않나요? 온종일 두통이나 껴안고 사는 창백한 얼굴의 여자라니!

매닝엄 그래, 맞아. 그렇고말고. 그런데 말이야, 우리가 언젠가 지금과 다른 분위기에서 만난다면 더 좋을 듯싶군.

낸시 좋죠. 어디서요? 나리께서 원하신다면 어느 때든 좋습니다. 나리는 이제 제 남자예요, 그렇죠? 나리께서 저를 원하시니까요.

매닝엄 자네는 어떤데, 낸시? 자네도 나를 원하나?

낸시 물론이지요! 나리를 처음 뵌 순간부터 지금까지, 저는 늘 나리만을 바라보았는걸요. 다른 남자를 모두 합한 것보다 나리를 더 강렬히 원한답니다.

매닝엄 아, 다른 남자가 많은가 보지?

낸시 그럼요, 많죠.

매닝엄 그럴 거라고 짐작은 했어. 아, 이제 고작 열아홉 살인데, 정말 걷잡을 수 없이 빠져드는군. 언제 만날지는 내일 알려 주지.

낸시 [테이블 앞으로 다가오며] 마님이 계실 텐데, 어떻게 알려 주실 건데요?

매닝엄 [낸시를 향해 반쯤 돌아서서 나직한 소리로] 아, 내가 방법을 찾아보지. 내 생각에, 내일이면 매닝엄 부인은 여기 없을 거 같거든.

낸시 네? 뭐, 마님이 걱정되어서 드리는 말씀은 아니고요. [매닝엄에게 다가가며] 나리의 코 밑에 키스하고 싶어요. 저는 그러는 걸 좋아하거든요.

매닝엄 좋지. 하지만 이제 나가 봐. 난 아직 처리해야 할 일이 좀 있거든.

낸시 가라고요? 저는 가고 싶지 않은걸요.

매닝엄 [낸시에게서 돌아서며] 자, 어서! 할 일이 있다니까.

낸시 일이요? 무슨 일을 하셔야 하는데요? 뭘 하시려는 거죠?

매닝엄 [낸시를 향해 돌아선다.] 편지 몇 통을 써야 해. 그러고 나서―. 자, 이제 어서 가 봐, 낸시. 그래야 착한 아이지.

낸시 알겠어요, 나리. 흠, 제게 좀 더 주인 노릇을 하시라고요. [매닝엄의 목을 두 팔로 끌어안고 키스한다.] 안녕히 주무세요, 주인 나리. [왼편 문을 향해 걸어가다가 보닛을 집어 든다.]

매닝엄 잘 자게.

낸시 [문간에 서서 돌아보며] 내일 언제 알려 주실 건데요?

매닝엄 틈이 날 때, 그때 알려 주지. 잘 자.

낸시 안녕히 주무세요! [왼쪽 문을 지나 복도로 나가며 문을 닫는다.]

[매닝엄은 소파 뒤를 지나 책상에 가서 앉는다. 그러고는 다시 일어나 접이식 책상에 가서 서류 몇 장을 집어 들고 책상으로 돌아와 앉는다. 펜을 쥐고 뭔가를 쓰기 시작한다. 그러다 잠시 멈추고 시곗줄 반대쪽 끝에 달린 열쇠를 꺼내서 책상 위 서랍의 열쇠 구멍에 넣고 돌린다. 이어서 아래쪽 서랍의 열쇠 구멍에도 넣고 돌린다. 이때 서랍이 강제로 열린 흔적을 발견하고 얼어붙은 채 벌떡 일어선다. 위쪽 서랍을 뒤지기 시작한다. 잠시 후 계단 쪽을 살피다가 책상 앞으로 걸어간다. 무대 왼편 중앙에서 멈춰 서더니, 설렁줄을 잡아당기러 움직인다. 다시금 접이식 책상으로 가서 서랍 두 개를 차례로 들여다보고 닫는다.]

낸시 [다시 들어오며] 네? 또 무슨 일이세요?

매닝엄 낸시, 2층에 가서 매닝엄 부인에게 말 좀 전해 주겠나?

낸시 네, 나리. 뭐라고 전해 드릴까요?

매닝엄 지금 당장 내려오라고 해. 두통인지 뭔지가 아무리 심하더라도 당장 내려오라고 해.

낸시 그렇게만 말씀드리면 될까요?

매닝엄 그렇게만 말하면 돼.

낸시 기꺼이 전하겠습니다, 나리. [2층으로 올라간다.]

[매닝엄은 다시 한 번 서랍을 세심하게 살핀다. 그러고는 벽난로 앞으로 가서, 벽난로를 등지고 선 채 기다린다.]

낸시 [2층에서 내려와, 맨 아래 계단에 서서] 내려오지 않으시겠답니다. 그럴 마음이 없으시다고 하시네요.

매닝엄 [몇 발자국 앞으로 나서며] 그게 무슨 말이야, 낸시? 오지 않겠다니?

낸시 내려오실 수 없다고 하셨어요. 몸이 정말 안 좋으시다고요. 제가 보기엔 엄살인 것 같지만요.

매닝엄 그래? 내가 점잖게 대하려 해도 도저히 그럴 수 없게 하는군. [계단을 향해 걸으며] 좋아, 낸시, 내가 가지.

낸시 문이 잠겨 있습니다. 마님이 잠그셨어요. 제가 열어 보려 했거든요.

매닝엄 아하, 그래! 문을 잠갔다, 이거야? 그렇다면 좋아—. [낸시를 지나쳐, 다섯 층계쯤 오른다.]

낸시 열어 주지 않으실 거예요. 마님의 목소리에서 그런 느낌을 받았거든요. 절대로 열어 줄 마음이 없으신 것 같았습니다. 문을 뜯고 들어가실 건가요?

매닝엄 [돌아서서 낸시를 향해 내려오며] 아니지—. 어쩌면 자네 말이 맞을지도 모르겠군. [책상으로 돌아가 의자에 앉아서 편지를 쓰기 시작한다.] 좀 더 교양 있는 방법을 써서 해결하는 편이 좋겠어. 이 편지를, 저 구제 불능의 멍청이가 읽을 수 있도록 방문 밑으로 밀어 넣고 와.

낸시 네, 그렇게 하겠습니다. [책상으로 다가오면서] 뭐라고 쓰실 건데요?

매닝엄 뭐라고 쓸 건지는 알려고 하지 마. 그 대신 자네가 뭘 해야 하는지는 말해 주지.

낸시 네? 뭔데요?

매닝엄 지하실에 내려가서 강아지를 데려와 주겠나?

낸시 [방 밖으로 나가려다가 멈춰서더니 돌아선다.] 강아지요?

매닝엄 그래, 강아지.

낸시 무슨 생각을 하고 계시는 건데요? 강아지를 가지고 뭘 하시려는 거죠?

매닝엄 알 거 없어. 얼른 가서 데려오기나 해.

낸시 [왼편 문으로 향한다.] 알겠어요.

매닝엄 아니야. 다시 생각해 보니 강아지를 데려올 필요가 없을 거 같군. [낸시가 걸음을 멈추고 매닝엄을 향해 돌아선다.] 그냥 이곳에 강아지가 있다고 치면 되니까. 그게 더 나을 것 같아. 자, 여기 있네. [낸시가 책상 곁으로 다가간다.] 올라가서 이걸 문 밑으로 밀어 넣고 와.

낸시 [잠시 머뭇거린다.] 어떻게 하시려고요? 여기에 뭐라고 쓰셨죠?

매닝엄 별말 안 썼어. 쥐구멍에 든 쥐를 나오게 하려고 연기(煙氣) 좀 피워 보는 거야. 자, 어서 다녀와.

낸시 나리는 좀 괴짜셔요, 그렇지 않나요? [계단에 서서] 읽어 봐도 되나요?

매닝엄 얼른 가, 낸시!

[낸시가 2층으로 올라가고, 아래층에 혼자 남은 매닝엄은 접이식 책상의 뚜껑을 닫고 잠근다. 그러고는 무대 앞으로 나와, 신중한 동작으로 안락의자가 벽난로를 향하도록 돌려놓는다. 그 모습은 마치 어떤 의식을 치르기 위해 준비하는 듯 보인다. 방 안을 한번 둘러본 다음, 벽난로 앞에 자리를 잡고 서서 기다린다. 낸시가 내려온다.]

낸시 내려오신대요. 나리의 계획이 적중했어요.

매닝엄 아—. 그럴 줄 알았어. 그래, 낸시, 자네는 이제 방에 가서 잠을 청하는 게 좋겠군. 그렇게 해 주겠나?

낸시 말씀해 보세요. 왜 그러시는 거죠? 뭘 하시려는 거예요?

매닝엄 낸시, 어서 방으로 가라니까.

낸시 [매닝엄을 향해 다가서며] 좋아요, 가죠. [매닝엄에게 다가와서 두 팔로 그를 껴안고 키스한다.] 안녕히 주무세요, 어르신. 본때를 보여 주세요.

매닝엄 잘 자게, 낸시.

낸시 내일 봐요.

[매닝엄 부인이 계단 위에 말없이 서 있다. 낸시가 왼쪽 문으로 나가면서 문을 조금 열어 놓는다. 한동안 정적이 흐른 뒤, 매닝엄은 문으로 다가가서 혹시 낸시가 문 뒤에 숨어 있는지 확인하고 문을 닫는다. 그러고는 다시 돌아와, 벽난로를 등지고 서서 매닝엄 부인을 바라본다.]

매닝엄 자, 와서 이 의자에 앉아, 벨라.

매닝엄 부인 [움직이지 않으며] 강아지는 어디 있어요? 강아지를 어디서 데려왔죠?

매닝엄 강아지? 무슨 강아지?

매닝엄 부인 강아지를 데려왔다고 했잖아요. 또 상처를 냈나요? 내게 다시 강아지를 돌려줘요. 어디 있느냐고요? 당신 또, 강아지를 괴롭힌 거예요?

매닝엄 또? 당신이 그런 말을 하다니, 좀 이상하잖아, 벨라. 불과 몇 주 전에 강아지한테 몹쓸 짓을 저지른 사람은 바로 당신인데 말이야. 어서, 이리 와서 앉아.

매닝엄 부인 당신하고 말하고 싶지 않아요. 몸이 좋지 않거든요. 나는 당신이 강아지를 데려와서 또 해코지하려는 줄 알았어요. 그래서 내려온 거예요.

매닝엄 사랑하는 나의 벨라, 강아지는 그저 당신이 순순히 내려오도록 둘러댄 방편이었을 뿐이야. 이리 와서 이 의자에 앉지그래.

매닝엄 부인 [다시 2층으로 향하며] 싫어요. 올라가겠어요.

매닝엄 [언성을 높이며] 이리 와서 이 의자에 앉으라고!

매닝엄 부인 [테이블 뒤로 다가온다.] 알았어요 — . 알았어요 — . 왜 그러는 거죠?

매닝엄 좋은 얘기를 하려는 거니까 편안한 마음으로 앉아. 시간은 많잖아.

매닝엄 부인 [계단으로 향하며] 올라갈래요. 나를 강제로 여기 잡아 둘 수는 없어요. 올라갈래요.

매닝엄 [침착한 어조로] 걱정하지 말고, 여기 와서 편하게 앉아, 벨라. 시간은 충분해.

매닝엄 부인 [매닝엄이 지시한 것과 달리, 문 가까이에 자리한 테이블 왼편의 의자로 가서 앉는다.] 할 말 있으면 하세요.

매닝엄 내가 앉으라고 한 의자에 앉지 않았잖아, 벨라.

매닝엄 부인 무슨 말을 하려는 건데요?

매닝엄 이쪽 의자에 앉으라고 했잖아. 내가 무서워서 그렇게 문가에 앉으려고 고집을 부리는 건가?

매닝엄 부인 아니요, 난 당신이 무섭지 않아요.

매닝엄 무섭지 않아? 용기가 대단하군. 그렇다면 이쪽으로 와서 앉는 게 어떨까?

매닝엄 부인 [천천히 일어나서 테이블 앞을 지나 반대편으로 간다.] 그러죠.

[잠시 정적.]

매닝엄 [매닝엄 부인이 다가가는 동안] 당신이 방 안을 걸어 다니는 모습을 보면 뭐가 떠오르는지 알아?

매닝엄 부인 [소파 왼쪽 끝에 멈춰 서서] 아니요. 뭐가 떠오르는데요?

매닝엄 몽유병자. 그런 사람을 본 적 있어?

매닝엄 부인 [매닝엄에게 다가서며] 아니요. 본 적 없어요.

매닝엄 없다고? 정신이 허공을 떠도는 듯 게슴츠레한 눈으로 멍하게, 마치 넋이 나간 것 같은 사람을 본 적이 없다고? 나는 당신이 그렇다고 종종 생각해 왔는데 말이야. 가만, 오늘은 유난히 더 그렇게 보이는군

매닝엄 부인 [오른쪽 의자로 다가간다.] 내 마음은 방황하고 있지 않은데요.

매닝엄 방황하지 않아? 내가 돌아왔을 때, 당신은 잠자리에 들었다고 하던데.

매닝엄 부인 맞아요. 잠자리에 들었어요.

매닝엄 그런데 왜 여태 옷을 다 차려입고 있는 거지? [매닝엄 부인은 대답하지 않는다.] 내 말, 들었어?

매닝엄 부인 들었어요.

매닝엄 그럼 대답해 봐. 잠자리에 들었다면서 왜 아직 옷을 그대로 입고 있지?

매닝엄 부인 모르겠어요.

매닝엄 모른다고? 당신이 왜 그렇게 행동했는지 모르겠다

는 거야?

　　매닝엄 부인 모르겠어요. 옷 벗는 걸 잊어버렸겠죠.

　　매닝엄 옷 벗는 걸 잊어버렸다는 말이지? 그건 좀처럼 이해하기 힘든 실수군. [매닝엄 부인 쪽으로 몸을 굽히며] 그런데 왠지, 내가 외출하기 전에 봤던 모습과는 달라 보이거든. 마치 뭔가를 열심히 하고 있었던 거 같기도 하고. 집을 비운 사이에, 뭘 하고 있었지?

　　매닝엄 부인 아무것도요. 당신이 무슨 말을 하는지 통 모르겠군요.

　　매닝엄 [자세를 꼿꼿이 하며] 내가 찾아 놓으라던 영수증은 찾았어?

　　매닝엄 부인 아니요.

　　매닝엄 [테이블에 놓인 우유병을 집으며] 오늘 밤 내가 돌아올 때까지 영수증을 찾아 놓지 않으면, 내가 어떻게 하겠다고 했는지 기억해?

　　매닝엄 부인 아니요.

　　매닝엄 기억 못 한다고? [컵에 우유를 따르며] 기억을 못 한다는 말이지? [매닝엄 부인은 응수하지 않는다.] 하, 이제 바보 노릇까지 하는 거야? 당신의 심신 미약 정도가 점점 더 내가 감당할 수 없는 지경에 이르고 있어. 자, 내 질문에 대답해 봐.

　　매닝엄 부인 무슨 대답을 하라는 거예요?

　　매닝엄 기억하느냐고 물었잖아. [우유가 담긴 컵을 들고 벽난로 앞으로 간다.] 어서, 벨라. 내가 뭘 기억하느냐고 물었지?

　　매닝엄 부인 당신이 무슨 말을 하는지 못 알아듣겠어요. 당신은 말을 너무 돌려서 해요. 그래서 그 말을 듣다 보면 내 머릿속까지 어지러워진단 말이에요.

매닝엄 [벽난로에 앞에 서서] 아니, 굳이 대답할 필요는 없어, 벨라. 나는 그저 당신이 아주 잠깐이라도 어지러운 머릿속에서 벗어나, 현재의 대화에 집중할 수 있는지 알고 싶었을 따름이야. [우유를 한 모금 마신다.] 내가 조금 전에 뭘 기억하느냐고 물었지?

매닝엄 부인 [기억하려고 애를 쓰다가] 내가 영수증을 찾아 놓지 않으면, 당신이 어떻게 할 거라고 했는지 기억하느냐고 물었어요.

매닝엄 좋아. 훌륭해, 벨라! 훌륭해! 소크라테스나 존 스튜어트 밀 같은 위대한 논리학자가 되겠군! 이 시대의 빛나는 정신으로 역사에 길이 남을 거야. 당신이 현재의 역사에 잠식되어, 동료 인류로부터 격리되지 않는다면 말이야. 아, 그럴 수도 있는 몇 가지 가능성이 있거든. [벽난로 위 선반에 컵을 올려놓고] 음―. 당신이 그 영수증을 찾아내지 못하면 내가 어떻게 하겠다고 했지?

매닝엄 부인 [목멘 소리로] 방에 가두겠다고 했어요.

매닝엄 그렇지. 당신은, 내가 한 번 내뱉은 말을 반드시 지키는 사람이라는 걸 믿나? [매닝엄 부인이 머뭇거리며 대답하지 않는 동안, 매닝엄은 소파 뒤를 지나 무대 중앙으로 나온다.] 지금까지 많은 일을 겪으며 살아오는 동안, 내가 고수하는 몇 가지 행동 원칙이 있어. 사실 나는 사람을 다루는 방법을 제법 잘 알고 있거든. 그런 기술을 아주 일찍이 터득했지. 학창 시절에 말이야. 내가 원하는 걸 얻는 방법은 딱 두 가지가 있어. 그 중 하나는 지적인 계획을 따르는 것이고, 다른 하나는 물리적 힘을 이용하는 거야. 하나가 작동하지 않으면, 또 하나의 다른 방법을 사용하지. 나는 이렇게, 내가 터득한 방법을 삶에 적용하며 살아왔어. 당신과 살면서도 지금껏 관용과 인내로 모든 걸 당신의 판단에 맡기고, 지성인으로서 대해 왔어. [매닝엄 부인에게 다가가며] 그런데 이젠 다른 방법을 사용할 때가 온 것 같군. 당신은 곧 내가 어떤 힘을 가진 사람인지 알게 될 거야. [매닝엄 부인이 순간적으로 매닝엄을 돌아본다.] 왜 나를 보는 거지, 벨라? 나는 힘과 결단력이 있는 사람이야. 그 두 가지 방법에 똑같이 능통하다고! 내가 지금 무슨 말을 하고 있는지 잘 생각해 보도록 해. 하, 이야기가 샛길로 빠졌군. 아무튼, [테이블 뒤로 간다.] 당신은 내가 찾아 놓으라고 한 영수증을 찾아내지 못했군, 안 그래?

　　매닝엄 부인 못 찾았어요.

　　매닝엄 찾아보기는 했어? [책상으로 향한다.]

　　매닝엄 부인 그럼요.

　　매닝엄 어디를 찾아봤는데?

　　매닝엄 부인 음, 방 안을 두루두루 —.

　　매닝엄 방 안을 두루두루 찾았다. 이 방 안의 어디를 살펴봤지? [잠시 말을 멈추고, 오른손으로 책상 위를 탁탁 내리친다.] 이를테면, 내 책상을 뒤졌나?

　　매닝엄 부인 아니요. 당신 책상은 보지도 않았어요.

　　매닝엄 아, 내 책상은 왜 안 봤지?

　　매닝엄 부인 잠겨 있으니까요.

　　매닝엄 당신, 나한테 거짓말이 통한다고 생각하나?

　　매닝엄 부인 거짓말 아니에요.

　　매닝엄 [책상 가운데 부분으로 다가가며] 이리 와 봐, 벨라.

　　매닝엄 부인 [다가가며] 왜요?

　　매닝엄 [잠시 생각하다가] 벨라, 내 말 잘 들어. 어둡고 혼잡

한 당신의 마음이, 오늘따라 제법 교활하게 잔꾀를 부리고 있
군그래. 그렇지 않아?

매닝엄 부인 내 마음은 지쳤어요. [계단으로 향한다.] 잠자리
에 들어야겠어요.

매닝엄 그래, 지쳤을 테지. 그래서 더는 이성적으로 행동
하지 못하는 거야. 그저 꿈을 꾸고 있을 뿐. [천천히 매닝엄 부인
을 향해 다가온다.] 하루 종일 꿈속을 헤매며 온갖 걸 상상해 내
는 거야. 끊임없이 사악한 상상을 해 대는 거지. 이젠 당신이
그러고 있다는 걸 이해할 수 있겠어? [매닝엄 부인이 혼돈에 빠져
들기 시작한다.] 몽유병 환자 같은 멍청이! 오늘 밤엔 어떤 꿈속
을 헤매느라 내 책상을 [책상을 두드리며] 강제로 뜯어내 들여
다본 거지? 오늘 밤에 또 어떤 병적인 꿈을 꾼 거야, 웅?

매닝엄 부인 꿈이라고요? 내가 꿈을 꿨다는 거예요? 그 모
든 일들이 꿈이었다고요?

매닝엄 그 모든 일들이 언제 일어났는데, 벨라? 오늘 밤
에? 물론, 그 순간 일어난 모든 일들은 당연히 꿈이었던 거야.
아니지, 일어나지 않은 모든 일들이라 해야겠군.

매닝엄 부인 꿈이라고요─? 오늘 밤에─? 내가 꿈을 꾼 거
라는 말이에요? [잠시 생각하다가] 오, 하느님─. 내가 꿈을 꾸
었다고? 또 꿈을 꾼 거야?─

매닝엄 내가 그렇다고 했잖아.

매닝엄 부인 [감정이 고조되며] 꿈을 꾼 게 아니에요. 꿈꾸지
않았다고요. 꿈이라고 말하지 마세요. 제발, 그런 소리 하지
말라고요!

매닝엄 [매닝엄 부인과 동시에 말한다. 그는 완력을 써서 왼쪽에
있는 작은 의자에 그녀를 앉힌다.] 입 다물고 여기 앉아. 앉으라

고! [한층 차분하고 호기심 어린 어조로] 어떤 꿈을 꾸었지, 벨라? 궁금해지는군.

매닝엄 부인 어떤 남자에 관한 꿈이었어요─. [불안이 고조된다.] 어떤 남자에 관한─.

매닝엄 [더욱 궁금해하며] 남자에 대한 꿈이라고, 벨라? 어떤 남자였지? 말해 봐.

매닝엄 부인 남자였어요. 그가 나를 만나러 왔는데. 아, 이제 쉬고 싶어요! 쉬게 해 줘요!

매닝엄 진정해, 벨라. 그 남자는 누구였지?

매닝엄 부인 어떤 남자가 집에 왔어요.

매닝엄 [매닝엄 부인의 목을 잡고 천천히 일으켜 세운다.] 거기까진 벌써 말했잖아, 바보같이 횡설수설하지 마! 그 녀석에 대해서 얘기해 보라는 말이야. 알아들었어? 내 말 듣고 있느냐고!

매닝엄 부인 꿈속에서─. 꿈속에서─.

[매닝엄 부인은 오른쪽 문으로 시선을 돌려 뚫어지게 바라본다. 매닝엄이 목덜미를 쥔 손을 놓자 매닝엄 부인은 힘없이 의자에 주저앉는다.]

러프 [테이블 오른쪽 의자로 다가오며] 혹시 부인의 꿈속에 제가 나왔던가요? 저를 보시면 기억을 되살리는 데에 도움이 될까 해서요.

매닝엄 [잠시 어리둥절하다가, 무대 왼쪽의 중앙으로 나선다.] 당신은 누구요? 여긴 어떻게 들어왔지?

러프 [의자 뒤쪽으로 다가온다.] 글쎄요, 내가 누구인지는 별로 궁금해할 일이 아닌 거 같소만. 나는 그저 매닝엄 부인의 상상 속 인물일 뿐이잖소. 내가 여기에 어떻게 들어왔느냐고? 단지 당신보다 몇 분 일찍 들어와서 여태 숨어 있다가 이제 나온 거요.

매닝엄 여기서 뭘 하고 있었던 거지?

러프 [의자 등받이에 손을 얹은 채] 친구들을 기다리고 있었소, 매닝엄 씨. 친구들을 말이오. 매닝엄 부인, 2층 방에 올라가서 쉬는 게 좋지 않을까요? 무척 피곤해 보이시는군요.

매닝엄 선생, 먼저 당신이 여기에 무슨 볼일이 있는지 설명해야 하지 않겠소?

러프 나는 그저 매닝엄 부인의 상상 속에 존재하는 허구의 인물인데, 무슨 볼일이 있겠소. 말해 보시오, 매닝엄 씨, 당신 눈엔 내가 보입니까? [빙그르르 도는 시늉을 하며 양팔을 벌린다.] 매닝엄 부인이라면 몰라도, 당신은 나를 볼 수 없을 텐데 말이오. 아, 매닝엄 부인이 침실로 올라가고 나면 나 역시 사라질지 모르지. 그러면 당신도 더는 나 때문에 귀찮을 일이 없을 테고.

매닝엄 벨라, 방으로 가. [매닝엄 부인이 일어난다. 불안하고 혼란스러운 눈빛으로 두 사람을 번갈아 바라보고는 계단으로 향한다.] 우선 여기 상황을 파악하고 나서, 당신 문제를 처리하겠어.

매닝엄 부인 나는—.

매닝엄 방으로 가라고! 나중에 다시 부를 때까지. 아직 얘기가 끝난 건 아니야.

[매닝엄 부인이 다시 한 번 두 사람을 바라보고는 계단으로 향한다.]

러프 [잠시 기다리다가 무대 오른쪽의 의자로 다가간다.] 그런데 말이오, 매닝엄 씨, 당신 지금 잘못을 저지른 것 같소만. 방금 그런 행동은 옳지 않아.

매닝엄 내가 뭘 했는데?

러프 당신 부인을 그렇게 보내는 거 말이오. [의자에 슬쩍 걸터앉는다.]

매닝엄 [테이블 앞으로 다가가며] 자, 선생 ─. 당신 이름과, 여기에 온 이유를 말해 보시겠소?

러프 난 지금 이름을 가질 처지가 아니라고 말하지 않았소. 상상 속에서 떠도는 혼령이라고나 할까. 당신이 한평생 피해 다닌 누군가의 혼령일 수도 있고. 아무튼 나는 혼령에 불과하오. 이 혼령과 담배 한 대 피우지 않겠소? 한동안 기다려야 할 듯해서 말이오.

매닝엄 여기에 온 이유를 말하시오. 아니면 경찰을 불러야 하나?

러프 [자리에서 일어난다. 시가를 다시 주머니에 넣는다.] 아하 ─. 그거 좋겠군. 더없이 훌륭한 생각이오. 어서 그러시게나, 경찰을 부르시오, 매닝엄, 나를 연행해 보시게 ─. [잠시 틈을 두었다가] 왜 주저하는 거지?

매닝엄 아니, 그보다 내가 직접 쫓아내는 편이 나을 것 같군.

러프 [매닝엄과 마주 서서 그를 바라보며] 그럴 수도 있겠지. 하지만 역시, 경찰을 부르는 게 더 좋지 않겠소?

매닝엄 [잠시 생각하다가] 보아하니 무슨 꿍꿍이가 있는 것 같은데, 하려던 말이나 마저 하시오.

러프 그러지, 어디까지 말했더라? 아, 그래. [잠시 틈을 둔다.] 그런데 매닝엄 씨, 당신도 느꼈소?

[가스등이 어두워지기 시작한다.]

매닝엄 뭘 말이오?

러프 [무대 앞쪽의 가스등에 시선을 고정한 채 무대 뒤쪽으로 걸어가면서] 이 방의 불빛이 좀 어두워지는 거 같지 않소?

매닝엄 나는 모르겠소.

러프 분명히 어두워지고 있소. 저것 봐요—. [무대 왼쪽의 중앙을 지나, 테이블 왼쪽으로 다가간다. 불빛이 천천히 어두워진다. 러프가 매닝엄에게 시선을 고정한 채 다가간다.] 으스스하지 않소? 방이 거의 어둠에 잠기고 있소. 왜 그런 것 같소? 다른 곳에 불을 밝혀서 그런 것 같지 않소? 아니지, 나의 동료 혼령들이 이 집을 에워싸서 어둑해진 거라면? 아니야, 정의의 혼령이 마침내 당신을 찾아냈다고 생각하면 어떻겠소, 매닝엄 씨?

매닝엄 [테이블 오른편 의자의 등받이를 잡은 채 무대 뒤쪽으로 한 걸음 물러선다.] 정신이 나간 거요, 선생?

러프 그건 아니고, 이 늙은이의 눈엔 혼령이 보여서 말이오. 아무래도 이 집의 분위기 때문인 것 같소만. [방 안을 둘러보며, 무대 왼쪽의 중앙으로 간다.] 사방에 혼령이 있어. 정말 이상한 일이지 않소? 자, 누구의 혼령이 보이는지 아시오, 매닝엄 씨? 아마 상상도 못 할 거요.

매닝엄 누구의 혼령이라는 거요?

러프 한 노부인의 혼령이오. 예전에 이 집에서 살았던 노부인. 바로 이 방에 그녀가 있었지. 그렇소—. 바로 이 방에 말이오. 왜 하필 그 혼령이 내 눈에 보이는 건지!

매닝엄 도대체 무슨 말을 하는 거요?

러프 아주 선명하게 보인다는 말이오. 아, 노부인이 잠자리에 들려고 하는군. 바로 이 방에서 하루 일과를 마무리하고, 이제 침실로 올라가려는 모양이오. 그래! 그녀가 저기 있소. 저기 앉아 있군. [테이블 오른편의 의자를 가리킨다. 매닝엄이 짚고 있던 의자에서 손을 뗀다.] 아, 또 하나의 혼령이 보이는군. [잠시 말을 멈추고 매닝엄을 바라본다.] 한 젊은 청년의 혼령이오. 훤칠한 키에 용모가 준수하고 차림새도 말끔한 젊은이로군. 그런데 눈에 살기가 담겨 있소. 이런, 세상에, 그 젊은이가 당신인 것 같소만, 매닝엄 씨 —. 바로 당신인 것 같아! [잠시 말을 끊었다가] 노부인이 그 젊은이를 바라보고 있소. 당신 눈에도 보이지 않소? 노부인이 소리를 지르고 있어, 도와 달라고! 칼날이 먹을 파고들기 전까지 말이오. [무대 앞으로 나온다.] 노부인의 주검이 바닥에 쓰러져 있소. 바로 이 집, 이 방 안에, 바로 저기! [테이블 앞을 가리킨다.] 이제 혼령이 사라졌소.

매닝엄 무슨 수작을 부리는 거야? 도대체 무슨 수작이지?

러프 [매닝엄을 똑바로 바라보며] 그렇지만 젊은이의 혼령은 아직도 보이는군. 지금 그를 보고 있소. 밤새 집 안을 뒤지고 있어. 몇 시간 내내, 방이라는 방은 다 돌아다니면서 모든 걸 찢고 뜯어내고 헤집어 가며 뭔가를 찾고 있소. 그 뒤로 수년이 지나는 동안, 그는 과연 어디에 있었을까? [무대 중앙의 테이블로 간다.] 혹시 옛날의 그 집으로 돌아온 건 아닐 테지? 그토록 뒤졌건만 끝내 찾아내지 못한 뭔가가 아직 숨겨져 있는 그 집으로 말이오. 그런 연유로, 예전에 노부인을 살해했던 그 방에서 그녀의 혼령을 마주하고 있는 거 아니겠소? 치밀하고 인내심 많은 젊은이이긴 한데, 너무 오래 공들인 거야. 그 긴 세월이 흐르는 동안, 정의의 심판도 그를 기다리고 있었거든. 그리하여 여기 이렇게, 정의의 이름으로, 그 죗값을 받으러 내가 찾아온 거요. 그리고 이 정의의 손이, 지난 15년 동안 당신이 간절히 바라 온 걸 찾아냈다오. 자, 이걸 보시오. 정의가 뭘 찾아냈는지 한번 보라는 말이오. [책상을 돌아 서랍으로 다가간다.] 당신 아내에게 전달되지 않은 편지들. 당신이 아내에게 선물 했으나 그녀는 그리 좋아하지 않았던 브로치. 정말 배은망덕한 여자 아니오? 하지만 그녀는 이 브로치의 진가를 몰랐으니까 그럴 수 있소. 바로 이 브로치에 '발로 루비'가 박혀 있다는 걸 그녀가 어찌 알았겠느냐는 말이오! 자, [책상 앞에 선 매닝엄 곁으로 와서 책상을 연다.] 보시오. 당신 눈앞에 있는 이 브로치가 1만 2000파운드짜리 보석이오! 자, 보라니까. 이것 때문에 당신은 한 여성을 살해하고, 또 다른 한 여성을 정신 이상자로 몰아가고 있어. 그토록 찾아다니던 보석은 처음부터 당신 책상 안에 있었는데 말이오. 그리고 이 보석이 결국 당신을 교수대로 보내게 되었구려, 시드니 파워 씨!

매닝엄 [잠시 침묵하다가] 대단한 정보를 가지고 계시구려, 선생. 그런데 그 같은 비밀을 가지고 이 방에서 무사히 나갈수 있으리라고 생각하는 건 아니겠지? [문을 잠그려는 듯 왼쪽 문으로 향한다.]

러프 [왼쪽으로 향하며] 당신이야말로 합당한 호위도 없이 여기서 나가려는 건 아니겠지?

매닝엄 무슨 뜻인지 물어도 되겠소?

러프 벌써 이 집에 경찰 요원을 배치해 두었다는 뜻이오. 저 가스등 불빛이 흐려졌을 때, 당신이 늘 이용하는 경로로 경찰이 투입되었다는 사실을 알아채지 못했던 거요?

매닝엄 [잠시 생각하다가 러프를 바라본다.] 그러니까 당신이 ─. 도대체 어떻게 된 거지? [문으로 달아나려는데 이미 경찰

두 명이 서 있다.] 아, 여러분—. 들어오시오, 들어와요. 어서 들어와서 편히 앉으시오. 자, 그럼. [달아나려 하다가 제압당한다.] 나를 놔주시오! 자, 어서, 이거 놓으라는 말이야! 이러는 건 옳지 않아. 합리적인 방법을 찾아보자는 말이오!

[실랑이가 벌어지고, 도움이 필요하다고 판단한 러프는 설렁줄을 끊어서 그걸로 매닝엄을 포박한다. 러프가 매닝엄의 정강이를 걷어차자 매닝엄이 주저앉는다.]

러프 [주머니에서 종이 한 장을 꺼내 들고 매닝엄 앞에 선다.] 시드니 찰스 파워, 당신을 앨리스 발로를 살해한 혐의로 체포하겠소. 여기 영장을 가지고 왔소이다. 지금부터 당신이 하는 말은 전부 서면으로 기록되어 증거로 사용될 수 있소. 순순히 우리와 함께 경찰서로 가겠나? 고분고분하게 응하게. 그러는 게 우리에게도 도움이 되고, 당신 자신에게도 최선일 거야. [매닝엄이 또다시 실랑이를 시작한다.] 좋아—. 데려가!

[경찰이 매닝엄을 데리고 나가려는데, 매닝엄 부인이 계단을 내려온다. 잠시 정적이 흐른다.]

매닝엄 부인 러프 수사관님—.

[매닝엄을 연행하던 경찰 두 사람이 돌아서자, 매닝엄은 아내를 마주 본다.]

러프 [매닝엄 부인에게 다가가며] 네, 부인. 부인께서는—.

매닝엄 부인 [가냘픈 음성으로] 수사관님—.

러프 왜 그러시죠?

매닝엄 부인 남편과 잠시 이야기를 나누고 싶습니다.

러프 지금은 아무 얘기도—.

매닝엄 부인 남편과 이야기하고 싶습니다.

러프 좋습니다, 부인. 그런데 무슨 말씀을 하시려고요?

매닝엄 부인 남편과 단둘이 얘기하고 싶어요.

러프 단둘이요?

매닝엄 부인 네, 단둘이. 허락해 주시겠어요? 허락해 주세요, 오래 걸리지는 않을 겁니다.

러프 [잠시 생각한다.] 그건 받아들이기 힘든 요청입니다만. 단둘이 얘기를 하시겠다고요? [잠시 망설이다가] 좋습니다. 그렇게 하시지요. [서 있는 경찰 근처에 자리한 테이블 오른편의 의자로 다가간다.] 좋아. 이자를 의자에 묶어 두도록 하지. [러프가 의자에 묶는 시늉을 한다. 그러자 경찰은 매닝엄을 의자에 묶은 뒤 왼쪽 문으로 나간다.] 이건 규정에 어긋나는 일이긴 합니다만, 여하튼 바깥에서 기다리고 있겠습니다. [매닝엄 부인이 책상 쪽으로 걸어간다. 러프는 매닝엄이 단단히 묶여 있는지 거듭 확인한 뒤에 왼쪽 문으로 향한다.] 오래 지체하시면 곤란합니다, 매닝엄 부인.

매닝엄 부인 엿듣지는 말아 주세요.

러프 그러겠습니다. [러프가 잠시 머뭇거리다가 왼쪽 문으로 나간다.]

[매닝엄 부인은 남편을 바라보다가, 왼쪽 문을 잠그고 다시 남편에게 다가간다.]

매닝엄 부인 잭! 여보! 저들이 당신한테 무슨 짓을 한 거예요? 저들이 무슨 짓을 한 거죠?

매닝엄 [포박을 풀려고 몸을 비틀며 속삭인다.] 괜찮아, 벨라. 당신은 영리한 사람이지. 아주 똑똑한 사람이잖아. 이 줄을 자를 만한 걸 가져다줘. 옷방 창문을 통해 바깥으로 뛰어내릴 수 있을 거야. 좀 가져다줄 수 있겠어?

매닝엄 부인 [잠시 주춤하다가 매닝엄에게 다가간다.] 알겠어요. 뭐든 가져올게요. 뭐가 좋을까요?

매닝엄 방금 생각났는데, 옷방에 면도칼이 있을 거야. 빨리! 그걸 가져와.

매닝엄 부인 [허둥거리며] 면도칼이요ㅡ. 알겠어요. 가져올게요.

매닝엄 서둘러야 해. 그래ㅡ. 옷장 서랍에 있어. 얼른가ㅡ. 서두르라고.

[매닝엄 부인은 무대 오른편에 있는 옷방으로 들어가 면도칼이 담긴 통을 들고 나오더니 무슨 말을 중얼거리며 책상 쪽으로 간다. 그 통에서 면도칼을 꺼내려는데, 종잇조각 하나가 바닥으로 떨어진다. 그 종이를 집어 들고 훑어보던 매닝엄 부인의 얼굴이 곧 환하게 밝아진다.]

매닝엄 부인 [기쁜 목소리로] 여보! 식료품 상점의 영수증이 여기 있네요! [한 손에는 영수증, 다른 한 손에는 면도칼을 들고 매닝엄에게 다가온다. 웃음과 울음이 뒤섞인 표정이다.] 이거 봐요, 여보, 내가 잃어버린 게 아니었어요. 내가 그랬잖아요!

매닝엄 [못마땅한 듯이] 어서, 이 줄을 잘라, 벨라.

매닝엄 부인 [잠시 매닝엄을 바라보다가 영수증을 내려다본다. 그리고 다시 매닝엄을 본다.] 여보—. 그런데 이게 왜 여기에 있죠? 당신은 내가—. [매닝엄 부인이 말끝을 흐린다. 이윽고 성난 눈빛으로 변한다.]

매닝엄 [부드럽게 아내를 달래려는 듯이] 영수증은 말이야, 내가 오해했었나 보군. 자—. 빨리, 여보, 면도칼로 이 줄을 잘라 줘! 어서!

[매닝엄 부인이 잠시 남편을 바라보다가 한 걸음 다가선다. 매닝엄은 면도칼을 내려다본다. 그리고 다시 아내를 올려다보는 그의 표정에 두려움이 번진다. 의자 깊숙이 몸을 젖힌다.]

매닝엄 부인 면도칼이요? 무슨 면도칼이요? [매닝엄의 얼굴에 면도칼을 들이대며] 지금 내가 들고 있는 게 면도칼이라고요? 당신 미쳤어요?

매닝엄 벨라, 당신 왜 이래?

매닝엄 부인 [광기에 가까운 분노를 터뜨리며] 아니면 내가 미친 건가요? [면도칼을 던진다.] 그래요. 내가 미친 거겠죠. 이건 면도칼이에요. 맙소사, 내가 또 잃어버린 거죠. 그렇지 않아요? 나는 늘 뭔가를 잃어버려요. 그리고 다시는 찾아내지 못하죠. 어디에 두었는지 몰라요.

매닝엄 [다급한 음성으로] 벨라.

[막 내릴 준비를 한다.]

매닝엄 부인 나는 영수증을 찾아 놓았어야 해요, 그렇죠? 맞아요, 그러지 않으면 당신이 나를 방에 가두겠다고 했어요.

자꾸 그러면 나를 정신 병원에 가둘 거라고도 했지요. [비통함과 증오로 인해 목소리가 잠긴다.] 그런데 그 영수증이 어디 있었을까요? [돌아서서 무대의 오른편을 둘러본다.] 액자 뒤에 있을까요? 맞아요, 거기 있을 거예요! [재빠르게 액자로 다가가, 벽에서 액자를 끄집어 내린다.] 아니, 여기엔 없어요—. 참 이상하죠! 액자를 다시 걸어야 해요. 내가 내렸으니까, 내가 다시 걸어야 해요. 자, 이렇게. [액자를 대충 비뚤게 걸어 놓는다.] 이제 어디를 찾아봐야 하죠? [매닝엄 부인은 마치 사냥하는 맹수처럼 사방을 두리번거리다가 책상을 본다.] 어디를 볼까요? 책상. 책상에 두었는지도 모르겠네요. [책상으로 간다.] 아니요—. 거기 없어요—. 이상하죠! 그런데 편지가 있군요. 시계도 있어요. 그리고 영수증도—. 봐요, 드디어 모두 찾았어요. [매닝엄에게 다가간다.] 하지만 그것들은 당신에게 아무런 도움도 되지 않아요. 그럼에도 나는 지금 당신을 도우려 하고 있어요, 그렇죠? 여기서 빠져나갈 수 있게 도와주려고 말이에요. 하지만 미친 여자가 어떻게 남편이 탈주하도록 도울 수 있겠어요? 참 안됐군요. [매닝엄 부인이 점점 언성을 높인다.] 내가 미치지만 않았어도 당신을 도와줄 수 있었을 텐데 말이에요. 내가 미치지만 않았더라면, 당신이 무슨 짓을 했든 나는 당신을 가여워하고 보호해 주었을 거예요! 그런데 나는 미친 여자라서 이제껏 당신을 증오했고, 지금 이 순간에조차 일말의 동정심이나 미련도 없이 당신이 잡혀가는 꼴을 보며 기뻐하고 있어요! 후련하다고요!

매닝엄 [절박한 음성으로] 벨라!

매닝엄 부인 수사관님! 수사관님! [문으로 달려가서 두드리다가 문을 활짝 열어젖힌다.] 어서, 이 남자를 데려가세요! [러프와 경관들이 즉각 들어오고, 매닝엄 부인은 극도로 흥분한 채 책상 뒤로 걸어가며 외친다.] 어서 저 남자를 데려가세요!

　　[러프가 손짓하자, 경찰들이 매닝엄을 끌고 나간다. 러프가 살기 어린 분노로 몸을 떨며 서 있는 매닝엄 부인에게 다가가서 그녀의 어깨를 잡는다. 매닝엄 부인이 홱 뿌리치자, 러프가 그녀의 뺨을 때린다. 그제야 매닝엄 부인은 화들짝 놀라서 멈칫한다. 방에 들어와 상황을 파악한 엘리자베스가, 테이블에서 물을 따라 매닝엄 부인에게 가져다준다. 러프가 무대 왼쪽의 중앙에 서서 잠시 두 사람을 바라본다.]

　　러프 [분노가 어느 정도 가라앉자 울기 시작한 매닝엄 부인을 바라보다가, 그녀를 테이블 왼쪽의 의자로 데려가서 앉힌다.] 자, 부인, 이리 와서 앉으십시오. 무척 힘드셨을 겁니다. 난데없이 낯선 사내가 찾아와서 일생일대의 악몽 같은 밤을 안겨 드렸군요, 그렇죠? 부인이 아니라 다른 누구였더라도 최악으로 끔찍한 밤이었을 겁니다.

　　매닝엄 부인 최악으로 끔찍한 밤이라고요? 아, 아니에요. 가장 멋진 밤이죠. 다른 무엇과도 비길 수 없는 아주 멋진 밤이었어요.

　　막이 내린다.

　　끝

114

로프

3막극

레지널드 데넘에게

등장인물

윈덤 브랜던

찰스 그라닐로

사보

케네스 래글런

레일라 아든

존스턴 켄틀리 경

데번햄 부인

루퍼트 카델

1막

　　메이페어에 있는 한 주택의 1층 방. 여기는 브랜던과 그라 닐로가 함께 사는 곳으로, 서재 겸 응접실로 보인다. 고급스러 운 가구로 꾸며져 있으나 특정 양식을 따르는 것 같지는 않고, 어딘가 묘한 분위기를 자아낸다. 그럼에도 주의 깊게 살펴보 면 매력적인 요소가 꽤 많다. 무대 뒤편 오른쪽에는 아래위로 긴 프랑스식 창문이 달려 있고, 그 왼편에는 멋들어진 대형 괘 종시계가 자리 잡고 있다. 그 옆의 벽 쪽으로 라디오가 있고, 그 곁으로 긴 의자가 보인다. 그리고 왼편으로 출입문과 벽난 로가 있다.

　　무대 오른편 구석에는 소형 그랜드 피아노가 놓여 있고, 벽을 따라 서빙 테이블이 늘어서 있으며 그 위에 술병과 유리 잔이 정리되어 있다. 오른편 앞쪽에는 램프가 놓인 탁자가 있 고, 그 왼편에 안락의자가 놓여 있다. 무대 왼편의 앞쪽에도 탁자와 안락의자가 놓여 있고, 그 중앙에는 커다란 궤짝 같은 물체가 놓여 있다. 커튼을 포함해서 실내 장식에 사용한 직물

로프　　　　　　　　　　　　　　　　　　　　　　119

의 색조는 대체로 빨간색이다. 막이 오르면 괘종시계가 밤 8시 40분을 가리킨다. 극 중의 시간은 첫 장면부터 마지막 장면까지 연속성을 유지하지만, 막이 내리고 다음 막이 시작되는 것이 시간의 경과를 의미하지는 않는다.

막이 오르면 캄캄한 실내에 한 줄기 희미한 가로등 불빛이 창문을 통해 비쳐 든다. 이를 배경으로 그라닐로와 브랜던의 모습이 실루엣으로 비친다. 궤짝 위로 몸을 굽히고 뭔가에 열중하고 있다. 그러다 갑자기 궤짝 뚜껑이 쾅 소리를 내며 닫히며 깊은 정적을 깨뜨린다. 브랜던이 창가로 가서 두꺼운 커튼을 힘껏 닫는다. 방 안은 완전한 어둠에 잠긴다. 두 사람은 하던 일을 이어 가고, 브랜던이 낮게 중얼거린다. "좋아, 됐어." 그라닐로는 대꾸하지 않는다. 잠시 후, 무대 오른편 앞으로 가서 탁자 위의 램프를 켠다.

그라닐로 [궤짝 옆에 서 있다가] 불 꺼! 불 끄라고! [순간적으로 불이 꺼진다.]

브랜던 [어둠 속에서 목소리만 들린다.] 흥분하지 말라고, 그라닐로.

[그라닐로는 대꾸하지 않는다. 브랜던은 무대 오른편 앞쪽에 있고, 그라닐로는 중앙에 있다. 잠시 후, 브랜던이 성냥을 당겨서 담배에 불을 붙인다. 어둠 속에서 담뱃불이 반짝인다. 그는 이제 안락의자에 앉아 있다. 잠시 침묵이 흐른다.]

브랜던 기분은 좀 나아졌어, 그라닐로? [대답이 없다.]

브랜던 기분이 괜찮아졌느냐고? [대답이 없다.]

브랜던 그라닐로.

그라닐로 성냥 좀 줘.

브랜던 성냥? 자, 여기. 받아. [성냥갑을 그라닐로에게 던진다.]

[성냥갑이 달그락 소리를 내며 날아가다가 바닥에 떨어진다. 그라닐로가 성냥을 집어서 담뱃불을 붙인다. 어둠 속에서 담뱃불 두 개가 반짝인다. 잠시 정적이 흐른다.]

그라닐로, 이제 정신을 차려야 해. 그렇지 않아? 15분 뒤에 사보가 올 거라고. [잠시 침묵이 흐른다.]

그라닐로 브랜던, 우리가 무슨 짓을 했는지 알아?

브랜던 내가 무슨 짓을 했는지 아느냐고? 그럼, 아주 잘 알지. [명확하고 느긋하면서도 힘차게, 도전적으로 들릴 만큼 의기양양한 음성으로 말한다.] 방금 살인을 저질렀지.

그라닐로 그래, 맞아.

브랜던 [같은 음성으로 말을 잇는다.] 살인을 한 거야. 어떤 유감이나 동기도 없이, 완전무결한 살인. 피 한 방울, 비명 한 번 흘리지 않고 말이야.

그라닐로 그래.

브랜던 완전무결한 살인. 내가 사람을 죽였다고. 오로지 짜릿한 쾌락을 맛보려고 살인을 위한 살인을 저지른 거지. 그리고 나는 이렇게 살아 있어. 아무렇지도 않게, 멀쩡히 말이야. 내가 방금 그 일을 해냈어, 그라닐로. [한동안 침묵이 흐른다.] 왜 그래? 겁이 나는 거야?

그라닐로 아니. 겁이 나서가 아니야.

브랜던 [부드러운 어조로] 그렇다면 램프를 켜도 되겠어?

그라닐로 안 돼. 불을 켜면⋯⋯. [벽난로에서 흘러나오는 불빛에 두 사람의 모습이 겨우 보인다.] 브랜던?

브랜던 왜?

그라닐로 로널드가 여기 들어올 때, 어땠는지 기억해?

브랜던 '로널드가 들어올 때'라니, 뭘 말이야?

그라닐로 로널드가 도착해서 말이야⋯⋯. 차에서 내려 여기로 들어올 때, 네가 문에 서 있었잖아.

브랜던 그랬지.

그라닐로 그때 밖에 누군가 서 있지 않았어? 여기에서 70야드쯤 떨어진 길가에.

브랜던 아무도 없었는데.

그라닐로 누군가 있었어. 남자가 서 있었다고. 내가 봤어. 똑똑히 기억해.

브랜던 아무튼, 그게 어쨌다는 건데?

그라닐로 아, 아무것도 아니야⋯⋯. 브랜던⋯⋯.

브랜던 왜?

그라닐로 내가 로널드를 만났을 때, 그러니까 콜리시엄에서 공연을 마치고 나오는 로널드를 만나 차에 태웠을 때, 누군가 우리를 보지 않았을까?

브랜던 그 누군가가 누군데?

그라닐로 그저 누구든 말이야. 넌 그런 생각 안 해 봤어?

브랜던 해 봤지.

[그라닐로는 무대 왼쪽의 안락의자에 앉아 있고, 잠시 침묵이 흐른다.]

그라닐로 시신이 방 안에 있잖아. 이대로 괜찮을 거 같아?

브랜던 언제? 오늘 밤 말이야?

그라닐로 그래.

브랜던 그러니까 네 말은, 어떤 초자연적인 힘이 저 궤짝에서 뿜어져 나와, 존스턴 켄틀리 경에게 스무 살 먹은 당신 아들의 주검이, 아니 생명을 빼앗긴 육신이 저 안에 들어 있다고 암시라도 해 줄 것 같다는 소리야? [잠시 말을 멈추었다가] 이봐, 그라닐로, 어떤 이유로든 자네가 불안해하니, 내가 다시 한 번 현재 상황을 정리해 줄게. 수학적인 방식으로 접근해 보자면 말이야—.

그라닐로 잠깐 조용히 해 봐! [긴박한 정적이 흐른다.]

브랜던 이제 또 뭐……?

그라닐로 조용히 하라니까! [다시 침묵이 흐르고, 그라닐로가 벌떡 일어나 창가로 가서 커튼 사이로 바깥을 엿본다.] 아니야, 괜찮아. 나는 사보가 온 줄 알았어. [다시 의자로 돌아온다.]

브랜던 사보는 9시 오 분 전은 되어야 올 거야. 물론, 그가 제시간에 나타난 적은 거의 없지만 말이야. 게다가 사보는 약 아빠진 집주인에게 열쇠를 빼앗겼다고. 그러니 초인종을 누를 거야. 이제 내가 차분하게 우리 상황을 정리해 주지. 오늘 오후 2시경, 우리의 친구이자 학부생인 로널드 켄틀리는 자기 아버지의 집에서 나와 콜리시엄 콘서트홀로 향했어. 그러고는 공연을 마치고 나오다가 자네를 만났고, 자네는 그를 집으로 초대했지. 로널드는 이 집에 와서 차를 대접받았고, 정확히 6시 45분에 밧줄로 교살됐어. 그리고 저 궤짝에 담겼지. 오늘 밤 9시에 그의 부친인 존스턴 켄틀리 경과, 그의 고모 데벤햄 부인, 그리고 우리가 선별해 초대한 세 명의 친구가 여기 모여

로프

서 성찬을 나눌 거야. 그러고는 담소를 주고받다가 떠나겠지. 파티가 끝난 뒤, 11시에⋯⋯.

그라닐로 [브랜던의 말을 끊으며] 파티를 열기로 한 게 실수는 아니겠지, 브랜던?

브랜던 이봐, 그라닐로, 파티야말로 오늘 우리 계획의 백미이자 짜릿한 쾌락의 절정이라고! 이 얘기는 이미 나누지 않았나? [잠시 침묵한다.] 내가 하려던 말을 마저 할게. 오늘 밤 11시에, 너와 나는 차를 몰고 옥스퍼드로 갈 거야. 우리 학부생 후배를 싣고 가는 거지. 그 뒤로는 아무도 그의 소식을 듣지 못할 거야. 그는 살해된 게 아니라, 실종된 거니까. 우리 이야기는 그렇게 완벽히 마무리되는 거야. 완전 범죄지. [잠시 침묵이 흐른다.] 어때, 명확하지?

그라닐로 그렇군.

브랜던 그리고 파티는 우리의 패착이 아니라 성공의 정점이 될 거야. 말하자면, 우리 계획의 화룡점정이라는 뜻이지. 파티에 오는 사람들을 생각해 봐. 더 나은 선택이라는 게 있을 수 없잖아. 오늘의 핵심 인물은, 저 궤짝 안에 들어 있는 자의 아버지인 존스턴 켄틀리 경이야. 그가 죽은 자의 아버지라는 사실이 오늘 파티의 기괴함을 더해 주지 않겠어? 그 점만으로도 절묘한 초대지. 물론, 켄틀리 경 부부를 함께 불렀다면 더 좋았겠지만 말이야. 부인은 이곳에 올 형편이 못 되니, 그 대신 켄틀리 경의 여동생을 부른 거야. 그러니 거의 마찬가지지.

[그때 전화벨이 울린다. 그라닐로가 벌떡 일어나서 어둠 속을 더듬거리며 전화를 받으러 간다.]

그라닐로 여보세요……. 여보세요……. 여보세요. 뭐라고요? 여기는 메이페어 143번지입니다만……. 뭐라고요……? 뭐요? 여보세요. [브랜던이 램프를 켠다.] 불 꺼! 불을 끄라고! [얼른 불을 끈다.]

브랜던 진정해, 그라닐로.

그라닐로 여보세요……. 여보세요…….

브랜던 전화기 좀 내려놓을 수 없어? 네가 지금 겁먹었다는 사실을 온 런던에 떠들어 대고 있잖아. [잠시 말을 끊었다가] 이리 와서 앉아.

[그라닐로가 전화기를 내려놓고 창가로 가서 다시 한 번 바깥을 엿본다. 그러고는 현관으로 가서 문을 열고 복도를 살핀다. 찰칵 소리가 들린다. 그라닐로가 복도의 불을 켠 것이다. 열린 문 틈새로 불빛이 비쳐 든다. 브랜던은 미동도 없이 가만히 앉아 있다. 복도의 불이 꺼지고 그라닐로는 도로 들어와서 문을 닫는다. 그라닐로가 다시 의자에 앉고, 잠시 정적이 흐른다.]

그라닐로 하던 얘기나 계속해.

브랜던 그리고 케네스 래글런과 레일라 아든도 올 거야. 그들은 단지 젊음과 순수함, 선한 영혼을 가진 덕분에 초대받았지. 래글런은 우리와 동문이기도 하고, 현재 우리와 같은 대학교에 다니고 있잖아. 평범한 인간의 표본이지. 그래서 오늘 같은 날, 증인으로 참석하기에 딱 어울린다고 생각했어. 무지한 인간의 대표 격이라고나 할까. 레일라도 마찬가지고. 래글런이 여자라면 레일라 같지 않을까. 그리고 루퍼트, 그래, 루퍼트로 말하자면, 그라닐로, 우리에게 아주 흥미로운 존재야.

어쩌면 그는, 이번 일을 우리와 같은 관점에서 바라볼 수 있었을 유일한 사람이었을지도 몰라. 예술적인 관점에서 말이지. 우리의 모험에 그를 초대하려 했던 일은, 자네도 기억할 거야. 그러다가 결국 그만두기로 했지만. 그의 지성이 우리의 모험을 용납하지 못할까 봐서가 아니라, 이 일을 실천할 만한 배짱이 없어 보였기 때문이지. 루퍼트는 반짝이는 정신을 지닌 시인이지만 지나치게 세심하고 까탈스러워…… 일을 구상하고 야심에 부풀었을 테지. 하지만 결코 행동으로 옮기지는 못했을 거야. 그리하여 마침내 저 무지한 나머지 무리에 속하게 된 거지. 그러나 그는 지성을 대변하는 인물로서 존재 가치를 존중받을 만해. [잠시 말을 끊었다가] 그라닐로……. [대답이 없다.] 그라닐로.

그라닐로 말해.

브랜던 지금 몇 시지?

그라닐로 [성냥불을 켜 들고 시계 앞으로 간다.] 9시 십 분 전이야.

브랜던 이제 오 분만 있으면 사보가 올 거야.

그라닐로 알아.

브랜던 이제 불을 켜도 될까?

그라닐로 꼭 켜야 해? 이대로 그냥 하던 얘기나 마저 하지 그래?

브랜던 그럴 수는 없을 거 같은데.

그라닐로 [잠시 생각하다가] 그래 그럼. 난 괜찮아. 불을 켜라고. 이제 기분이 나아졌어.

[작은 램프에 불이 깃든다. 브랜던의 훤칠하고 건장한 모습이 나

타난다. 금발에, 고급스러운 더블버튼 정장 조끼가 탄탄한 몸매를 드러내 준다. 거기에 어울리도록 완벽하게 다림질된, 단을 접지 않은 밑단 둘레 19인치 정도의 바지. 유난히 거대한 손은 풋볼이나 육상 선수라기보다는 권투 선수에 가까운 인상을 준다. 맑고 푸른 눈에 단정한 입과 코를 가지고 있으며, 목소리는 자신감에 차 있으면서도 부드럽고 편안하다. 한눈에도 경제적으로 여유로워 보이며, 돈을 허투루 낭비하기보다는 자신의 품격을 가꾸는 데에 투자하고 있음을 알 수 있다. 사람을 대할 때 배어나는 아버지 같은 태도는 자신의 건강과 지성, 준수한 외모 그리고 성공적인 삶과 타고난 침착함에 대한 확신에서 비롯되는 듯하다. 이 같은 태도는, 스스로가 이런저런 취약성을 안고 살아가는 대다수의 평범한 사람들과는 다르다는, 그의 자신감을 반증해 주는 듯 보인다. 그러나 이러한 분위기는 이따금 어딘지 모르게 독선적이고 자아도취적 인상을 주기 때문에, 전반적으로 그에게 호감을 느끼고 다가가기는 어렵다.

호리호리한 체형의 그라닐로는 키가 브랜던만큼 크지 않으며, 짙은 파란색 정장에 고급스러우면서도 다소 화려하게 치장하고 있다. 스페인 출신으로 피부가 어둡고, 다이아몬드 반지를 끼고 있다. 상당히 예의 바르나, 왠지 춤 선생이나 무대를 휘어잡는 춤꾼의 분위기를 풍긴다. 영어를 유창하게 구사한다. 그를 어느 정도 알고, 앵글로·색슨적 편견에 물들지 않은 사람이라면 그가 꽤나 좋은 사람임을 알아볼 것이다.

브랜던은 안락의자에 앉아서 램프를 들여다보며 갓을 만지작거리고 있다. 그라닐로는 벽난로 선반 위에 걸린 거울로 다가가서 자기 모습을 비춰 보며 칼라를 매만지다가, 선반 위에 놓인 상자 속에서 담배를 꺼낸다. 그러자 브랜던도 일어나서 벽난로 앞으로 걸어가더니 역시 담배를 꺼내 들고 그라닐로가 사용한 성냥불을 빌려 자기 담배에도 불을 붙인다. 그러면서 한 팔을 그라닐로의 어깨에 두른다.]

브랜던 [담배를 뻐끔거리며] 고마워. 잠시 자네가 이성을 잃은 줄 알았어.

그라닐로 나도 그런 줄 알았어. 하지만 다행히 그러지는 않았어.

브랜던 이제 불을 켜도 될까?

그라닐로 그렇게 해.

[브랜던이 태연함을 가장하듯 콧노래를 부르며 문 옆의 등을 켜고 말없이 복도로 나간다. 이윽고 복도 조명의 스위치를 올리는 소리가 들린다. 그라닐로는 벽난로의 불꽃을 바라보며 30초 정도 그대로 더 앉아 있다가, 자리에서 일어나 장식장으로 가서 술을 따른다. 그때 브랜던이 허겁지겁 들어온다. 눈빛이 분노로 이글거리고 얼굴빛은 창백하다.]

브랜던 이 바보야! 내가 복도를 살펴보라고 했지!

그라닐로 왜 그래?

브랜던 [그라닐로의 눈앞에 파란색 종잇조각을 들어 보인다.] 이걸 좀 봐! 녀석의 콜리시엄 공연 티켓이잖아. 바닥에 떨어져 있었단 말이야. 이거 하나면 우린 교수형을 당하고도 남아! 도대체 어떻게…….

그라닐로 [스페인 사람들이 흔히 그러듯이 어깨를 한 번 들썩여 보이며] 그렇지만 브랜던, 그건 네 탓이기도 하잖아.

브랜던 이건 다른 얘기야! 내가 놓친 걸 찾아내는 게 네 일이잖아. 이게 어떻게 거기 떨어져 있는지 모르겠군. [초인종 소리가 난다.] 염병할! 사보가 온 것 같아. 이제 정신 차리고, 제발 침착하게 앉아 있으라고. 좋아. 내가 나갈게.

[브랜던이 사보를 맞이하러 나간다. 그라닐로는 파란색 티켓을 조끼 윗주머니에 넣고, 단숨에 술잔을 비운다. 그러고는 탁자 위에 놓여 있던 책을 집어 들고, 무대 오른편 안락의자에 앉아 책을 읽는 척한다. 잠시 후, 두 사람의 음성이 계단을 타고 올라온다. 드디어 문 앞에 도착한다.]

사보 [멀리서] 여기입니까요, 나리?
브랜던 [멀리서] 그래, 여기야.
사보 네, 알겠습니다.

[브랜던이 들어와서 등 뒤로 문을 닫는다. 왼편 안락의자에 앉으려는데, 또 누군가가 문을 두드린다. 브랜던이 잽싸게 일어나서 문을 연다. 사보는 외투를 입고 손에 신문을 든 채 문밖에 서 있다. 민첩해 보이는 사보는 피부가 검은 프랑스 남자로, 코가 유난히 길고, 말끔히 면도한 뺨과 턱 언저리는 푸르스름하다. 지적이고 재빠르며 순종적인 그는 하인으로서 완벽한 조건을 갖추고 있지만, 고용인들이 이따금 그를 격이 없이 대하는 까닭에 인격적인 긍지를 완전히 잃지는 않았다. 하지만 누구 앞에서든, 이유 여하를 막론하고, 일단 사과부터 하려는 태도가 배어 있다. 결혼한 상태며, 언젠가 자신의 레스토랑을 열겠다는 야망을 품고 조용하고 성실하게 일하고 있다.]

사보 석간신문 보시겠습니까?

로프

브랜던 아―. 고맙네, 사보.

사보 읽고 싶어 하실 거 같아서요. [수줍게 웃는다.]

브랜던 그래, 정말 고마워.

사보 아닙니다, 나리.

[브랜던은 사보를 문 앞에 세워 둔 채 문을 닫고, 왼쪽 안락의자에 와서 앉는다. 잠시 그라닐로와 눈이 마주치지만, 시선을 돌리고 신문을 펼친다.]

브랜던 [신문에 시선을 고정한 채] 화내서 미안해, 그라닐로. 내가 너무 흥분했어.

그라닐로 [책에 시선을 고정한 채] 괜찮아. 그럴 만했지. 내가 꼼꼼히 봤어야 했는데. 그게 왜 거기에 떨어져 있었는지 모르 겠군.

브랜던 나도 모르겠어. 지금 몇 시야?

그라닐로 [손목시계와 괘종시계를 번갈아 쳐다보며] 9시 오 분 전이야.

브랜던 그럼, 이제 곧 첫 손님이 도착하겠군.

그라닐로 그러겠지.

[사보가 커다란 쟁반을 들고 들어와서 서빙 테이블 위에 올려놓는 다. 그러고는 거실 한가운데로 와서 그라닐로와 브랜던을 번갈아 살핀 다음, 브랜던을 향해 말한다.]

사보 테이블에도 차릴까요, 나리?

브랜던 [신문을 보면서] 아니, 지금 그대로가 좋아. 거기 놔 두게. 알겠지? 테이블에는 책이 있으니까.

사보 2층에서 다른 테이블을 내릴 수 있습니다. 그렇게 할까요?

브랜던 아, 아니야. 괜찮아. 그냥 거기 둬.

사보 아닙니다. 하나도 어려운 일이 아닌걸요.

브랜던 [점잖은 어조로] 그래도, 사보, 그냥 놔두게. 그래 주겠나?

사보 [호의를 거절당하자 조금 무안한 듯 말투가 흐려진다.] 잘 알겠습니다, 나리. [서빙 테이블로 다가가서 커버와 냅킨 등을 정리한다. 긴 정적이 흐른다.]

브랜던 [신문을 읽으며] 해먼드가 이번에도 맹활약했나 보 군. [최신 기사로 눈을 옮긴다.] 106점에 노아웃이라……. 몇 번째지, 사보?

사보 열 번째입니다. [잠시 생각하다가] 스물한 번째에도 아웃을 면했답니다.

브랜던 [계속 신문을 읽으며] 런던 여자들을 둘러싼 범죄 수사 얘기는 이제 좀 지겹군……. 용감한 런던 타이피스트들의 대범한 행적에 관한 얘기도 그렇고 말이야……. 짐과 에이미 얘기도……. [초인종이 울린다.] 아—. 왔다. 누군지 몰라도 일찍 왔군.

사보 이리로 모셔 올까요?

브랜던 응—. 이리로. [사보가 나간다.]

[그라닐로가 일어나서 피아노 앞으로 가더니 「소녀여, 춤춰라」를 연주하기 시작한다. 거부감이 들 만큼 기교를 부려 가면서, 연주하는

내내 의미심장한 눈빛으로 브랜던을 바라본다. 연주를 마치고 서빙 테이블로 가서 술을 한 잔 따른다. 한결 여유롭고 편안해진 듯 보인다. 문이 열리고, 사보가 문을 잡고 있는 동안 케네스 래글런이 방 안으로 들어온다. 무척 젊고 깨끗한 피부에, 수수하면서도 준수한 외모를 지녔다. 수줍음이 많고 어리숙하며 착하지만, 아무 생각이 없는 듯하다. 여전히 나이트클럽을 환희의 공간이라 생각하면서도, 언젠가 오직 자신만을 위한 한 여자를 만나게 되리라고 믿고 있다. 그가 세상에 보여 주고 싶어 하는 자신의 이상적인 이미지는 세련된 사람이다. 가볍게 한잔했을 뿐인데도 "정말 대단한 술판이었어, 친구."라고 과장하는 모습을 보면 유머와 장난기가 동시에 드러난다. 물론, 그라닐로와 브랜던 앞에서는 지극히 소심하고 무력하다. 파티에 어울리는 복장을 차려입었다.]

  래글런 [잔뜩 긴장한 모습으로 다가온다.] 안녕하세요.
  브랜던 [정중히 그의 손을 잡으며] 안녕, 래글런, 어서 와. 그라닐로는 알지?
  래글런 그럼요.

  [래글런이 그라닐로와 악수한다. 그라닐로 역시 정중하게 그를 맞이한다.]

  그라닐로 정말 오랜만이야. [미소 짓는다.]
  래글런 네, 그렇죠? [불안한 듯 사방을 둘러본다.] 죄송해요. 제가 좀 과하게 차려입고 온 것 같네요.
  브랜던 아니야, 전적으로 내 실수야. 이리 와서 앉지. [그를 환대하며 의자로 안내한다.] 오늘 파티에 대해 좀 더 자세히 알려

줘야 했는데. 오늘 밤, 우리가 옥스퍼드에 갈 예정인 건 알고
있지?

래글런 아, 몰라요. 오늘 가실 거예요? 저는 금요일에나 가
려고 하는데요.

브랜던 자, 뭐 마시겠나? 진에 이탤리언…… 아니면, 진과
앙고스투라? 진과 프렌치로 아주 괜찮게 만들어 줄 수도 있는
데.[8]

래글런 진과 이탤리언이 좋을 거 같네요.

브랜던 진과 이탤리언? 좋지. [서빙 테이블로 다가가서 술병을
열고 조심스럽게 따르기 시작한다. 그러면서 말을 잇는다.] 맞아, 오
늘 밤 자정쯤에 출발할 거야. [능숙한 솜씨로 술을 따르며] 차로
운전해서 가려고. 기왕 [술을 좀 더 따르며] 달빛을 받으며 달릴
수 있다면 더 좋고. 아, 사방이 온통 책으로 [술을 따르며] 뒤덮
여 있는 걸 양해해 주게.

래글런 책이요?

브랜던 [술잔을 들고 무대 중앙으로 나온다.] 그래. 서재를 통
째로 물려받은 셈이지.

래글런 서재를 통째로요?

브랜던 [서빙 테이블로 돌아가서 이번에는 자기가 마실 술을 따른
다.] 그렇다니까. 자네는 책하고 그리 가까운 사이가 아니지?
[새로이 술병을 딴다.]

---

8   진과 이탤리언은 진에 이탈리아산 베르무트(포도주에 설탕, 향쑥 등을 첨가한
     주정 강화 와인)를 섞은 칵테일이고, 진과 프렌치는 진에 프랑스산 베르무트나
     릴레 블랑(보르도산 와인에 감귤류를 넣어 만든 식전주)을 섞은 칵테일이다. 앙
     고스투라는 비터스(약용 술)의 일종으로, 굉장히 농축되어 있는 까닭에 단독으
     로 마시기보다 주로 칵테일을 만들 때 쓰인다.

래글런 그렇죠. 별로 친하지는 않죠. 음, P. G. 우드하우스[9]를 주로 읽는 편이에요.

그라닐로 아—. P. G. 우드하우스, 좋아해?

래글런 네. 왜요? 선배님도 좋아하세요?

그라닐로 응—. 그렇다고 할 수 있지.

래글런 와, 그러시군요. 선배님이 우드하우스의 작품을 읽으실 줄은 몰랐네요.

그라닐로 아, 나도 좋아해.

브랜던 [술을 한 잔 더 따르며] 자네, 제리 위컴이라는 이름을 들어 봤나? 내 삼촌인데.

래글런 아, 네, 압니다.

브랜던 음, 삼촌이 최근에 작고하셨어.

래글런 아—. 그러셨어요? 정말요?

브랜던 이건 그분의 서재였지. 감사하게도 [술을 따르며] 내게 물려주셨어. [술을 따르며] 전혀 [술을 따르며] 기대하지도 않았는데 말이야.

래글런 와, 대단하네요!

브랜던 그 때문에 존스턴 켄틀리 경이 몹시 분개했었다네.

래글런 아, 존스턴 켄틀리 경이요? 도서 수집가로 유명한 분, 맞지요?

브랜던 그렇다네. 오늘 밤, 여기에 올 거야.

---

9   P. G. Wodehouse(1881~1975). 영국을 대표하는 유머 작가로, 다수의 작품과 희곡을 남겼다. 비평가들에겐 경솔하게 글을 쓴다고 비판받았지만, 당대 대중 독자에게는 사랑받는 베스트셀러 작가였다. 참고로, 1929년 초판에는 우드하우스 대신, 영화 「킹콩」(1933)의 원안을 쓴 스릴러 작가 에드거 월리스(Edgar Wallace, 1875~1932)로 언급되어 있다

래글런 맙소사ㅡ. 정말 그분이요? 방금 말씀하신, 그 존스턴 켄틀리 경이 이곳에 온다고요? 그로스브너 스퀘어에 사시죠. 아들 하나 있고요.

브랜던 [잠시 머뭇거리다가] 맞아. 그로스브너 스퀘어에서 살지. [잠깐 말을 끊었다가] 아들이 하나 있고 말이야. [브랜던이 술잔을 들고 무대 앞으로 나와, 담배에 불을 붙인 뒤 의자에 앉는다.] 그리고 켄틀리 경에겐 여동생도 한 분 있는데, 오늘 함께 올 거야.

래글런 아ㅡ. 정말요?

브랜던 그렇다네. 오늘 그 여자 입에서 한 번에 두 마디 이상 나오게 하는 데에 10파운드의 상금이 걸려 있지. 다이너마이트를 쓰든 뭐든 수단과 방법을 가리지 않고 말이야.

래글런 왜요ㅡ. 무척 말이 없는 분인가요?

브랜던 "무척 말이 없는……!"이라는 표현만으로는 부족할 정도야.

래글런 그래요? 존스턴 경의 아들 얘기 좀 해 주세요. 운동을 기가 막히게 잘하는, 그 로널드 켄틀리 맞지요?

브랜던 맞아. 자네는 그 친구를 모르지?

래글런 네, 만난 적은 없어요. 그렇지만 장애물 경주, 100야드 달리기 같은 종목에서 실력이 굉장하다는 소리는 들었어요, 맞죠?

브랜던 그래, 맞아. 사실 그 친구는 너랑 많이 닮았어. 그렇지, 그라닐로?

그라닐로 맞아, 너랑 닮았어.

래글런 저랑요? 어떤 면에서요?

브랜던 음, 모든 면에서 그렇지. 나이도 같고, 키도 같고, 피부색도 비슷하고, 게다가 다정하면서도 신선한 순수함까지.

래글런 에이, 그만하세요. 저는 운동이 신통치 못하잖아요.

브랜던 하지만 이렇게 활력이 넘치지 않나. 오히려 그 친구보다 훨씬 활기가 넘치지.

래글런 [뭔가 어색한 듯] 제가요? 그런데 존스턴 경을 여기 부르신 이유는, 이 책들로 더욱 약을 올리시려고 그런 건가요?

브랜던 아니, 그 반대야. 난 그가 원하는 책을 모두 줄 생각이야. 물론, 내가 원하지 않는 책에 한해서 말이지만. 아무튼 방금 전에 책 얘기를 꺼낸 건, 여기가 이토록 어질러져 있는 걸 변명하기 위해서였다네. 궤짝 위에 식사를 차린 것만 봐도 알 수 있잖나.

래글런 아, 그렇네요. [궤짝 위를 살펴본다.] 좀 이상하다 했어요.

브랜던 그런데 케네스, 자네 체중이 많이 불었군.

래글런 그런가요?

브랜던 학교에서 내 심부름꾼 노릇을 하던 때와는 완전히 딴사람이 됐어.

래글런 에이! 그건 옛날얘기죠.

브랜던 뭐, 그렇게 오래된 것 같지도 않은데 말이야.

래글런 그 시절엔 선배가 나의 영웅이었어요.

브랜던 그랬나? 하기야 당시 하급생들 사이에서 제법 인기가 있는 편이었지.

그라닐로 인기 없는 선배는 바로 나였지.

브랜던 그랬어, 그라닐로?

래글런 아, 맞아요. 그 시절엔 저도 선배를 참 미워했던 거 같아요.

그라닐로 그렇다니까.

브랜던 왜 그라닐로를 미워했는데?

래글런 음, 모르겠어요. 그 시절엔 오로지 운동을 잘하는 선배가 최고였던 것 같아요. 말도 안 되는 거죠.

그라닐로 그런 거였나. 하지만 나는 무해한 사람이라네.

[초인종이 울린다.]

브랜던 또 누가 왔군. 이번엔 루퍼트일 것 같은데. 루퍼트는 만난 적 있나, 래글런? 루퍼트 카델?

래글런 아니요─. 만난 적 없는 거 같아요.

브랜던 아, 그렇겠군─. 자네가 입학하기 전에 졸업했으니까. 그렇지? [브랜던이 일어나서 문을 연다.] 아─. 하, 매력적인 레일라! 어서 들어와.

[레일라 아든이 들어온다. 그녀 역시 래글런처럼 젊고 준수한 외모를 지녔으며, 아무 생각이 없는 듯 보인다. 자신의 그러한 허점을 감추고 세련된 척하려는 점도 래글런과 비슷하다. 하지만 그런 면에서는 래글런보다 성공적인 듯하다. 훨씬 더 다양한 어휘를 구사하며, 때때로 익살스러운 면모도 드러낸다. 다만 이야기하는 동안 눈알을 굴리는 버릇 때문에, 말에 진실성이 없어 보인다. 그런 까닭에 얼핏 감정이나 느낌에 치우치지 않는 깊이 있는 사람처럼 보일 수도 있지만, 실제로 그렇지는 않다.]

브랜던 잘 있었어, 레일라? 그라닐로는 알지?

레일라 안녕하세요. [그라닐로와 악수한다.]

브랜던 이쪽은 케네스야. 미스터 래글런, 그리고 이쪽은 미스 아든.

레일라 안녕.

래글런 안녕.

[두 사람이 악수한다. 그리고 브랜던은 한 의자를 가리킨다. 레일라가 그 의자에 앉는다.]

브랜던 레일라는 뭘 마실래? 케네스는 진에 이탈리언으로 했는데.

레일라 저도 같은 걸로 할게요.

[브랜던이 서빙 테이블로 가자, 잠시 어색한 침묵이 흐른다.]

[그라닐로에게] 어떻게 지내세요?

그라닐로 네 덕분에 잘 지내지. 레일라는 어때?

레일라 뭐, 그런대로 괜찮아요.

[래글런과 그라닐로 사이에 앉아 있던 레일라가 래글런을 돌아보며 빙긋이 웃는다. 래글런이 반색하며 미소로 화답한다.]

어디선가 만난 적이 있는 것 같은데.

래글런 [멍청한 표정으로] 정말?

레일라 혹시 프린턴-온-시[10]에 자주 가나?

래글런 자주는 아니고 가끔 가지.

레일라 정말 희한하네! 분명히 어디선가 본 적이 있는 것

10   영국 에식스주 해변에 위치한 작은 도시.

같거든.

래글런 [입가에 미소를 머금고] 아―. 정말 희한한 일이야!

브랜던 [레일라에게 술을 가져다준다.] 전생에 인연이 있었나 보군. 자, 마셔. 레일라, 집 안이 너무 어수선해서 미안해. 온통 아수라장이야. 자세한 얘기는 래글런한테 들어. 아무튼 최근에 서재를 통째로 물려받아서 말이야.

레일라 서재를 물려받아요? 맙소사, 그런 일도 있군요!

브랜던 그렇게 됐어. 그러니 음식을 대접받을 거라는 기대 따윈 하지 마. 지금 집에 하인도 없고 말이야. 우리 형편이 좀 그렇거든.

레일라 걱정하지 마세요. 오후에 차와 간식을 아주 든든히 먹었는걸요!

브랜던 아하, 다행이군. 우리가 여길 떠나기 전에 만날 수 있는 마지막 기회인 것 같아서 부른 거야.

레일라 오늘 가시게요?

브랜던 응.

래글런 이렇게 차려입고 와서 너무 민망하네요.

레일라 왜? 나도 차려입고 왔어야 하는데 말이야. [브랜던을 향해] 오늘 파티는 왠지 신비스러우면서도 좀 특별한 것 같아요.

그라닐로 [약간 긴장한 듯 목소리를 낮추며] 뭐가 신비스럽고 특별한데?

레일라 [그라닐로의 긴장감을 알아채고 당황했는지 잠시 머뭇거린다.] 아니―. 잘 모르겠어요. 그냥 뭔가 모르게 은밀하면서도 조금 어색한 느낌이 들어요. [잠시 말을 멈추었다가 래글런을 향해] 그런 느낌이 들지 않아? 우선 모이는 시간도 그렇고

말이야. [초인종이 울린다.]

　　브랜던 [과장되게 큰 소리로 대화를 끊으며] 누가 왔군. 이번엔 켄틀리 경일 거야. 잠깐 실례할게. 내가 나가서 안으로 모셔야 할 것 같거든.

　　[브랜던이 문을 열어 놓은 채 바깥으로 나간다. 멀리서 말소리가 들린다.]

　　레일라 [눈알을 굴리며 낮은 음성으로] 지금 오신 분은 누구세요?

　　그라닐로 [담배를 끄고 일어선다.] 존스턴 켄틀리 경이야. 이 책들을 보러 오신 거야.

　　레일라 아, 그러시군요!

　　그라닐로 아니면 루퍼트가 왔을지도 모르고.

　　[그라닐로가 문으로 다가가려 하는데 브랜던과 존스턴 켄틀리 경, 데번햄 부인이 들어온다.]

　　[존스턴 경은 한눈에 보기에도 호감형의 노신사로, 허리가 약간 굽은 데다 맑은 회색 눈동자를 느리게 움직이는 까닭에 본래 나이보다 더 늙어 보인다. 누구에게도 해를 끼치지 않을 것 같은 선하고 점잖은 인품이 느껴지지만, 약간 무기력해 보이기도 한다. 그런데 이러한 무기력함이나 점잖은 기질은 천성에서 우러나왔을 뿐 아니라, 굳이 자신을 주장할 필요가 없는 권위적 위치에서 인생의 대부분을 살아온 덕분이기도 하다. 그럼에도 결코 권위를 남용하지 않았으리라는 믿음을 주는 그 모습이, 그를 더욱 돋보이게 한다.]

[데번햄 부인은 존스턴 경의 여동생이다. 나이는 50세 정도로, 훤칠한 키에 평범한 외모를 지녔으며 옷차림도 수수하다. 오래전에 남편을 잃고 홀로 살아왔다. 좀처럼 입을 열지 않으며, 그나마 유일한 감정 표현이라면 이따금 입가에 띠는 상냥한 미소 정도다. 상대를 당황하게 할 수도 있을 갑작스러운 미소는 아주 잠시만 입가에 머물 뿐, 어느새 본래의 어둡고 무심한 표정으로 돌아가곤 한다. 이토록 미약한 존재감이 오히려 개성으로 작용해서 그녀만의 독특한 매력을 자아낸다.]

존스턴 경 [거실로 들어오면서] ……물론 그런 일은 있을 수 없지. 아, 안녕하시오, 그라닐로? 그동안 어떻게 지내셨소? [두 사람이 악수한다.] 내 여동생은 알고 있지요?

데번햄 부인 그럼요. [미소 짓는다.]

[그라닐로와 데번햄 부인도 악수를 나눈다.]

[래글런이 쑥스러운 표정을 짓고 서 있다. 레일라도 어쩔 줄 몰라한다.]

브랜던 [무대 중앙으로 나오며] 자, 제가 소개해 드리죠. 이분은 데번햄 부인이십니다. 이쪽은 레일라 아든이고요……. 아든, 이분은 존스턴 켄틀리 경이셔.

레일라 안녕하세요.

존스턴 경 안녕하시오.

브랜던 이쪽은 케네스 래글런입니다.

래글런 안녕하십니까.

존스턴 경 안녕하시오.

[데번햄 부인이 미소를 짓는다.]

[어색한 침묵. 켄틀리 경 뒤로 사보가 따라 들어오더니 조용히 궤짝의 위치를 바로잡는다.]

브랜던 자, 이제 거의 다 오신 것 같군요. 존스턴 경, 이 안락의자가 경의 취향에 맞을지도 모르겠습니다. [존스턴 경을 안락의자로 안내한다.] 오늘 식사는 이 궤짝 위에서 해결해야겠습니다. 테이블에는 온통 책들이 쌓여 있어서요.

존스턴 경 [궤짝을 얼핏 보며] 저건 카소네[11]인가?

브랜던 아, 진품은 아니고, 복제품입니다. 그래도 잘 만든 물건이긴 하죠. 이탈리아에서 구했습니다.

[벽난로 앞에 서 있던 그라닐로는 모두가 앉았음을 확인하고, 궤짝으로 다가가서 접시, 포크와 나이프, 샌드위치 등을 차리기 시작한다.]

[존스턴 경에게] 칵테일 한 잔 드시겠습니까?

존스턴 경 아, 아니, 나는 됐네. [슬그머니 방 안을 둘러본다.]

브랜던 데번햄 부인은요? [데번햄 부인은 말없이 미소만 짓는다.] 안 드시겠어요?

데번햄 부인 아, 좋아요. 한 잔 주세요.

---

11   르네상스 시대의 이탈리아에서 결혼식 때 신부의 개인 소지품을 담기 위해 나무나 돌로 제작하던 커다란 상자를 가리킨다. 조각과 상감을 넣거나 금박과 그림으로 치장하는 등 몹시 화려하게 만들어졌다.

브랜던 네, 준비해 드리죠. 뭘 드릴까요? 진에 앙고스투라를 섞어 드릴까요, 아니면 진에 프렌치를 넣어 드릴까요? 음, 진과 이탤리언도 있습니다.

데번햄 부인 네, 그걸로 주세요.

존스턴 경 내게 보여 주겠다던 책들은 어디 있나, 브랜던?

브랜던 [서빙 테이블로 가며] 아, 책이요. 다른 방에 있습니다. 식당에 있어요. 제가 할 수 있는 만큼 정리해 놓긴 했습니다. 아무래도 그쪽 공간이 더 넓어서요.

존스턴 경 책을 한번 보고 싶구먼. 무척 흥미로울 것 같아. 내가 기억하기로 위컴, 진귀한 셰익스피어 관련 서적을 꽤 많이 수집해 놓았거든.

브랜던 그러셨죠. 그런데 셰익스피어의 폴리오 판본[12]들은 돌아가시기 전에 매각하신 것 같습니다. 하지만 4절 판본과 베이컨 관련 서적 중에도 귀한 것들이 제법 많지요. 적어도 제가 듣기로는 가치 있는 책들이라 하던데요.

[초인종이 울리자, 사보가 얼른 나간다.]

존스턴 경 오―, 베이컨. 내가 특히 좋아하는 인물이지.

레일라 제겐 너무 어렵고 복잡한 이야기네요!

래글런 맞아―. 그렇지?

브랜던 데번햄 부인께서는 이런 대화에 이미 익숙하시겠

---

12 보통은 2절판 형식으로 제작된 대형본을 가리키지만, 여기서는 셰익스피어의 작품을 수록한 최초의 출판본을 가리킨다. 셰익스피어의 폴리오 판본은 현재까지 235부 정도 전해지고 있으며, 역사적으로 가장 영향력 있는 책 중 하나다.

군요?

데번햄 부인 [잠시 멍하게 있다가 자기에게 묻는 말임을 깨닫고 퍼뜩 정신을 차린다.] 아, 네. 그렇죠.

레일라 제가 좀 속물이라, 문학이나 예술엔 무지하답니다. 오, 계속 이야기 나누세요. 베이컨에 대해서 말씀하셨죠?

존스턴 경 우리가 자제하는 게 좋을 것 같군, 브랜던.

레일라 아, 아니에요. 계속 말씀하세요. 음, 베이컨 얘기 좀 들려주세요. 자기가 셰익스피어인 척하며 돌아다녔다던 바로 그 사람 아닌가요?

[루퍼트 카델이 문간에 나타난다. 중키에 나이는 스물아홉 정도. 옷차림과 외모에 신경 쓴 티가 역력한데, 특히 정교하게 다듬어진 실내 외 겸용 지팡이가 더욱 그런 인상을 준다. 오른쪽 다리를 절며, 말투와 움직임이 무척 과장되고 의식적인 듯 보인다. 만사가 지루할 뿐 아니라, 고통 그 자체인 대화를 가급적 피하기 위해 고개는 물론, 온몸을 최대한 움직이지 않으려고 애쓰는 듯하다. 말 한 마디 한 마디가 장황하고 복잡하지만, 문맥이나 문법상의 오류는 거의 없다. 여성적인 느낌이 들 만큼 가식적인 말씨는 거부감을 자아낼 법도 한데, 이따금 솔직하고 허심탄회하고 다정하게 지어 보이는 미소가 그 모든 걸 상쇄하고도 남는다.]

브랜던 아, 드디어 오셨군요! 오늘도 역시 마지막 손님이 군요, 어서 오세요, 루퍼트.

[루퍼트가 몇 발자국 안으로 들어온다.]

[사람들을 소개한다.] 이쪽은 미스터 카델이고요, 이쪽은 데 번햄 부인이세요.

[데번햄 부인이 미소를 지어 보인다.]

루퍼트 안녕하세요.

브랜던 이쪽은 레일라 아든.

루퍼트 안녕하세요.

레일라 안녕하세요.

브랜던 이쪽은 루퍼트 카델입니다. 루퍼트, 이분은 존스턴 켄틀리 경이세요.

루퍼트 [좀 더 정중한 어조로] 안녕하십니까, 존스턴 경. [얼 굴에서 미소가 가신다.]

존스턴 경 안녕하시오.

브랜던 이쪽은 미스터 래글런이고요. 래글런, 미스터 카델 이셔.

래글런 안녕하세요. [루퍼트가 허리를 굽혀 인사한다.]

루퍼트 음, 내가 좀 헷갈려서 그러는데, 설명 좀 해 주게나. 내가 너무 차려입고 온 건가, 아니면 다른 분들이 그냥 편한 복장으로 오신 건가? 전화로 물어봤을 때도, 음, 명확한 답을 듣지 못한 거 같아서 말이야.

브랜던 아, 루퍼트, 그런 건 신경 쓰지 마시고, 여기 앉으세 요. [의자를 가리킨다.]

[루퍼트는 의자를 바라보던 시선을 돌려 궤짝을 살핀다. 그러고는 궤짝으로 다가가서 몸을 굽힌 채 이리저리 들여다보며 지팡이로 툭툭

로프   145

건드린다. 잠시 생각에 잠긴다.]

루퍼트 그런데 이건……?

브랜던 아, 그거요. 오늘 우리의 식탁 노릇을 할 물건이에요. 그 궤짝 위에 음식을 차려 놓고 먹을 거예요.

루퍼트 아─. 그래?

브랜던 네.

루퍼트 [여전히 궤짝을 툭툭 건드리며] 왜 궤짝 위에 음식을 차려 놓고 먹으려 하지?

브랜던 아주 귀하고 훌륭한 작품이기도 하고, 또 테이블 위에는 책들이 한가득 쌓여 있거든요.

레일라 맞아요. 못 들으셨나요? 지금 방마다 책들이 산더미처럼 쌓여 있답니다.

루퍼트 아! [방 안을 둘러보고, 의자로 절뚝거리며 걸어가서 앉는다.]

브랜던 루퍼트, 칵테일 한잔하실래요?

루퍼트 아니, 괜찮아. 벌써 네 잔이나 마셨는걸.

래글런과 레일라 네 잔이나요!

루퍼트 왜? 이 정도면 취하지 않고 잘 버티는 거 아닌가?

레일라 그럼요, 잘 버티고 계시지요. 다만 건강에 이로운 장점은 아니라서요.

브랜던 [사보를 향해] 괜찮아, 그냥 두게, 사보. 식사가 끝나면 벨을 울릴 테니, 그때 와서 치우고 퇴근하면 돼.

사보 감사합니다, 나리. [퇴장한다.]

루퍼트 궤짝 위에 차린 식사는 언제 먹을 거지? 나는 이제 조금 시장기가 도는데.

브랜던 지금 시작하지요. [궤짝으로 다가가며] 자, 여기 풍성하게 차려 놓았습니다. 샌드위치도 있고, 파테,[13] 캐비어, 연어, 오이도 준비되어 있습니다. 자, 어서 와서 원하는 대로 가져가세요.

[모두 일어나서 시끌벅적하게 궤짝 주위로 모여든다. 음식 접시들이 오가고, 여전히 이야기를 이어 가면서 다시 각자의 자리로 돌아간다.]

존스턴 경 [루퍼트를 향해] 당신이 바로 그 위대한 카델이오?
루퍼트 위대한 카델이라니요?

[샴페인 첫 모금을 삼킨 레일라가 만족스러운 듯 길게 입맛을 다신다. 루퍼트는 특유의 과장된 동작으로 고개를 돌려 잠시 그녀를 바라본다. 그러고는 다시 존스턴 경에게 주의를 기울인다.]

저에 관해 뭐 알고 계신 게 있습니까?
존스턴 경 당신의 시를 읽었소, 꽤 여러 편 말이오.
루퍼트 이런, 저를 또 다른 카델과 혼동하시는 게 아니라면 좋겠네요.
존스턴 경 아니, 그런 것 같진 않소만. 시를 쓰는 건 맞지요?
루퍼트 그렇다고들 얘기해 주더군요. 그렇지만 카델이라는 이름에 d를 쌍으로 쓰는 누군가도 시를 쓴다고 들어서요.

---

13 고기나 내장, 생선 등을 다져 뭉친 뒤 밀가루 반죽을 입혀 오븐에 구워 낸 프랑스 요리.

존스턴 경 아, 아니, 혼동하는 건 아니오.

그라닐로 카델이라는 이름에 d를 쌍으로 쓰는 경우도 있나요? 전혀 몰랐어요.

레일라 나도.

래글런 그래, 나도 몰랐어. 예전에 내가 알던 여자의 이름도 카델이었는데, 그녀 역시 d는 하나만 썼거든. 베이워터에서 사는, 성질이 대단한 노파였지.

루퍼트 맙소사, 방금 자네가 말한 사람은 아무래도 내 이모 같은데!

래글런 이런, 정말 죄송하게 됐네요. 제가 실수한 건가요?

루퍼트 아니야. 자네 말이 맞아. [자리에서 일어서며] 샌드위치 하나 더 먹어도 되겠지? [샌드위치 하나를 접시에 담아 자리로 돌아온다. 그러고는 의자에 앉다가 와인을 쏟는 바람에, 얼른 손수건을 꺼내서 허겁지겁 바지를 닦는다.] 이래도 꼭 궤짝에서 음식을 먹어야 하겠나?

브랜던 자, 여기. [루퍼트에게 와인 한 잔을 더 따라 주고, 뒤처리를 도와준다.]

루퍼트 고맙네.

[브랜던이 존스턴 경의 잔에도 와인을 채워 준다.]

브랜던 켄틀리 부인께서는 좀 차도가 있으신지요?

존스턴 경 아니, 그렇지 않다네. 여전히 자리보전하고 누워 있거든.

브랜던 저런, 안타깝습니다. 로널드는 어떻게 지내나요?

존스턴 경 아, 로널드? 잘 지내고 있어. 요즘 그 녀석도 자네처럼 쉬고 있다네.

그라닐로 쉬는 걸 좋아하나요, 아니면 다시 학교로 돌아가고 싶어 하나요?

존스턴 경 오, 아닐세. 학교엔 돌아가고 싶어 하지 않는다네. 지금 생활에 아주 만족하고 있거든.

레일라 로널드가 누구예요?

존스턴 경 로널드는 내 아들이라네. 올해 스무 살이지.

루퍼트 오, 저도 압니다. 학교 대표팀에서 높이뛰기로 상을 받았다는 신문 기사를 봤거든요.

존스턴 경 그랬지.

루퍼트 맞습니다. 생생하게 기억해요. 바로 그 옆에 제 사진이 실렸거든요.

존스턴 경 아 ―. 그랬나?

루퍼트 네. 하지만 저는 높이뛰기를 잘해서 실린 게 아니랍니다. 여하튼 로널드와는 오랜 친구예요.

브랜던 참 활기 넘치는 친구죠.

[잠시 침묵이 흐른다.]

래글런 브랜던 선배는 저더러 로널드와 닮았다고 하는데, 정말 그렇습니까?

존스턴 경 음, 그래. 생각해 보니 자네와 비슷한 점이 있는 것 같아. 정말 그렇군.

래글런 [레일라를 향해] 나랑 똑같은 사람이 또 있는가 보네.

레일라 맙소사! 너무 끔찍해!

래글런 [존스턴 경에게] 어떤 점이 저와 닮았습니까?

존스턴 경 음, 잘 모르겠네만, 그냥 젊음이 닮았다고 할까…….

브랜던 순수함과 신선함 그리고 또…….

래글런 아, 제발 그만해요, 브랜던 선배.

브랜던 어른으로 봐 주지 않는 게 싫은가 봅니다. 그렇지요?

존스턴 경 그 점도 로널드와 닮았군. 하지만 그런 불만은 오래가지 않을 걸세.

브랜던 그럼요. 오래가지 않을 겁니다. 가여운 친구들.

존스턴 경 물론 내 아들이 제일 철없긴 하지. 방학 동안에 즐기는 유일한 취미라고는 영화 보는 일밖에 없으니까. 점심 때 잠깐 봤을 때도 콜리시엄 간다고 급히 나갔다네.

[그라닐로가 벽난로 앞에서 움직거린다.]

브랜던 하지만 거긴 영화 극장이 아니지 않나요? 아마 음악 공연장일 거예요. 가 본 적이 없어서 확실히는 모르지만요.

레일라 콜리시엄에 한 번도 안 가 봤다고요?

루퍼트 왜? 브랜던이 꼭 거기에 가 봐야 할 이유라도 있나?

레일라 아―. 그냥 저는 모두들 한 번쯤 그곳에 가 봤을 거라고 생각했거든요.

브랜던 나는 안 가 봤어.

그라닐로 나도 가 본 적이 없어. 헤이마켓[14]에 있는 거기 말이지?

---

14 영국 런던의 대표적인 극장가인 웨스트 엔드의 일부로, 고급 음식점과 헤이마켓 극장 등이 자리해 있으며, 한때는 환락가로 유명했다.

레일라 에이, 지금 국회 의사당하고 헷갈리고 있군요! 너무 무식해!

[그라닐로는 벽난로를 등지고 서서, 조끼 단추를 풀어 놓은 채 걸치고 있다. 이때 파란색 티켓이 들어 있는 주머니가 불룩하게 두드러진다.]

존스턴 경 그라닐로, 자네가 만약 고대 로마인이었다면 한심한 신세가 됐을 걸세.

루퍼트 네. 그랬을 겁니다. 특히 카이사르 시대였다면 말이죠. 콜리시엄과 의사당을 혼동했다간 몹시 치명적인 처지가 됐을 테니까요.

레일라 그때는 의사당이 어떤 곳이었는데요? 사람들이 모여서 회의하던 곳 아니었나요?

루퍼트 내가 듣기로, 그 당시 의사당은 타르페아 언덕에 있는 주피터 신전이었다더군.

레일라 오, 그랬군요! 정말 재미있지 않나요!

루퍼트 정확히 고대 로마인의 어떤 점이 '재미있다'는 거지?

레일라 너무 어리석잖아요! 주피터 신에게 의지하고, 신전을 세우고 하는 것들 말이에요. 아무것도 아닌 일에 그토록 정성을 쏟다니요!

존스턴 경 하기는, 그렇게 볼 수도 있겠군.

레일라 뭐, 아무튼 그러니까……

루퍼트 [레일라의 말을 자르며] 잠깐 다시 20세기로 돌아와서 말인데, 그라닐로, 콜리시엄에 한 번도 가 본 적이 없다고 했나?

그라닐로 없어요. 한 번도. 그런데 왜요?

루퍼트 [그라닐로를 보며] 그래? 이보게, 그라닐로……

그라닐로 네, 왜요?

루퍼트 [모두가 조용히 지켜보는 가운데 천천히 말을 잇는다.] 진심으로, 거기 서서 당당하게, 콜리시엄에 단 한 번도 가 본 적이 없다고 말할 수 있다고?

그라닐로 장담할 수 있어요. 왜요? 왜 내가 그곳에 가 봤다고 생각하는 거죠?

루퍼트 단지 나의 매처럼 예리한 눈 때문이라네.

존스턴 경 왜 그러시오? 콜리시엄에 가 보지 않은 게 죄는 아니지 않소?

루퍼트 아니지요. 죄라는 게 아닙니다.

존스턴 경 만약 그게 죄라면 나도 죄인일 테니까 말이오.

루퍼트 그게 아니라, 짙은 감색의 멋진 정장을 차려입고, 저기 저렇게 서 있는 그라닐로를 바라보노라니, 도무지 콜리시엄에 한 번도 가 보지 않은 사람처럼 보이지 않아서 말입니다.

그라닐로 글쎄요, 그래도 가 보지 않은 건 분명합니다.

브랜던 [서빙 테이블에 있다가 무대 중앙으로 나오며] 하지만 로널드는 콜리시엄에 가 봤겠지요, 존스턴 경?

존스턴 경 그렇고말고.

[잠시 정적이 흐르고, 레일라가 일어나서 샌드위치를 더 가지러 간다. 이어 래글런도 그녀를 도우러 간다.]

루퍼트 [궤짝으로 다가가서 음식 접시를 기웃거린다.] 그런데 말이야, 이렇게 궤짝 위에 만찬을 차려 놓은 데는 또 다른 이유가 있을 것 같네만.

그라닐로 [과하게 부정하는 듯한 어조로] 그게 무슨 말이에요? 또 다른 이유라니?

[루퍼트는 대답하는 대신에 그라닐로를 바라본다. 그라닐로의 반응에 놀란 표정이다.]

브랜던 그러니까 우리의 가여운 루퍼트 선생께서 바지에 음식물을 쏟게끔, 제가 일부러 이렇게 차려 놓았다는 말씀인가요?

루퍼트 그랬을 가능성이 큰 것 같군.

레일라 아, 그보다 더 기막힌 이유가 있는지도 모르죠. 살인을 저지르고 썩어 가는 유골을 가득 담아 두었다든가. 시체를 넣어 두기에 딱 좋아 보이지 않나요?

래글런 음, 그런 거 같네. 정말 그런 걸까?

레일라 맞아, 그렇다니까.

브랜던 그래, 자네들 말이 맞아. 그래서 어떤 일이 있더라도 궤짝 안은 절대로 보여 줄 수 없어.

레일라 흠, 아무렴 보여 줄 수 없겠지.

[그라닐로가 허둥지둥 뒷걸음치며 오른쪽 안락의자로 간다.]

마치 궤짝 안을 보여 줄 수 있는 것처럼 허풍을 떨어도 소용없어요.

브랜던 레일라, 내가 방금 보여 주지 않을 거라고 했잖아.

레일라 아무튼 난 그런 의심을 하게 되네.

존스턴 경 하지만 살인을 저지르고 시신을 토막 내서 궤짝

속에 숨겨 놓았다면, 굳이 그 위에 음식 차리고 친구들을 불러 모으진 않았을 거요.

루퍼트 [느린 말투로] 몹시 어리석거나 교만한 자가 아니라면 말이지요.

존스턴 경 그렇지. 몹시 어리석거나 교만한 자가 아니라면! 하지만 그런 자일 수도 있지.

레일라 사실 모든 범죄자가 그런 성향을 가지고 있잖아요!

브랜던 아, 그렇지는 않지. 나는 그렇게 생각하지 않거든.

[다시 한 번 침묵이 흐른다.]

레일라 살인자 얘기가 나와서 말인데, 뉴갤러리에서 개봉한 영화 봤어?

래글런 봤지. 그 영화 괜찮지 않아?

레일라 그래, 괜찮지? 그런데 여자 주인공은 별로였어. 그 신인 여자 배우 말이야. 연기를 썩 잘하진 못하더라.

래글런 맞아, 연기가 그리 좋지는 않았어. 다른 영화에선 잘했는데 말이야, 그렇지 않아?

레일라 그래. 거기서는 좋았지.

래글런 맞아. 거기서는 잘했어. 그렇지 않나요?

루퍼트 하느님, 구해 주소서! 영화 지옥에 떨어졌사옵니다.

레일라 당연하죠. 저는 윌리엄 파월[15]의 열혈팬인걸요.

---

15 William Powell(1892~1984). 1930~1950년대. 미국 할리우드 영화계에서 활약한 배우. 아카데미 남우주연상 후보에 세 차례나 지명되었지만 수상하지는 못했다.

루퍼트 그 사람은 연기를 잘하나?

레일라 그럼요, 정말 너무 잘해요! 사실은—, [짙은 침묵이 이어진다.] 사실 요즘엔 존 길버트[16]보다 윌리엄 파월이 더 좋더라고요.

루퍼트 존 길버트는 또 누구지?

래글런 아, 존 길버트 좋아해?

레일라 응, 너무 좋아하지. 연기를 정말 잘하잖아.

래글런 맞아, 잘하지. 로널드 콜먼[17]만큼은 아니지만.

[루퍼트가 조소 섞인 표정으로 두 사람을 번갈아 바라본다.]

레일라 그렇게 생각해? 1925년 「메리 위도우(The Merry Widow)」에 나온 존 길버트 봤어?

래글런 봤지. 거기서도 연기 좋았어. 콧수염을 기르고 나왔지?

루퍼트 그 덕분에 좀 더 괜찮아 보였겠네. 그렇지 않았나?

레일라 존 길버트는 늘 콧수염을 기르지 않나?

래글런 아, 그렇지 않아. 콧수염 없이 나온 영화도 많다고. 주로 초기 작품이지만 말이야.

루퍼트 [한심하다는 투로] 오, 초기 작품!

---

16 John Gilbert(1897~1936). 미국 무성 영화 시대에 큰 인기를 얻었던 남자 배우로, 할리우드 영화계가 유성 영화로 변화한 뒤에는 별다른 경력을 쌓지 못했다.

17 Ronald Charles Colman(1891~1958). 미국 무성 영화 시대부터 유성 영화 시대에 이르기까지 모두 성공한 남자 배우로, 아카데미 남우주연상과 골든글로브 남우주연상을 수상하며 연기력을 입증했다.

레일라 로버트 몽고메리[18]와 조앤 크로퍼드[19]가 주연한 그 영화 봤어? 음, 제목을 잊어버렸는데, 멋진 ─, 뭐더라 ─, 아무튼 그런 거였는데. 혹시 생각나는 거 있어?

루퍼트 난 전혀 떠오르는 게 없군.

래글런 아, 그래. 뭐 말하는지 알아. 멋진 ─, 그다음은 잊어버렸는데, 아무튼 참 좋은 영화였어. 거기서 조앤 크로퍼드는 어땠어?

레일라 [심드렁하게] 음 ─, 잘 모르겠어……. 다른 작품들과 비슷했던 거 같아.

래글런 나는 조앤 크로퍼드 괜찮던데.

루퍼트 언젠가 한번 영화관에 갔다가 메리 픽퍼드[20]를 본 적이 있지.

래글런 오 ─, 어땠어요?

루퍼트 글쎄, 모르겠어. 다른 배우들과 비슷했지, 뭐. 그렇잖아.

레일라 출연했던 영화 중에 기억나는 건 있나요?

루퍼트 기억나지 않는군, 뭐더라……. 아무튼 그런 일이 있었다네.

레일라 극장에 가셨다는 게 믿기지 않아요.

---

18 Robert Montgomery(1904~1981). 경력 초기엔 주로 코미디 배우로 활약했지만 차츰 다양한 장르에서 연기력을 과시하며, 아카데미 남우주연상 후보로 두 차례 지명되기도 했다.

19 Joan Crawford(1904~1977). 미국 할리우드 황금기를 대표하는 여자 배우로, 뛰어난 연기력으로 정평이 나 있다.

20 Mary Pickford(1892~1979). 미국 무성 영화 시대를 대표하는 여자 배우로, 미국 영화사에서 가장 영향력 있는 인물 중 하나다.

브랜던 레일라가 이토록 열렬한 영화 팬인 줄은 몰랐네. 나는 영화라면 딱 질색인데 말이야.

레일라 왜 그렇게 싫어하는데요?

브랜던 아, 싫어한다기보다는, 그냥 영화를 보면 잠이 와서 말이야. 그리고 극장 안의 공기가 너무 답답하기도 하고. 데번햄 부인은 어떻게 생각하세요?

[잠시 침묵.]

데번햄 부인 [정신이 드는지 미소를 짓는다.] 아니 ─, 저는…….

[정적이 흐르는 가운데 모두 웃음을 참으며 서로를 바라본다.]

레일라 음, 혹시 보신 영화 중에 ─.

루퍼트 [레일라의 말을 자르며] 미안, 레일라. 데번햄 부인, 무슨 말씀을 하시려던 건지요. 영화에 대해 별로 생각해 본 적이 없다고, 말씀하려 하셨나요? 아니면, 일반적으로 별생각 없이 지내는 편이라고, 말씀하려 하신 건지요? [잠시 침묵.]

데번햄 부인 아, 네. 그런 뜻이었어요.

루퍼트 아, 알겠습니다.

브랜던 [식사를 마친 듯 일어서더니, 접시를 궤짝 위에 내려놓는다.] 자, 이제 책 보러 가실 분?

존스턴 경 좋지. [일어난다.]

레일라 저도요. 아주 좋은 생각이에요.

브랜던 [레일라를 보며] 젊은 친구들이 좋아할 만한 축음기가 있는데, 원한다면 틀어도 돼.

레일라 책만 가득 쌓여 있다고 했잖아요.

브랜던 아, 아니야. 그래도 출출 공간은 있지.

래글런 [라디오 캐비닛을 보며] 와, 여기 라디오도 있네.

브랜던 그래, 있어. [라디오로 다가가며] 뭐가 나오는지 볼까. 아직 출출 시간은 안 된 것 같은데. [라디오를 조작한다.]

레일라 아직 아니지. 11시는 돼야 할 거야. [잠시 침묵.]

브랜던 이런—, 아무것도 안 나오는데?

루퍼트 그럼 꺼 두게. [자리에서 일어나, 벽난로 쪽으로 걸어가며 담배에 불을 붙인다.]

브랜던 [존스턴 경의 팔을 잡고 문 쪽으로 향한다.] 이쪽으로 오십시오, 존스턴 경. [문턱에서 존스턴 경의 팔을 놓은 뒤, 데번햄 부인을 돌아본다.] 자, 같이 가시겠습니까, 데번햄 부인?

데번햄 부인 글쎄요, 뭐라고 해야 할지 모르겠네요!

루퍼트 뭐든 해 보기 전까지는 모르는 법이죠. 그렇지 않습니까?

데번햄 부인 무슨 말씀인지.

루퍼트 괜찮습니다. 신경 쓰실 일은 아니에요.

브랜던 자, 원하시는 분은 모두 오세요. 여기 음반도 여러 장 있으니까.

[모두 밖으로 나간다. 래글런이 과장된 몸짓으로 레일라가 먼저 나가도록 문을 잡아 준다. 레일라가 미소 지으며 "고마워요."라고 말한다. 그라닐로와 루퍼트는 거실에 남는다. 그라닐로가 벽난로 앞에 있는 루퍼트에게 다가가며 담배 한 대를 꺼낸다.]

그라닐로 [다정하게 루퍼트의 어깨를 툭 치며] 어때요, 루퍼트?

루퍼트 자네는 어떤가? 좀 지쳐 보이는데.

그라닐로 내가요? 별로 모르겠는데요.

루퍼트 그동안 어떻게 지냈나?

그라닐로 [여전히 가라앉은 목소리로] 어떻게 지냈느냐고요? 무위도식하며 지냈죠. 왜 물으시죠?

루퍼트 딱히 이유가 있어서 물은 건 아니야. 그라닐로, 자네 좀 예민한 거 같군.

그라닐로 맞아요. 내가 좀 까칠하죠. 오후 내내 자서 그래요. 그러면 하루 종일 컨디션이 안 좋더라고요.

루퍼트 오, 그건 나도 그래.

[건너편 방에서 축음기가 돌아가기 시작한다.]

그라닐로 요즘 글 쓰는 거 있어요?

루퍼트 [잠시 생각에 잠기며] 있어―, 비둘기에 관한 소소한 생각들 몇 가지―, 그리고 비에 대해서도 몇 줄―, 둘 다 괜찮아. 사실은 아주 맘에 든다네. 물론, 큰 기획도 하나 진행 중이고 말이야.

그라닐로 그건 잘되어 가나요?

루퍼트 응. 아주 잘되고 있어. 솔직히 내가 여태껏 쓴 글 중에서 최고일 뿐 아니라, 아마 내가 그동안 읽어 본 글 중에도 최고의 작품이 될 거야. [축음기에서 흘러나오는 음악에 맞춰 고개를 끄덕이며] 음악, 괜찮은데. 그렇지 않나?

[그라닐로가, 벽난로 위 선반에 기대서 있는 루퍼트 앞에 우뚝 선다. 그러고는 갑자기 가슴을 불쑥 내밀고 두 손을 올리며 하품을 한다.

조끼 주머니에 들어 있는 파란색 콜리시엄 티켓이 더욱 불룩하게 두드러진다. 그라닐로가 다시 자세를 가다듬은 뒤 선반에 기댄다. 루퍼트는 선반에 기댄 채로 가까운 거리에서 그라닐로를 바라본다.]

루퍼트 그러면 자네와 브랜던은 오늘 밤에 옥스퍼드로 가는 건가?

그라닐로 [벽난로 안의 불꽃을 바라보며] 그럴 거예요.

루퍼트 몇 시에 출발하는데?

그라닐로 10시 30분쯤 출발할 예정이에요.

루퍼트 그러면 몇 시에 도착하지?

그라닐로 음, 새벽 3시쯤일 거예요. 왜요?

루퍼트 참 별난 취미야, 그라닐로, 하기는 그게 자네다운 거지.

그라닐로 아름다운 달빛을 받으며 달리는 게, 왜 별난 거죠?

루퍼트 그럴 순 없을 거야. 비가 내리기 시작했거든.

그라닐로 아닐걸요.

루퍼트 그렇다니까. 빗소리를 들어 보라고.

[부드럽게 쏟아지는 빗소리가 들린다. 복도 건너편 방에서 들려오던 축음기 소리가 멈추더니, 돌연 정적이 흐른다. 루퍼트가 그라닐로를 바라보며, 빗소리를 가만 들어 보라는 듯 손을 치켜올린다. 그라닐로는 고개를 옆으로 살짝 기울여 빗소리를 들어 보더니, 이어 고개를 돌려 창밖을 살핀다. 그 순간, 루퍼트가 재빨리 그라닐로의 조끼 주머니에서 작은 티켓을 낚아챈다. 그라닐로가 고개를 돌렸을 때, 루퍼트는 어색한 동작으로 두 손을 등 뒤로 숨긴다. 그라닐로는 그 모습을 얼핏 보았음에도, 루퍼트가 다시 두 손을 자연스럽게 바지 주머니에 집어넣었으므로

별 의심 없이 넘어간다. 하지만 둘 사이에 잠시 어색한 침묵이 흐른다.]

그라닐로 [다시 벽난로의 불꽃을 바라보며] 정말 비가 오네요.
루퍼트 [선반 위에 놓인 책으로 시선을 옮기더니, 그것을 집어 든다.] 무슨 책인가? 아하! 콘래드로군. 오······. 이런······. [흥미로운 듯 책장을 넘긴다.]

[축음기가 다시 돌아가기 시작한다. 그 순간, 건너편 방문이 열리면서, 한층 커진 음악 소리와 함께 시끌벅적한 웃음소리와 말소리가 들려온다. 그리고 브랜던의 음성이 들린다.]

브랜던 [건너편 방에서] 그라닐로!
그라닐로 왜?
브랜던 그라닐로! 사람들이 자네를 원하는데!
그라닐로 갈게! [루퍼트에게] 같이 갈래요?
루퍼트 아니, 난 됐네. [그라닐로가 나간다.]

[거실에 혼자 남은 루퍼트는 잠시 책을 읽는다. 그러다가 책을 들고 선 채로, 왼쪽 주머니에 손을 넣어 안경집을 꺼낸다. 안경을 꺼내면서도 책에서 눈을 떼지 않는다. 그러고는 안락의자로 걸어가서 앉는다. 계속 책을 읽으면서 안경을 코에 걸치고, 무심히 안경집을 테이블 위에 내려놓는다. 그다음, 다른 주머니에 손을 집어넣어서 파란색 티켓을 꺼낸다. 티켓을 무릎 위에 펼쳐 놓고 살핀다. 그러다가 한 손으로 책을 덮은 뒤 테이블 위에 내려놓는다. 의자 등받이에 깊숙이 기대앉아 티켓을 유심히 들여다본다. 티켓을 앞뒤로 뒤집어 가며 살펴보다가 한 손에 구겨 쥔 채, 안락의자 팔걸이 너머로 손을 늘어뜨린다. 그러고는 의심

로프

하는 것 같지는 않지만 뭔가 골똘히 생각하며 정면을 응시한다. 건너편 방에서 축음기 소리가 들려오는 가운데, 그렇게 30분가량 앉아 있다. 이윽고 다시 책을 집어 들고 읽으려는데, 사보가 들어온다.]

루퍼트 [고개를 들며] 잘 있었나, 사보?

사보 [식사가 끝난 궤짝 위를 치우기 시작하며] 안녕하셨습니까, 나리?

루퍼트 [다시 책을 읽으며] 자네는 요즘 어떻게 지내나?

사보 잘 지내고 있습죠. 감사합니다, 나리.

[사보가 다시 그릇들을 정리하기 시작한다. 빗소리가 좀 더 크게 들린다.]

루퍼트 [잠시 침묵하다가 낮은 목소리로] 궂은 밤이 될 거 같군.

사보 네, 나리. 본격적으로 비가 오기 시작했습니다.

루퍼트 그래도 브랜던은 강행하겠지.

사보 뭐라고 하셨나요, 나리?

루퍼트 브랜던은 이 비를 뚫고, 기어이 옥스퍼드로 갈 거라는 말이지. 그렇지 않나?

사보 아, 그렇습니다, 나리. 가실 것 같습니다.

[사보는 그릇을 치우느라 다시 분주해지고, 루퍼트는 책을 내려놓고 다시 티켓을 들여다본다.]

루퍼트 오늘 며칠인지 아나, 사보?

사보 날짜 말씀인가요, 나리? 물론이죠. 어, 그러니까, [눈

을 찌푸린 채 곰곰 생각하면서, 쌓아 놓은 접시 더미를 치우려다가] 16
일입니다, 나리.

루퍼트 오늘이—? [놀라서 자기도 모르게 "16일"이라고 되뇌려
하는데]

사보 [황급히] 아닙니다, 나리! 아니에요, 16일이 아니라
17일입니다!

루퍼트 [노골적으로 티켓을 들여다보며] 그래, 그럴 거야. 17일
이지. [잠시 생각한다.]

루퍼트 사보, 요즘에 무슨 문제 같은 거 있었나?

사보 문제요, 나리?

루퍼트 그래, 문제.

사보 어—, 문제요?

루퍼트 생뚱맞게 들릴지 모르겠네만, 그래, 사보, 문제가
있었느냐고 물었네.

사보 어—, 어떤 종류의 문제를 말씀하시는지요, 나리?

루퍼트 왜—, 어느 것부터 말해야 할지 모를 정도인가?

사보 삶 자체가 문제투성이잖습니까.

루퍼트 그렇기는 하지. 삶이란 끊임없는 문제의 연속이지.
하지만 내가 궁금한 건 말이야, 혹시 최근에 자네와 고용주들
사이에 마찰 같은 게 있었는지 묻는 것일세.

사보 제가요, 나리? 아니요, 왜 그런 생각을 하시는지요,
나리?

루퍼트 내가 오늘 저녁 8시 십오 분 전쯤에 말이야, 이 집
에 전화를 했었다네. 그런데 전화받는 목소리가 상당히 신경
질적이더군.

사보 신경질적인 목소리요, 나리?

로프   163

루퍼트 그래, 신경질적이었다네. 누구 목소리였는진 모르겠네만, 뭐랄까 폭발하기 직전이었던 게 분명해. 혹시 자네가 그 원인을 제공했나 해서 물어보는 것일세.

사보 제가요? 아닙니다, 나리. 저는 아니에요. 저는 9시 오 분 전에 이곳에 왔는걸요.

[한동안 침묵이 흐르고, 사보는 그릇을 정리한다.]

루퍼트 그렇다면 콜리시엄에 자주 가는 사람이 바로 자네인가, 사보?

사보 [루퍼트의 질문을 아예 듣지 못했거나, 제대로 이해하지 못한 듯 다만 예의를 갖추기 위해 건성으로 대답한다.] 예, 나리.

루퍼트 [건성으로 대답했음을 알아채고 고개를 든다.] 자네가 콜리시엄에 자주 가느냐고 물었네.

사보 [정신을 차리고] 아, 나리! 질문하신 걸 못 들었습니다! 죄송합니다, 나리. 콜리시엄이요? 아닙니다.

루퍼트 가지 않는다고?

사보 어—, 그러니까—. 음악 공연장 말씀인가요, 나리?

루퍼트 그래.

사보 [뭔가 따져 묻는 듯한 느낌을 받고 어리둥절해한다. 그럼에도 공손하고 순진하게 대답한다.] 아닙니다, 나리. 수년 전에, 그것도 딱 한 번 가 봤을 뿐인걸요, 나리.

루퍼트 최근엔 간 적이 없고?

사보 없습니다, 나리.

[또다시 침묵이 흐르고, 사보는 계속 그릇을 치운다.]

루퍼트 그러면 그라닐로가 콜리시엄에 자주 가나?

사보 그라닐로 나리 말입니까?

루퍼트 아니면 브랜던?

사보 브랜던 나리요?

[이때 문이 열리고 브랜던이 나타난다. 기분이 한껏 들뜬 얼굴로 들어와서는, 술잔을 채우려는 듯 서빙 테이블로 향하며 장난스럽게 말한다.]

브랜던 헤이! 헤이! "브랜던"이라고 하셨나요? 브랜던이 어쨌다는 거죠?

루퍼트 [재빨리 말을 받는다.] 사보에게, 자네가 이 비를 뚫고 옥스퍼드로 갈 거 같으냐고 물었네. 그렇지, 사보?

사보 [어리둥절한 얼굴로 두 사람을 번갈아 쳐다보며] 어……, 예, 나리. 그러셨습니다.

브랜던 [허리를 굽혀 서빙 테이블에서 술병을 꺼내며] 우리가 예정대로 갈 거라는 대답을 들으셨겠지요. 비 조금 내리는 게 무슨 문제겠습니까? [위스키병을 꺼내 들고 속을 들여다보며, 방을 가로질러 문으로 걸어간다.] 게다가 여기엔 시중들어 줄 사람도 없거든요. 잠시만요, 곧 돌아올게요. [갑자기 방향을 바꿔 무대 앞쪽으로 나오더니, 루퍼트의 어깨 너머로 그가 읽고 있는 책을 본다.] 뭘 읽고 계시죠? 『방랑자』,[21] 금방 올게요. 저 방에 합류하

---

21 『방랑자(The Rover)』(1923)는 조지프 콘래드(Joseph Conrad, 1857~1924)의 마지막 장편 소설로, 프랑스 혁명과 나폴레옹 시대를 배경으로 정치적 폭력과 도덕의 모호성에 대해 탐구하는 작품이다.

지 않으실래요? [사보를 향해] 그만하면 됐어, 사보. 이제 퇴근해도 돼. 다 정리했잖아.

사보 고맙습니다, 나리.

브랜던 [루퍼트를 향해] 금방 올게요.

[브랜던이 방을 나가고, 사보가 마저 마무리하는 동안 다시 한 번 정적이 흐른다.]

루퍼트 사보, 방금 전의 그런 게 바로 선의의 거짓말이라는 것일세.

사보 [여전히 영문을 모르는 표정으로] 선의의 거짓말이요, 나리? [루퍼트의 표정을 살피며] 오, 나리! 그렇죠. 선의의 거짓말입니다, 나리. [불안한 듯 이를 앙다문 채 숨을 깊게 들이쉰다.]

[루퍼트는 다시 책을 읽기 시작한다. 거실 문을 열어 놓고 다시 제자리로 돌아온 사보는, 그릇 따위가 담긴 쟁반을 들고 문을 열어 둔 채 복도로 나간다. 복도에서 쟁반을 내려놓는 소리가 들리고, 사보가 문을 닫기 위해 다시 들어온다. 그러고는 문간에서 허리 굽혀 인사한다.]

좋은 밤 보내십시오, 나리.

루퍼트 [고개를 들어 사보를 바라보며] 잘 가게, 사보.

[사보가 나간 뒤, 잠시 정적이 흐른다. 빗소리가 들리는 가운데, 루퍼트가 문득 책장을 덮고 일어난다. 창문을 향해 걸어가다가 궤짝 앞에 멈춰 서더니, 의심이라기보다 호기심 어린 몸짓으로 궤짝을 발로 툭툭 건드려 본다. 그러고는 창가로 가서 비 내리는 거리를 내다본다. 잠시

후, 서빙 테이블로 가서 술을 한 잔 따른다. 다시 의자로 돌아와서 책을 마저 읽기 시작한다. 그러다가 돌연 책을 덮고 정면을 응시한다. 그렇게 10초쯤 있다가 다시 책을 읽으려 할 때, 옆방에서 왁자지껄 떠드는 소리가 들리더니 브랜던이 들어온다.]

브랜던 [궤짝과 루퍼트를 번갈아 보다가] 사보는 갔나요?
루퍼트 응, 갔어. [탁자 위에 책을 내려놓는다.] 브랜던.

[브랜던이 문을 닫고 벽난로 위 선반으로 다가서더니 담배를 꺼내 든다. 담배에 불을 붙인 뒤, 루퍼트가 안락의자에서 편안한 자세를 취하는 동안 잠시 기다린다.]

브랜던 음, 왜요? [불쏘시개로 장작을 뒤적이기 시작한다.]
루퍼트 방금 좀 이상한 생각이 들어서 말이야.
브랜던 [여전히 장작을 뒤적이며] 이상한 생각이라니요, 뭔데요?
루퍼트 궤짝 안에 썩어 가는 유골이 있다는 둥, 그런 얘기를 하다 보니까 말이야.

[브랜던이 불쏘시개를 손에 든 채 두 팔을 번쩍 들고 루퍼트를 바라본다. 루퍼트는 생각에 잠긴 듯 조용히 먼 곳을 응시하고 있다. 다시 시끌벅적한 웃음소리와 함께 축음기 소리가 들려온다.]

막이 내린다.

2막

1막과 같은 장면. 시간도 흐르지 않았다.

브랜던 [1막 끝에서와 같은 자세와 어조로] 궤짝 안에서 썩어가는 유골 얘기라고요?

루퍼트 그래.

브랜던 그게 어쨌다는 거죠? [돌아서서 또다시 불타는 장작을 뒤적이기 시작한다.]

루퍼트 자네 어렸을 때를 기억하나, 브랜던?

브랜던 음……. [불쏘시개를 제자리에 내려놓고 손수건으로 손을 닦는다.]

루퍼트 난롯가에 앉아서 내게 이런저런 이야기를 들려주던 때를 기억해?

브랜던 그럼요, 기억하죠.

루퍼트 자네가 유난히 궤짝에 집착했던 것도 기억하나, 브랜던?

브랜던 제가 궤짝에 집착했다고요?

루퍼트 그래. 해적 이야기든, 탐정 이야기든, 아니면 탐험이나 유령에 관한 이야기든, 언제나 피투성이 궤짝에 담긴 시체가 등장하면서 장렬하게 끝나곤 했어. 자넨 그런 부류의 이야기에 완전히 매료되어 있었지. 기억 안 나?

브랜던 [조금 심각한 기색을 띠고 기억 속으로 빠져든다.] 맞아요. 잊고 있었네요.

루퍼트 [잠시 말을 멈추고 브랜던을 바라본다.] 그걸 어떻게 잊을 수 있지?

브랜던 [손수건을 집어넣고, 서빙 테이블로 가서 위스키병을 집어든다.] 정말 그랬었죠. 이제 기억이 나네요. 그런데 왜 뜬금없이 그 얘기를 하는 거죠?

루퍼트 [가볍게] 아, 아니야. 그냥 좀 이상한 느낌이 들어서. 자넨 뭐랄까, 상당히 음침한 아이였어.

브랜던 [위스키를 따르며 조용한 음성으로] 정확히 뭐가, 얼마나 이상하다는 말씀이죠?

루퍼트 아, 그냥 조금 이상하다는 거야. 오늘 저녁에, 저기 저 궤짝 속에 썩어 가는 유골이 들어 있을지도 모른다는 농담을 주고받다 보니, 문득 예전 기억이 떠오른 거 같군.

브랜던 [위스키를 따르는 데 열중하려다가, 갑자기 생각이 떠오른 듯] 아하! 무슨 말씀인지 알겠네요! 그렇지! 이걸 좀 마시고 싶은 거죠, 루퍼트?

루퍼트 뭔데? 위스키? 좋지, 고마워.

브랜던 알겠습니다. 일어나지 마세요. 제가 가져다드릴 테니……. [위스키를 따른다.] 그만 따라야 할 때를 말해 주세요.

루퍼트 그만. 아니, 조금만 더. 그만, 그만!

[브랜던이 위스키 잔을 루퍼트에게 가져간다.]

고맙네.

브랜던 [잔을 높이 들며] 행복한 나날을 위하여.

루퍼트 노인네는 책들이 마음에 든다던가?

브랜던 서재를 통째로 가져갈 기세예요. 기꺼이 모두 떠나보내려고요.

루퍼트 자네가 도서 수집광인 줄은 몰랐는데.

브랜던 이제 일 년 정도밖에 안 된걸요.

루퍼트 주로 어떤 책을 모으는데?

브랜던 음—. 빅토리아 시대 작가에겐 나름대로 취향을 가지고 있어요. 결국 모든 건 돌아오기 마련이니까요.

루퍼트 예를 들면?

브랜던 예를 들면요? 음—. 매슈 아널드,[22] 칼라일[23] 같은 작가들이죠.

루퍼트 음, 매슈 아널드 정도라면.

브랜던 칼라일은 아닌가요, 왜죠?

루퍼트 브랜던, 제발. 그는 거론할 가치조차 없다고. 정신 차리게.

브랜던 아, 저는 그렇게 생각하지 않아요. 어쨌든 배짱이 있잖아요.

루퍼트 [얼굴을 찡그리며] 배짱!

---

22 Matthew Arnold(1822~1888). 영국의 시인, 평론가. 교양을 인간 사유의 정수라 평가하며, 속물적인 대중문화에 비판적인 입장을 취했다.

23 Thomas Carlyle(1795~1881). 영국의 평론가, 역사가. 민주주의에 적대적이었으며, 『영웅 숭배론』 등을 발표하며 당대 사상계에 큰 영향을 끼쳤다.

브랜던 그리고 요즘엔 좀처럼 찾아보기 힘든, 분노로 가득한 정의감 같은 것도 있고요.

루퍼트 그렇다면 다행이고!

브랜던 [남은 위스키를 마저 마시고] 자, 이제 저는 다시 돌아가서 손님들과 어울려야겠어요. 정말 같이 안 갈래요?

루퍼트 갈게.

[축음기 소리가 다시 들려오기 시작한다.]

아—. 좋아하는 곡이 나오는군. [박자를 맞추며] 딘—디—딘—디—딘—디디디. [문가에 이르러서] 그런데 지금 몇 시지? [자신의 시계를 괘종시계와 비교해 본다.] 오늘 밤엔 좀 일찍 귀가해야 할 거 같아.

브랜던 아직 시간은 많아요. 어서 오세요.

[브랜던이 거실의 불을 끄고, 두 사람은 함께 나간다. 열어 둔 문을 통해 복도의 불빛이 어두워진 방 안으로 흘러든다.]

브랜던 [복도에서 들려오는 목소리] 이런, 담배를 두고 왔네요. 먼저 들어가세요, 루퍼트. 곧 따라갈게요.

[브랜던이 다시 거실로 들어온다. 문턱을 지나는 그의 모습이 실루엣으로 언뜻 보인다. 루퍼트가 옆방으로 들어갔는지, 왁자지껄한 소리가 들린다. 브랜던은 벽난로 위 선반으로 가서 담배를 꺼내고, 잠시 그대로 멈춰 선다. 그리고 급히 창가로 가서 커튼을 젖힌다. 창문으로 흘러드는 불빛에 그의 모습이 실루엣으로 드러난다. 빗소리가 들리고,

창문을 두드리는 빗줄기가 보인다. 브랜던이 궤짝으로 다가간다. 그러
고는 그 위에 걸터앉아 몸을 굽히고 자물쇠를 확인한다. 옆방에서 축음
기 소리가 멈춘다. 잠시 정적이 흐른다. 갑자기 복도의 불이 꺼졌다가
다시 켜진다. 궤짝 위에 걸터앉은 브랜던은 몸을 곧게 세운 채 경직되
어 있다. 잠시 후, 문턱을 들어서는 그라닐로의 모습이 보인다. 그라닐
로가 문을 닫고 어두운 방 안으로 들어온다. 브랜던은 궤짝 위에 앉은
채 미동도 하지 않는다. 그라닐로가 궤짝 쪽으로 다가온다. 정적이 흐
른다.]

[잠시 후, 그라닐로가 입을 틀어막고 비명을 지른다. 몸서리치다
가, 가까스로 소리를 죽인 채 신음하듯 흐느긴다. 어둠 속에서 자기도
모르게 브랜던의 몸을 스쳤기 때문이다. 이와 동시에 브랜던도 "이런
빌어먹을—!"이라고 소리친다. 그라닐로의 신음 같은 비명은 이내 잦
아들면서 낮은 흐느낌으로 변한다. 감정이 한껏 격앙된 브랜던이 쿵 소
리를 내며 궤짝에서 내려온다. 그러고는 날카로운 저주를 퍼부으며 탁
자로 달려가서 작은 램프의 스위치를 켠다.]

브랜던 [불같이 화를 내며] 도대체 왜 그러는 거야?

[그라닐로는 두 팔을 궤짝 위에 얹은 채 바닥에 주저앉아 있다.]

그라닐로 오—, 맙소사! 오—, 하느님!
브랜던 [격앙된 목소리로] 너 도대체 왜 그래? 왜 그러는지
말을 하라고!
그라닐로 [두 팔로 얼굴을 감싼 채] 그 친구인 줄 알았어. 그
친구인 줄 알았다고! 로널드인 줄 알았단 말이야!

[브랜던은 불을 켠 뒤, 서빙 테이블로 가서 큰 잔에 위스키를 넘치게 따른다. 위스키 잔을 그라닐로에게 가져다준다.]

브랜던 제기랄! 좀 마셔.

[그라닐로는 잔을 받아서 겨우 몇 모금 마신다.]

얼른 마셔ㅡ, 단숨에 들이켜라고!

그라닐로 도대체 왜 거기에 앉아 있었던 거야? 나를 기절시키려고 작정했어?

브랜던 널 놀라게 하려던 건 아니야. 너를 생각하고 있었어. 넌 줄도 몰랐다고. 왜 그렇게 숨어들듯이 몰래 들어온 거야? 그러니 네 탓이야. 너 때문에 나도 혼이 나갈 뻔했잖아.

그라닐로 다 문제없는지 살펴보려고 왔어. 미안해. 이제 좀 진정됐어. 괜찮아, 괜찮을 거야. [남은 위스키를 단숨에 털어 넣은 뒤, 목을 타고 넘어가는 알코올을 느끼는지 인상을 쓴다.] 괜찮을 거야. 조금 더 줘.

브랜던 [위스키병을 집으며] 일어나, 일어나라고! [술병을 들고 그라닐로에게 다가간다.]

[그라닐로가 일어나서 궤짝 위에 걸터앉는다. 브랜던은 그라닐로의 잔에 위스키와 소다수를 가득 따른다.]

브랜던 저 방에 가 있을게, 너는 좀 마음이 가라앉으면 건너와. [문가로 가서 잠시 멈춰 서며] 취하도록 마시지는 말고.

그라닐로 안 취해.

[브랜던이 문을 닫고 나간다. 그라닐로는 잠시 정면을 응시하다가, 남은 위스키를 단숨에 들이켠다. 그리고 다시 정면을 응시한다. 그러다가 서빙 테이블로 가서 큰 잔에 다시 위스키를 따라 조금씩 홀짝이며 천천히 벽난로 앞으로 간다. 취기가 도는지 잠시 비틀거리더니 벽난로 위 선반에 기대고 불꽃을 바라본다. 잠시 후, 서서히 시선을 돌려 궤짝을 바라본다. 그러다 급히 위스키를 길게 한 모금 마시더니 이내 기침을 시작한다. 기침이 점점 심해지면서 멈추지 않는다. 숨이 차는지 헐떡이면서도 기침은 끊이지 않는다. 브랜던이 놀란 얼굴로 뛰어 들어온다.]

브랜던 [멈춰 서서 그라닐로를 바라보며] 왜 그래?

그라닐로 [기침을 멈추려고 안간힘을 쓰면서] 기침이 —. [또다시 기침한다.]

브랜던 마음을 차분하게 가라앉히라고. 진정해. 멈추겠다고 마음먹으면 금세 멈출 수 있어. [그라닐로의 등을 두드린다.] 자, 멈춰 봐. [기침이 서서히 잦아든다.]

그라닐로 이제 됐어. 위스키를 마시다가 사레들렸던 거 같아. [완전히 진정되었는지 편안해 보인다.] 왜 다시 왔지? [의자에 앉는다.]

브랜던 사람들이 베토벤 음반을 들어 보고 싶다잖아. 옛날 거 말이야. 저 방엔 없는 거 같아서. 혹시 네가 가지고 있어? 이 방에 있을까, 아니면 2층에 있을까?

그라닐로 아, 그거. 2층, 내 방에 있을 거야.

브랜던 내가 올라가서 가져올게. 어디 있어?

그라닐로 찾기 힘들 거야. 내 트렁크, 제일 밑에 들어 있거든.

브랜던 어떤 거? 초록색 말이야?

그라닐로 그래. 그 트렁크 밑바닥에 있을 텐데, 아마 잠겨 있을 거야. 꼭 베토벤을 들어야겠대?

브랜던 그래, 알았어. 네가 저 방에 가서 말해 봐. [벽난로로 다가가서 석탄을 좀 더 집어넣는다.] 이제 괜찮은 거지?

그라닐로 [일어나서 문으로 향하며] 응. 괜찮아.

브랜던 [불을 뒤적이면서 문으로 향하는 그라닐로를 불러 세운다.] 잠깐만, 그라닐로.

그라닐로 왜?

브랜던 문 닫아 봐.

그라닐로 [문을 닫으며] 알았어.

브랜던 너, 그 티켓 가지고 있지? 나한테 줘. 지금 없애 버리는 게 낫겠어.

그라닐로 무슨 티켓?

브랜던 로널드의 티켓 말이야.

그라닐로 [브랜던이 뭘 묻는지 명확하게 이해하지 못한 채] 로널드의 무슨 티켓 말이야?

브랜던 [짜증이 치밀지만 애써 차분하게] 무턱대고 허둥대지만 말고, 그라닐로! 로널드가 콜리시엄에 다녀온 티켓 말이야.

그라닐로 로널드의 콜리시엄 티켓?

브랜던 쉿! 그렇게 큰 소리로 떠들면 어떡해, 바보야. 그래, 그거 말이야.

그라닐로 그걸 왜 나한테…….

브랜던 바보 같은 소리하지 마, 그라닐로. 내가 너한테 줬잖아.

그라닐로 나한테 안 줬어.

브랜던 [주먹을 불끈 쥐고 그라닐로를 쏘아보며] 그라닐로!

그라닐로 [브랜던과 동시에 외친다.] 잠깐! [아까 티켓을 넣어 두었던 조끼 주머니에 엄지손가락을 찔러 본다. 잠시 생각하다가, 반대편 주머니에도 엄지손가락을 찔러 넣는다. 그러고는 오른쪽 아래 주머니를 확인하고, 다시 왼쪽 아래 주머니까지 확인한다. 마침내 브랜던을 바라본다.]

브랜던 그라닐로!

[사색이 된 그라닐로가 허둥지둥 조끼 주머니 네 곳을 다시 뒤진다. 그러고는 브랜던을 바라보다가, 재킷 주머니, 안주머니, 바지 주머니를 차례로 뒤진다. 안감까지 뒤집어 가면서 샅샅이 뒤진다. 외투 주머니를 뒤지고, 또다시 조끼 주머니를 확인하기 시작한다.]

그라닐로 나한테 안 줬다고.
브랜던 뒷주머니! 뒷주머니! 바지 뒷주머니를 보라고!

[그라닐로가 바지 뒷주머니를 더듬어 본다. 거기에도 없다.]

그라닐로 나한테 안 줬 ―.
브랜던 다시 찾아봐! 다시!

[그라닐로가 또다시 모든 주머니를 하나하나 뒤지기 시작한다. 이번에는 지갑까지 꺼내서 꼼꼼히 살펴본다.]

그라닐로 [목쉰 소리로] 나한테 안 줬다고. 난 그 티켓을 만진 적조차 없단 말이야.
브랜던 [목소리는 차분하지만, 표정은 분노로 들끓고 있다.] 내가 네 손에 쥐여 주었다고.

　　그라닐로 그런 적 없어. 만진 적도 없다니까, 브랜던.

　　브랜던 내가 네 손에 분명히 쥐여 주었어!

　　그라닐로 네가 가지고 있는 건 아닌지 확인해 봐.

　　브랜던 나한테는 없어. 확실하다고. 도대체 티켓은 어디에 있는 거야?

[브랜던이 서빙 테이블로 가서 객석을 등지고 선 채 자기 주머니를 뒤지기 시작한다. 그러다가 제 성질을 이기지 못하고 궤짝을 두드린다.]

어디로 갔지? 도대체 어디로 간 거냐고? 어디로?

　　그라닐로 오, 맙소사! 내가 조끼 주머니에 넣었던 거 같아.

　　브랜던 [큰 소리로] 조끼 주머니에 넣었다고! 조끼 주머니에 넣었단 말이지! 그런데 그게 어디 간 거야? 지금 어디 있는데?

[루퍼트가 조용히 들어와서 문턱에 선다.]

　　루퍼트 브랜던, 뭐가 없어졌나?

[브랜던과 그라닐로가 동시에 루퍼트를 바라본다. 긴 정적이 흐르는 동안, 루퍼트도 조용히 두 사람을 바라본다.]

　　브랜던 [궤짝을 내려치던 자세 그대로, 손을 궤짝 위에 댄 채] 이놈의 성질머리! 그라닐로, 미안해.

　　그라닐로 [몹시 불안한 동작으로 술잔을 채우러 간다.] 됐어, 괜찮아.

루퍼트 이런 —. [다리를 절뚝이며 무대 가운데로 나온다.] 내가 괜히 두 사람을 방해한 건 아닌지 모르겠군.

브랜던 [벽난로로 다가가서 담배에 불을 붙이며] 아뇨, 내 잘못이에요. 그라닐로와 내가 이러는 사이인 줄 몰랐죠? 종종 별것도 아닌 일로 이렇게 티격태격하곤 해요. 그렇지, 그라닐로?

그라닐로 맞아요. [위스키를 마신다.]

브랜던 이번엔 베토벤 축음기 음반 때문에 그랬죠. 그라닐로가 그걸 영 못 찾기에, 내가 좀 뭐라고 했거든요. 오늘 파티에선 베토벤을 못 듣겠네요.

루퍼트 어떤 재난도 모두에게 나쁘기만 한 건 아니라네. 그런데 정말 별것을 가지고 다 다투는군.

브랜던 그러게요. 요즘엔 별 이상한 걸 가지고 다투게 되네요. 그렇지 않아, 그라닐로?

그라닐로 그래, 맞는 말이야.

루퍼트 [의자에 앉으며] 한 잔 더 주겠나?

[그라닐로는 루퍼트의 말을 듣지 못한다.]

브랜던 그라닐로.

그라닐로 네? 위스키로요?

루퍼트 그래. 부탁하네.

[그라닐로가 위스키를 따라 루퍼트에게 가져다준다. 술잔을 건네는 그라닐로의 손이 마구 떨린다. 루퍼트가 그 모습을 놓치지 않는다.]

루퍼트 소다수도 좀 주겠나?

그라닐로 아, 미안해요. [다시 서빙 테이블로 가서 술잔에 소다수를 따른 뒤 루퍼트에게 가져온다.]

루퍼트 고마워. [몇 모금 마시다가 멈추고] 음, 실은 용건이 있어서 왔다네.

브랜던 용건이요?

루퍼트 그래. 밧줄이 좀 필요해.

브랜던과 그라닐로 밧줄!

루퍼트 그래. 왜 그렇게들 놀라나? 밧줄이 필요하다는데. 저쪽 방에 있는 젊은 친구들이 이제 축음기의 서정적 기능에 시들해졌는지, 소포를 만드는 데에 열을 올리고 있다네. 그래서 소포를 묶을 만한 게 필요해.

브랜던 소포라고요?

루퍼트 그래, 노인네가 가져갈 책들 말이야. 어떤 책을 가져가는지, 자네가 한번 봐 두는 게 좋을 거야. 쓸 만한 건 모두 추리는 것 같던데.

[갑자기 엄청난 천둥소리가 울린다.]

루퍼트 저런 —. 이제 시작인가 보군.

[또 한 차례 천둥소리가 울리더니 곧 잦아든다.]

그럴 줄 알았어.

[소나기가 무섭게 쏟아지기 시작하자, 브랜던이 창문가로 향한다.]

브랜던 빌어먹을ㅡ. 그래, 제대로 한번 쏟아져 봐라.

루퍼트 자네들 설마…….

[또 한 차례 고막을 찢을 듯한 천둥소리가 울린다. 그러자 루퍼트가 벌떡 일어선다. 어느새 다시 서빙 테이블에 가 있던 그라닐로가 술을 가득 채운 잔을 바닥에 떨어뜨린다.]

그라닐로 제기랄! [손수건을 꺼내서 닦아 보려 하지만, 오히려 더 엉망이 될 뿐이다.] 아, 이런, 하인들은 다 어디 간 거야? 다 어디 갔느냐고!

루퍼트 [어이없는 표정으로 그라닐로를 지켜보다가 창가로 걸어간다.] 이봐, 브랜던, 설마 이 비를 뚫고 옥스퍼드에 가려는 건 아니겠지?

브랜던 [역시 창밖을 살피며] 가려고요. 곧 날이 갤 거예요.

[또다시 천둥이 울리고, 잠시 정적이 흐른다.]

여긴 잠자리도 마땅치 않거든요. 침대를 전부 해체해 버려서요.

루퍼트 [무대 중앙으로 돌아오며] 아, 그런 걱정이라면 내려놓게. 괜찮다면 우리 집에서 묵어도 되니까. 빈방이 많거든.

브랜던 [무대 중앙으로 나와서 루퍼트의 어깨에 팔을 두르며] 고맙지만, 사양할게요. 예정했던 대로 그냥 가려고요.

루퍼트 좋아, 자네들 생각대로 하게.

[레일라가 거실로 들어온다. 그 뒤로 책을 한 아름 끌어안은 래글

180

런이 들어온다.]

레일라 안녕! 모두 천둥소리 들었어요?

루퍼트 물론 들었지. 놀라서 기절하는 줄 알았어.

레일라 그러게요! [창가로 가며] 지금은 소나기가 완전히 퍼붓듯 쏟아지고 있네요! 설마 오늘 밤에 옥스퍼드로 가려는 건 아니겠지!

그라닐로 갈 거야.

레일라 그건 좀 무리일 거 같은데! 물웅덩이 같은 데에 빠질 수도 있으니까! 홍수를 만나거나!

브랜던 레일라, 노끈 같은 게 필요하다며?

레일라 아, 맞아. 필요해요! [래글런을 향해] 책은 어디 있지? 아, 여기 있구나. 소포처럼 포장해서 꾸러미를 만들어야 할 거 같아. 자, 어서 하자. [래글런이 들고 있던 책 더미에서 절반을 덜어 내어 궤짝 위에 올려놓는다.] 포장할 종이는 있으니. [래글런을 향해] 아, 종이 가져왔어?

래글런 아, 아니. 이런 깜박했네.

레일라 에이, 가서 가져와! 얼른!

래글런 금방 가져올게. [방을 나간다.]

브랜던 [난롯가에 있다가 문으로 걸어가며 소리친다.] 간 김에 담배도 가져와, 래글런!

래글런 [멀리서 소리만 들려온다.] 알았어요!

[브랜던이 다시 난롯가로 돌아온다. 루퍼트는 궤짝으로 다가가서 그 위에 올려놓은 책을 훑어본다.]

레일라 [라디오 앞으로 걸어가며] 라디오에서 뭐 하는지 틀어 봐도 될까요?

브랜던 물론이지.

[레일라가 라디오를 조작한다. 10초 정도 아무 소리도 들리지 않는다.]

루퍼트 이때쯤 재미있는 거 많이 하는데 말이야.

레일라 아무래도 폭풍우 때문에 안 나오는 거 같아요.

[래글런이 포장지와 담배를 가지고 들어온다. 브랜던에게 담배를 건넨다.]

래글런 여기 있어요.

브랜던 고마워.

래글런 [레일라에게 포장지를 건네주며] 자, 여기.

레일라 고마워. 이제 끈이 있어야 하는데. 끈은 어디 있지?

브랜던 아—. 노끈은 저 방에 있어. 내가 가져다줄게.

래글런 아녜요, 아녜요. 내가 가져올게요. 어디 있는데요? [소포 만드는 일에 재미를 붙인 래글런이 의욕 넘치는 표정으로 묻는다.]

브랜던 큰 화병 같은 데에 들어 있어.

레일라 큰 화병 같은 데에 들어 있다는데, 찾을 수 있겠어?

래글런 아, 알아. 가져올게. [또다시 잽싸게 달려 나간다.]

루퍼트 [책들을 살펴보던 자세 그대로 레일라를 잠시 바라보다가, 비꼬듯이] 너무 착하지?

레일라 맞아요. 순한 양 같다니까요. [궤짝 위에 포장지를 펼

친다.]

루퍼트 [책을 내려놓고] 맞아. [무대 왼편에 있는 의자로 다가가며] 정이 가는 친구야. [의자에 앉는다.]

[래글런이 노끈 한 뭉치를 들고 돌아온다.]

래글런 자, 여기. [레일라가 책 포장하는 걸 도우려고 그 옆에 서 있다가, 브랜던을 돌아본다.] 아 참! 존스턴 경이 상부에 있는 책을 살펴봐도 되는지 물으시던데요. 정확히 어떤 책을 말씀하는지는…….

브랜던 아, 그래. 알겠어. [그라닐로가 술을 한 잔 더 따르려 하는 모습을 보고, 그를 향해] 그라닐로, 자네가 가서 존스턴 경을 좀 도와드리지그래. 노인네가 가엾게도 혼자 헤매는 모양이야.

[그라닐로가 얼른 술잔을 비우고 비틀거리며 무대 중앙으로 나오다가 궤짝에 부딪힌다. 그러고는 말없이 주춤거리며 불안한 걸음걸이로 나아간다.]

레일라 [눈알을 굴리며] 약간 취한 거 같지 않아요?
루퍼트 내가 보기엔 완전히 취했는데.
브랜던 그래요? 너무 취했나? 좀 그런 것 같긴 하네요. 위스키 때문이에요.

[또다시 천둥소리가 울린다.]

래글런 와, 들어 봐. 또 천둥이 치네.

레일라 [뒤를 돌아보며] 어머, 어떡해!

브랜던 폭풍우를 무서워하는구나, 레일라.

레일라 오, 하느님! 제가 좀 그런 편이에요. 천둥만 치면 방 안을 빙빙 돌며 안절부절못하거든요. 일종의 유전병이랄까. 다들 우리 엄마를 봐야 하는데.

루퍼트 어머니는 어디를 빙빙 도시는데?

레일라 엄마는 어디에서 빙빙 도는 게 아니라, 아예 찬장 속에 숨어 버려요.

브랜던 정말?

레일라 [래글런이 들고 있던 노끈을 건네받으며] 심지어 침대 시트로 몸을 둘둘 감고 말이에요! 또다시 천둥이 치면, 나는 여러분이 보는 앞에서 이 궤짝 안으로 뛰어들지도 몰라요.

래글런 꼭 한번 보고 싶군.

레일라 우선 머리부터 처박을 테지! 그런데 이 궤짝 안에 들어갈 수는 있는 거야? 잠겨 있는 거 아닌가?

[레일라는 노끈으로 책을 묶느라 바쁘다. 아무도 그녀의 말에 대꾸하지 않는다. 브랜던도 못 들은 척하며 담배에 불을 붙인다. 잠시 정적이 흐른다.]

루퍼트 [레일라의 말을 되뇌어 보더니 브랜던을 향해] 브랜던, 궤짝 안에 들어갈 수 있나? 아니면 잠겨 있나?

브랜던 [제대로 알아듣지 못한 척] 뭐라고요? 아! 네, 원하신다면야 궤짝 안에 들어갈 수도 있지요.

레일라 아, 다행이다. 그럼 안심해도 되겠네.

루퍼트 [의자에 앉은 채 궤짝을 바라보며] 잠금장치가 있지 않

아? [잠시 정적.]

브랜던 네. 있어요.

레일라 [뜬금없이 해맑은 목소리로] 어머 브랜던, 깜박 잊었나 보군요! [노끈 뭉치를 래글런에게 건네주며] 저 안에 죽은 사람이 들어 있다고 했잖아요!

래글런 오, 그랬지! 우리 모두 그걸 잊고 있었네, 그렇죠?

레일라 음, 너는 잊고 있었는지 몰라도, 나는 아니야! 그 사람 옆자리로 비집고 들어가면 되지 않으려나?

브랜던 그건 곤란해, 레일라. [서빙 테이블로 다가가며] 래글런, 자네도 한 잔 줄까?

래글런 음—. 그렇죠, 좋아요.

레일라 [노끈을 잡아당기며] 맞아, 그러니까 브랜던은 [노끈을 더 팽팽하게 잡아당긴다.] 살인을 저지른 거야. [또 잡아당긴다. 그러고는 래글런을 향해] 손가락으로 눌러 줘. 아니—, 여기 말이야. 그렇지, 거기. 그리고 오늘 우리한테 [더욱 잡아당긴다.] 딱 현행범으로 덜미를 잡힌 거지.

브랜던 [서빙 테이블에 서서 여유롭게 농담조로] 오, 레일라! 지금 네 말이 얼마나 진실에 가까운지, 너는 아마 모를 거야.

레일라 내가 모른다고요? 알고 있는데? 저 궤짝 안에 뭐가 들어 있는지 정확하게 알고 있다니까요.

브랜던 뭐가 들어 있는데?

레일라 아주아주 늙은 남자가 들어 있어. 브랜던이, 거리에서 신문을 팔고 있던 그를 데려와서 죽인 거야. 그의 금니가 탐났던 거지. 황금에 눈이 멀었으니까.

브랜던 오—. 레일라, 내 뒤를 따라다녔나 보구나.

레일라 [궤짝의 자물쇠를 들여다보고 만지작거리며] 그런 건 아닌데요. 이거, 잠겨 있는데? 왜 자물쇠를 채워 났어? 정말 이 안에 뭘 넣어 놓은 건가요?

브랜던 레일라, 네가 이미 설명했잖아. 이 안에 뭐가 있는지 말이야.

레일라 그게 아니라. [다시 소포를 만지며] 음, 솔직하게 말하자면, 이 안에 뭐가 들어 있는지 속 시원히 보여 주지그래? 열쇠 어디 있어요?

브랜던 열쇠는 내가 가지고 있지. 조끼 주머니 속에 말이야.

레일라 그럼 이리 줘 봐요. 한번 열어 보자고요.

브랜던 이걸 보여 주고 나면 나는 교수대로 끌려갈 거야.

레일라 그렇다고 못 보여 줄 건 뭐람. 자신이 결백하다면 [노끈을 잡아당기며] 그걸 증명할 수 있는 [또 잡아당기며] 기회 잖아요.

브랜던 레일라, 몇 번이나 말해야 하지? 난 결백하지 않다니까. 내 손은 불과 세 시간 전에 저지른 범죄 탓에 피로 붉게 물들어 있다고.

레일라 뭐, 좋아. 안 보여 주겠다면, [연신 끈을 잡아당기다가 손가락을 다친다.] 아야, 젠장! 마음대로 해요. 내 주변에 있는 힘센 사내들더러 강제로 열쇠를 빼앗으라고 할 테니까.

래글런 내가 너의 힘센 사내가 되어 줄게.

레일라 그래 줄래? 좋아, 가서 본때를 보여 줘.

래글런 어떻게 해야 하려나?

레일라 아, 그거야 네 마음이지.

래글런 [무대 가운데로 나오며] 좋아, 그렇다면. [공격 자세를 취하며] 자, 브랜던 씨, 열쇠를 내놓으시지. 그러는 게 당신에게 이로울 거야.

레일라 "두려움 없이 상대를 노려보며, 래글런이 말했다!"

브랜던 어디 와서 가져가 보시지, 래글런.

래글런 [약간 겁이 나는 듯, 괜히 시작했다는 표정으로] 어느 주머니에 들어 있지?

브랜던 오른편 위쪽 주머니.

래글런 내가 보는 방향에서 오른쪽인가, 아니면 너의 오른쪽인가?

브랜던 나의 오른쪽.

레일라 덤벼, 래글런, 열쇠를 빼앗으라고.

래글런 생각할 시간을 10초는 줘야겠지?

레일라 그렇지.

브랜던 좋아. 10초.

레일라 하나……. 둘……. 셋…….

래글런 [조금 더 가까이 다가오며] 항복하지그래?

브랜던 아니.

레일라 넷……. 다섯……. [래글런이 조금 더 가까이 다가온다.] 여섯……. 일곱…….

[브랜던이 미처 준비 자세를 취하기 전에, 래글런이 갑자기 달려든다.]

레일라 잘했어!

[브랜던과 래글런이 엎치락뒤치락 실랑이를 벌인다. 둘 다 웃음 짓고는 있지만, 살짝 숨을 몰아쉬며 자못 진지하다. 게다가 장난이라 하기엔 꽤 오랜 시간 몸싸움이 이어진다.]

로프

레일라 어쩜! 남자들이 나를 위해 이렇게까지 하다니!

[몸싸움은 점점 치열하고 거칠어진다. 그러다 어느 순간, 브랜던이 우세한 듯 보인다.]

레일라 서로 아주 죽이려고 드네!

[몸싸움이 이어지다가, 별안간 브랜던이 래글런의 손목을 잡아채서 힘껏 비튼다. 그 순간, 브랜던의 얼굴이 악의로 이글거린다.]

래글런 [고통스러운 듯 날카로운 비명을 지른다.] 악!

[브랜던은 여전히 래글런의 손목을 잡고 있다.]

루퍼트 [처음부터 두 사람의 몸싸움을 지켜보던 루퍼트가 래글런의 날카로운 비명에 깜짝 놀란다.] 래글런, 사람이 항상 이길 수야 없지만, 좀 점잖을 수는 있잖아. 브랜던이 도대체 어떻게 했기에 그러나?

래글런 [겨우 브랜던의 손아귀에서 놓여난다.] 내 팔을 부러뜨리려는 줄 알았어요. 브랜던, 선배는 자기 힘이 얼마나 센지 모르는 거 같아요. [손목을 문지르며] 너무 심하게 비틀었다고요.

브랜던 래글런, 정말 미안해. 진심으로 사과할게.

래글런 아니, 괜찮아요. [다시 레일라 곁으로 다가가며] 예전에 학교에서도 늘 나한테 그랬는데 뭐……. [레일라를 향해] 결국 난 너의 힘센 사내가 못 될 것 같다.

레일라 마음 쓰지 말고 모성의 품으로 돌아오렴. 브랜던은 야수야.

브랜던 그건 아니지, 레일라. 나는 그저 절박한 상황에 내몰린 범죄자일 따름이야. 좀 봐줘.

레일라 좋아, 봐줄게요. 나는 하느님의 가장 미천한 피조물까지도 품어 줄 수 있는 넓은 아량을 가진 사람이거든. 범죄자든, 이방인이든……

루퍼트 오늘 밤엔 이상하게 모두가 범죄에 흥미를 보이는군. 왜 브랜던이 혼자 조용히 살인을 저지르도록 내버려두지 못하는지 도통 모르겠네.

레일라 아, 하지만 나는 탐정이거든요. 그러니 당연히 관심이 있죠. 직업적인 관심이랍니다.

래글런 그러면 네가 펄 화이트[24]라도 된다는 거야?

레일라 응, 맞아. 펄 화이트. 게다가 이건 암살자를 정의의 심판대에 세우는 문제야.

루퍼트 오 —. 그래서 어떻게 할 건데?

레일라 물론 체포해야죠.

루퍼트 그러면 다 해결되는 걸까? 암살자를 올드 베일리[25]로 데려갈 수야 있겠지만, 그렇다고 그들이 반드시 정의의 심판을 받는 건 아니야. 이 두 가지를 헷갈리는 게 아니라면 좋겠네만.

레일라 올드 베일리에 무슨 문제라도 있나요?

---

24 Pearl White(1889~1938). 미국 무성 영화 시대를 대표하는 여자 배우로, 위험한 스턴트를 직접 소화하는 등 당대 영화계에서 여자 배우의 캐릭터를 확장하는 데 기여했다.

25 Old Bailey. 과거 런던의 성벽이 있던 지역을 가리키는 지명으로, 오늘날에는 이곳에 위치한 중앙형사법원의 별명으로 더욱 알려져 있다.

루퍼트 레일라, 그곳의 문제는 단 하나뿐이지만, 그 뿌리가 너무나 깊어서 도무지 근절할 수가 없다네. 법정은 인간에 의해 돌아가지만 정의는 그렇지 않으니까.

브랜던 나도 그 말에 동의!

래글런 아하, 그러면 사형 제도를 반대하시는 입장인가요?

루퍼트 그럴지도. 살인을 인정하는 입장이라 사형 제도를 찬성할 수 없는 거지.

레일라와 래글런 살인을 인정한다고요!

[브랜던이 예리한 눈빛으로 루퍼트를 바라본다.]

루퍼트 친애하는 레일라, 난 죽이고 싶은 인간이 너무 많아. 특히 내 가족! 가령 래글런이 아주 절묘하게 묘사한, 베이워터에 사는 내 이모까지 포함해서 말이야. 그러니 살인을 인정하지 않는다고 말한다면 솔직하지 못한 것일 테지. 게다가 난 이미 살인을 저질렀다네.

브랜던 그게 무슨 말이에요?

루퍼트 결국 중요한 건 살인의 범위 아닌가. 역설적이게도 우리는 작은 규모의 살인엔 공포를 느끼고 치를 떨지만, 대규모의 살인엔 존경과 숭배를 표하지. 그게 바로 살인과 전쟁의 차이야. 예컨대, 한 남자가 런던의 어두운 골목에서 어떤 남자를 살해했다고 가정해 보세. 레일라의 말대로, 그의 금니가 탐나서 말이야. 사회 전체가 떠들썩해지고, 그 악한을 잡아서 처벌해야 한다고 온통 야단법석일 거야. 우리는 그걸 살인이라고 부르지. 하지만 한 나라의 젊은이나 남자가 모조리 봉기해서 다른 나라의 젊은이나 남자를 전부, 그것도 상대의 금니가 탐난다는 허접한 이유조차 없이 몰살하고자 한다면, 우리 사회는 그 같은 행위를 용인하고 심지어 박수를 보낸다네. 그것을 전쟁이라고 부르지. 그런데 내가 어떻게 살인을 인정하지 않는다고 말할 수 있겠나? 지난 세계 대전 동안에, 나 역시 그러한 전제 아래서 행동했는데 말이야. 참으로 비통한 노릇이지. 그 때문에 나는 오늘도 자네들과 함께 죽음기를 들으며 마음껏 즐기고 싶었건만, 무슨 늙은이처럼 한쪽 다리를 절뚝거리며 어슬렁거리는 신세가 되었다네. 하지만 중요한 건 말일세, 내가 살인을 부정하지 않는다는 사실을 스스로 입증했다는 거지. 그렇지 않은가?

레일라 아니요. 그건 살인을 저지르신 게 아니죠. 아마 눈앞에서 살인이 벌어졌다면 누구보다 혐오하며 몸서리치셨을 거예요.

루퍼트 그건 장담할 수 없어. [잠시 침묵.]

레일라 누구나 자신만의 도덕 기준이라는 게 있잖아요.

루퍼트 내게 그런 게 있을까? 잘 모르겠는데.

레일라 이상한 방향으로 자신을 몰아가지 마세요. 파리 한 마리 못 죽일 사람이면서.

루퍼트 내가? 지금까지 수천 마리도 더 죽였는데.

[잠시 정적이 흐르더니 루퍼트와 레일라가 동시에 말하기 시작한다.]

레일라와 루퍼트 그러니까 내 말은……. 어쩌면…….

루퍼트 미안.

레일라 아니에요, 말씀하세요.

로프

루퍼트 아니야. 레일라가 먼저 말해.

레일라 아니에요. 말씀하세요.

루퍼트와 레일라 내가 하려는 말은……. 나는 단지…….

루퍼트 정말 미안하군.

레일라 아니에요. 말씀하세요.

루퍼트 동전을 던져야 할까?

레일라 음, 제가 하려던 말은…….

루퍼트 무슨 말을 하고 싶었는데?

레일라 그러니까 제 말은, 이 소포, 포장이 정말 근사하지 않나요? [소포를 들어 보인다.]

브랜던 아주 훌륭해.

레일라 방금 전에 하시려던 말씀은 뭔데요?

루퍼트 잘 모르겠네……. 음, 레일라는 어떤 도덕 기준을 가지고 있지?

레일라 저요?

브랜던 아, 레일라는 십계명을 믿어요, 그렇지 않니?

루퍼트 오, 아니지. 그건 분명히 아닐 거 같은데.

래글런 왜요? 십계명에 무슨 문제라도 있나요?

루퍼트 문제가 있다는 말은 아니야. 사실 십계명은 본래 그것을 부여받은 민족의 유목 생활에 있어서 심오하고 중요한 의미를 지녔을 거야. 다만 그것이 오늘날의 생활 방식엔 부적절하고 무의미한 까닭에 우리로서는 따르기 어려운 거지. 이따금 나는 그중에, 혹시 하나라도 우리가 지킬 수 있는 게 있을지 확인해 보고자 했다네. 우선 '부모를 존경하라.'라는 계명인데, 물론 존경하지. 그러지 않으면 어쩌겠어? 실제로 나는 내 생일마다 항상 부모님께 축하 전보를 보낸다네. 비록 그러는 게 지금 우리에게 주어진 삶을 연장해 줄지, 어떨지는 알 수 없지만 말이야. 하지만 다른 것들도 살펴보자고. '안식일을 거룩하게 지내라.' 난 이건 지키지 않아. '하느님의 이름을 헛되이 부르지 마라.' 이건 지키지. '살인하지 마라.' 좀 전에 말했듯이 이건 벌써 어겼어.

브랜던 일곱 번째 계명[26]은 어때요, 루퍼트?

루퍼트 그것도 벌써 어겼지, 갓난아이 시절 이후로 줄곧. [잠시 침묵한다.] '도둑질하지 마라.' 그런데 프랑스의 사회주의자 프루동이 말했듯이, 자산 자체가 이미 도둑질이야. 내겐 자산이 있으니 말이야. 그리고 이건 자네 성냥이지 않은가. [주머니에서 성냥갑을 꺼낸다.] 사실 내가 진심으로 따를 수 있는 유일한 계명은, '내 이웃의 소나 나귀를 탐하지 마라.' 이 구절뿐이야. 내 이웃 중에 소를 가진 사람이 드물고, 나귀를 가진 사람을 만날 가능성은 더더욱 희박하니, 그런 유혹으로부터 자유롭고 무결할 수 있는 셈이지. 하지만 시골에 산다면 그것조차 지키기 어려워질지도 몰라.

레일라 아무튼 살인을 저지르신 건 아니죠. 양심 때문에도 그런 짓은 못 할 분이잖아요.

루퍼트 아, 그런데 내게 양심이 있을까?

브랜던 루퍼트의 말이 맞아. 양심 없는 인간에게 살인이란 꽤 흥미로운 모험이 될 수도 있거든.

루퍼트 동기 없는 살인을 말하는 건가?

브랜던 그렇죠.

---

26 기독교 종파마다 차이가 있지만, 여기서는 '간음하지 마라.'를 가리키는 것으로 보인다.

래글런 맞아. 실제로 가끔 그런 일이 일어나기도 하잖아. 순전히 재미 삼아서 살인을 저지르는 사람도 있어. 그렇지 않아?

레일라 그런 게 재미라니, 정말 희한한 발상이네.

래글런 아니, 내 말은, 실제로 그런 사건에 관해 들어 본 적이 있다니까.

루퍼트 당연히 들어 본 적이 있겠지. 나도 그 짜릿한 흥분을 이해할 수는 있어. 단지 그러한 흥분이나 재미는 반드시 발각될 수밖에 없다는 게 문제지.

브랜던 [루퍼트의 말이 끝나기 무섭게] 왜 반드시 발각되죠? [잠시 정적이 흐른다.]

루퍼트 왜냐하면, 브랜던, 그런 부류의 살인은 동기 없는 살인이 아니기 때문이야. 사실은 아주 명확한 동기를 가지고 있지. 허영심. 바로 허영심에서 비롯한 살인이니 말이야. 그런고로 살인자는 자신이 저지른 일을 입에 올리고 싶어서 안달하게 된다네. 아니면, 유별난 방식으로 과시하거나. 그 일에 대해 침묵할 수 없다는 게 문제인 거지. 숨기고 가만 덮어 두지 못하는 거야. 우쭐대고 싶거든. 그래서 뭐든 자꾸 말하고 행동하려 든다네. 아무리 미묘하고 사소한 것일지라도, 결국 자신의 행위를 고자질하는 단서가 되는 거야. 그런 자들은 늘 그래 왔고, 앞으로도 그럴 거야.

브랜던 하지만 그 살인자가 너무나 완벽하게 영리하고 능숙한, 이를테면 살인하는 데에 천재적인 인간이라면요? 그래서 허영심이 결정적인 약점이 될 수 있다는 사실마저 간파하고, 그러한 실수를 저지르지 않도록 단단히 마음먹을 수도 있잖아요. 그 방면의 천재라면 말이에요.

루퍼트 [브랜던을 바라보며] 물론, 그럴 수 있겠지. 하지만 그는 자기가 이토록 영리하고 천재적이라는 점을 떠들어 대고 싶어서 끝내 못 견딜 거야. 결국 스스로 자신을 드러내게 될 테지.

브랜던 그렇지만 너무나 영리해서 그러지 않을 수도 있죠.

루퍼트 그럴 수도. 하지만 그래도 마찬가지일걸. [잠시 말을 끊었다가 브랜던을 쳐다보며] 자네는 그렇게 생각하지 않나?

[멀리서 천둥소리가 들린다.]

래글런 저런—. 또 시작이네.

브랜던 [창가로 다가가며] 맙소사, 다시 저러다니. 아, 이놈의 폭풍우, 이젠 좀 지겹군.

레일라 그러게, 나도. 이제 슬슬 가야 하는데 말이야.

래글런 맞아, 나도 가야 해.

루퍼트 [무심히] 절묘한 우연이로군. 두 사람이 함께 가면 되겠네.

[또다시 엄청난 천둥소리가 들린다.]

레일라 너무 무섭지 않아?

래글런 그러게, 굉장하군. 두 분은 이래도 꼭 가야겠나요?

브랜던 물론이지. 런던 근처만 이럴 거야. 그리고 지금은 그리 심하지도 않은데 뭘. 비도 그쳤잖아. 자, 집에 갈 생각이라면 지금 출발하는 게 좋을 거야.

레일라 그래, 그럴 거 같아.

래글런 그래, 맞아.

로프

루퍼트 그것 역시 참 희한한 우연이고 말이야.

레일라 아, 제발 그만하세요!

[전화벨 소리가 들린다.]

브랜던 아하⋯⋯. [전화를 받으러 가서 자리에 앉는다.] 여보세요⋯⋯. 여보세요, 여보세요⋯⋯. 네⋯⋯. 메이페어 X143²⁷입니다. 여보세요⋯⋯. 네⋯⋯.

[모두 귀를 기울인다.]

[다시 천둥소리가 울린다.]

브랜던 여보세요⋯⋯. 죄송합니다. 잘 들리지 않네요. 여기 천둥소리가 요란해서 그런가 봅니다. 뭐라고요? 누구요? 누구? 아⋯⋯! 네, 네. 물론이죠. 잠시만 기다려 주시겠습니까? 제가 가서 모셔 오겠습니다. 잠시만 기다려 주세요. [일어선다.] 존스턴 경⋯⋯.

[브랜던이 거실에서 나간다.]

[잠시 정적이 흐르고, 래글런이 레일라를 바라보며 빙긋이 웃는다. 레일라도 미소를 지어 보이고, 벽난로로 다가가서 불꽃을 들여다본다. 루퍼트는 벌떡 일어나서 서빙 테이블로 가더니 독한 술을 따라 단

---

27   20세기 초에 런던에서 사용되던 전화 교환 코드.

숨에 들이켠다. 그리고 다시 한 잔을 따라서 또다시 들이켠다. 처음으로 불안해 보인다. 잠시 후, 무대 중앙으로 나와서 궤짝 위에 걸터앉는다. 옆방에서 대화 소리가 들리더니 복도로 이어지고, 존스턴 경과 브랜던이 거실로 들어온다. 책을 둘러보는 일이 즐거웠는지 존스턴 경은 무척 만족스러운 표정이다. 대화를 마무리하고 전화기로 가서 수화기를 집어 든다.]

존스턴 경 여보세요⋯⋯. 여보세요⋯⋯. 여보세요⋯⋯. [방안에 있는 사람을 둘러보며] 아무도 없는데⋯⋯. 아, 여보세요. 누구신가요⋯⋯? 아, 그래. 당신이오? 아, 그래?

[모두 숨죽이고 조용히 듣고 있다.]

존스턴 경 그래⋯⋯. 그래⋯⋯. 아니, 아니오. 여기 오지 않았어. 그래, 그렇다니까.

[그라닐로와 데번햄 부인이 들어온다. 뭔가를 얘기하면서 들어오던 그라닐로는 거실이 조용하다는 사실을 깨닫고 자기도 입을 다문다. 존스턴 경이 돌아서서 좌중을 둘러본다. 그러고는 수화기 너머로 귀를 기울이다가, 다시 돌아선다.]

존스턴 경 그래, 그래. 그렇지. 맞아요, 여보⋯⋯. 뭐라고? 아, 아니야. 곧 오겠지. 곧 올 거요. 집에 오다가 중간에⋯⋯. 뭐라고? 아, 그래, 여보. 음, 나도 곧 갈 거요. 집으로 곧장 갈 거 같아. 뭐라고? 그래, 당신 말이 맞소. 그렇지⋯⋯. 그럼, 이만 끊겠소. [수화기를 내려놓고 수심에 잠긴다. 그 모습이 그를 한층 나이 들고, 외로워 보이게 한다. 잠시 침묵이 이어진다.] 로널드가 아직 돌아오지 않았다는군.

루퍼트 아직 안 돌아왔다고요?

존스턴 경 [루퍼트를 돌아보고는 이내 정면을 응시하며] 그렇다네.

그라닐로 폭풍우 때문에 늦어지는 걸 거예요.

존스턴 경 그렇지. 그런 게 틀림없어.

루퍼트 [긴장감을 주는 어조로] 콜리시엄에 갔다고 하지 않았습니까?

존스턴 경 그렇지요.

루퍼트 오늘은 전화 연결 상태가 영 엉망이군요.

브랜던 이쯤엔 돌아왔어야 하는 거 아닌가요, 존스턴 경?

존스턴 경 그렇지. 차 마실 시간에 맞춰 돌아온다고 했다더군. 아내는 매사 조금이라도 예정대로 되지 않으면 몹시 걱정하는 성격이라서 말이야.

브랜던 댁에 도착하실 무렵이면 돌아올 겁니다.

존스턴 경 그래……. 그렇겠지. 그때쯤엔 돌아올 거야. [한층 밝은 목소리로] 자, 이제 슬슬 가야겠네. 내가 모자와 외투를 어디에다 두었지? 오―. 아래층에 있겠군.

브랜던 네. 제가 가서 가져오겠습니다.

[브랜던이 방 바깥으로 나간다. 그라닐로는 또다시 술잔을 기울인다.]

레일라 [존스턴 경에게] 책 꾸러미는 가져가실 수 있게끔 준비해 두었습니다. [책 꾸러미를 존스턴 경에게 보여 준다.]

존스턴 경 오 ─ . 정말 친절하군요. 정말 고마워요. 포장을 아주 잘했군요.

레일라 나쁘지 않지요?

존스턴 경 물론 나쁘지 않아요. 훌륭해요. [힘없는 목소리로] 들고 가기에도 아주 편하겠고……

[브랜던이 존스턴 경의 모자와 외투를 들고 들어온다.]

브랜던 여기 있습니다, 존스턴 경. 이제 비가 그쳤어요. [외투 입는 것을 도우며] 그래도 택시를 부르는 게 좋겠지요?

존스턴 경 그래, 택시가 좋겠군. 서둘러 집에 가야 할 거 같으니 말이야. 그 애가 어딜 갔는지 모르겠군……. 고맙네. 돌아오겠다는 시간을 어겨 본 적이 없는 아이인데.

브랜던 무척 효자인가 보네요, 존스턴 경.

존스턴 경 그렇다네, 효자야. 자, 오늘 멋진 저녁 시간에 초대해 줘서 고맙네. 책 구경도 좋았지만, 좋은 사람들과 어울릴 수 있어서 더욱 즐거웠어. [미소를 지으며] 자, 그러면, [레일라를 향해] 잘 가요.

레일라 안녕히 가세요, 존스턴 경.

존스턴 경 [래글런에게] 잘 가게.

래글런 안녕히 가십시오, 존스턴 경.

존스턴 경 잘 가시오, 카델 씨.

루퍼트 안녕히 가십시오, 존스턴 경.

[존스턴 경이 그라닐로를 돌아본다. 그라닐로는 술을 또 한 잔 마시는 중이다.]

로프

존스턴 경 [문으로 향하며] 이 책들을 받아 가는 대신, 나도 자네에게 뭔가 주고 싶네만.

브랜던 안 그러셔도 됩니다, 존스턴 경.

존스턴 경 그래도 답례해야지. 기대하게. 이른바, 오는 게 있으면 가는 게 있어야 하지 않겠나. 당연하지······.

브랜던 이러다 정작 책은 두고 가시겠습니다, 존스턴 경.

[레일라가 책 꾸러미를 들고 와서, 조용하고 공손하게 존스턴 경의 손에 들려 준다.]

존스턴 경 아, 고마워요. 이러면 안 되는데 말이오. 늘 이런다니까. 점점 늙어 가는 거지. 그게 문제야.

[존스턴 경은 다소 얼떨떨한 모습으로 떠나고, 브랜던이 그 뒤를 따른다. 데번햄 부인은 작별 인사를 대신해서 미소 띤 얼굴로 모두를 둘러본다. 다른 일행도 미소 지으며 나직한 목소리로 "안녕히 가세요." 라고 인사한다. 데번햄 부인이 나가고, 그라닐로가 뒤따른다.]

레일라 [하품하며] 아, 이제 나도 가야겠어.

래글런 어느 방향으로 가는데?

[루퍼트는 창가에 서서 바깥을 내다보고 있다.]

레일라 어―. 사우스 켄싱턴 쪽이야.

래글런 아, 그러면 나랑 같이 택시 탈까? 근처에 내려 줄게.

루퍼트 [무대 가운데로 나서며] 래글런은 어디 사는데?

래글런 저요? 어━. 저는 햄스테드에 살아요.

루퍼트 오, 그렇군. 그러면 레일라를 내려 주기에 딱 좋은 방향이잖아.

레일라 그만 놀리세요.

루퍼트 미안, 미안. 용서해 줘. 나는 늘 사랑의 젊은 꿈을 의심하는 버릇이 있어서 말이야. ['꿈'이라는 단어를 말할 때, 지팡이로 궤짝을 세게 내려친다.] 그것이 존재하지 않을 때도.

[브랜던과 그라닐로가 들어온다. 그라닐로는 여전히 약간 비틀거린다.]

브랜던 자, 자.

레일라 이제 우리도 가야 할 거 같아요.

브랜던 조금 더 있으면서 한 잔 더 하지?

레일라 아니야. 일어나는 게 좋겠어. 오늘 무척 고마웠어요. 이제 가야겠다.

래글런 그래요, 저도 진심으로요.

루퍼트 나도 그렇네.

레일라 [브랜던을 향해, 그라닐로를 책망하는 눈빛으로 힐끗거리며] 오늘 굳이 가겠다면, 그라닐로는 운전하지 않는 편이 좋을 거 같아요.

그라닐로 무스뜨시야?[28]

브랜던 그렇게, 레일라, 걱정하지 마. 그라닐로, 부끄러운

---

28 Whadyoumean? 그라닐로가 만취해서 엉망으로 말하고 있다. 맞춤법에 어긋나도록 표기한 부분은 모두 혀 꼬부라진 소리를 나타낸 것이다.

줄 알아라.

레일라 운전은 절대 안 돼.

그라닐로 무스뜨시지? [애써 미소를 지어 보이려 한다.]

[래글런이 불안한 듯 어색한 표정을 짓는다.]

레일라 [집을 나서려는 듯] 자, 그럼?

브랜던 그래, 그럼.

래글런 갈까?

[세 사람이 나가고, 루퍼트가 그 뒤를 따르다가 문턱에서 멈춰 선다.]

루퍼트 잘 있게, 그라닐로.

그라닐로 [또다시 서빙 테이블로 향하다가, 루퍼트의 인사에 깜짝 놀라서 돌아선다.] 잘 가요, 루퍼트.

[루퍼트가 나가고, 그라닐로는 술을 한 모금 더 마시더니 괴로운 표정으로 멍하게 정면을 응시한다. 그러다가 비틀거리며 무대 중앙으로 나와서 의자에 앉는다. 술잔을 거칠게 탁자에 내려놓고, 두 손으로 머리를 감싼다. 그때 브랜던이 들어와서 문턱에 선다. 입가에 만족스러운 미소가 어린다. 창가로 가서 커튼을 내리고, 서빙 테이블로 가서 술을 따른다.]

브랜던 어때?

그라닐로 [손으로 머리를 감싼 채] 어떤데?

브랜던 [술을 음미하듯 홀짝이며] 다 잘됐어.

[궤짝으로 다가가서 한 발을 그 위에 올려놓는다.]

그라닐로 정말 아찔했어! 그가 눈치챈 줄 알았다고.

브랜던 누구? 루퍼트 말이야?

그라닐로 그래.

브랜던 나도 잠시 그런 줄 알았어. 뭐, 그 덕분에 오늘 밤 짜릿했잖아. 여하튼 눈치챈 건 아니었어.

그라닐로 확실해?

브랜던 확실해. [잠시 말을 끊고 술을 한 모금 마신다.] 문득문 득 그가 눈치채 줬으면 하는 마음도 있었어. 루퍼트는 정말 특이한 인물이라는 말이야. 그가 우리 계획에 동참했더라면, [생각에 잠기듯] 너처럼 술에 취하지는 않았을 테지, 그라닐로.

그라닐로 [두 손에 파묻고 있던 얼굴을 들더니] 나 취하지 않았 어. 약간 알딸딸할 뿐이라고. [자세를 가다듬는다.] 어! 뭐지?

브랜던 뭐가 말이야?

그라닐로 무슨 소리가 들린 거 같은데.

브랜던 정신 차려, 그라닐로.

그라닐로 초인종 소리가 난 거 같아. [둘 다 잠시 숨을 죽이고 귀를 기울인다.]

[초인종 소리가 들린다.]

맞잖아! 초인종 소리였어!

브랜던 [차분하게 잔을 비운다.] 좋아. [입속에 든 술을 꿀꺽 삼키 고] 그래서 뭐? [신중하게 잔을 비운다.] 내려가 볼게. [잔을 내려 놓고 방을 나간다.]

[긴 정적이 흐르고, 그라닐로는 멍하게 정면만을 응시하고 있다. 아래층에서 말소리가 들리고, 브랜던이 황급히 계단을 뛰어 올라오더니 벽난로 선반으로 향한다. 당황한 기색이 역력하다.]

브랜던 루퍼트야. 담배를 두고 갔을 거야. 혹시 봤어?
그라닐로 아니.
브랜던 [먼저 탁자 위를, 그다음에 궤짝 위를, 또 다른 탁자 위를 차례로 살핀다.] 여기 어디 있을 텐데.

[외투 차림에, 모자를 손에 든 루퍼트가 문간에 들어선다. 처음에 두 사람은 그가 집 안에 들어왔음을 알아차리지 못하고 있다가, 잠시 후 브랜던이 그를 발견한다.]

브랜던 아, 루퍼트, 올라왔어요?
루퍼트 응……. [천천히 외투를 벗어서 모자와 함께 소파에 걸쳐 놓고, 무대 중앙으로 들어온다.]

[브랜던과 그라닐로가 긴장한 눈빛으로 그의 기색을 살핀다.]

술 한 잔 더 얻어먹을 수 있을까 해서. [의자에 앉는다.]

막이 내린다.

3막

무대 전경은 2막과 같다. 시간도 흐르지 않았다.

브랜던 잘 왔어요, 루퍼트. [서빙 테이블로 간다.]

루퍼트 [침착한 동작으로 바지 뒷주머니에서 담뱃갑을 꺼내 든다.] 실례한 건 아니길 바라네.

브랜던 [서빙 테이블에서] 무슨 실례요? [루퍼트를 돌아보며] 아! 별소리를! [소다수 사이펀을 앞에 두고] 한 방만 넣을까요, 루퍼트?

루퍼트 그래. 길게 한 방 넣어 주게. [담뱃갑에서 담배를 꺼내 불을 붙인 다음, 궤짝에 앉아 있는 브랜던에게 다가가서 위스키 잔을 받아 든다.] 아! 정말 말할 수 없이 피곤하군!

브랜던 뭐가요?

루퍼트 산다는 게 말이야. 산다는 것. 이게 출구가 되어 줄 수 있을까? [위스키 잔을 들여다보며] 언젠가 오마르주의[29]를 시

---

29 페르시아의 수학자 오마르 하이얌(Omar Khyyam, 1048~1131)이 추구한 인생

도해 봐야겠어.

"위대한 마흐무드, 승리의 군주여,
영혼을 괴롭히는 모든 미신과
검은 공포의 무리를
마법의 검으로 흩뿌리고 베어 버리소서."

그라닐로도 나와 같은 생각인 것 같은데.

브랜던 맞아요. 하지만 그라닐로는 이제 그만 마실 거예요.

루퍼트 그라닐로는 오늘 상태가 많이 안 좋아 보이는군. 줄곧 조용히 취해 있는 걸 보니.

그라닐로 [일어나서 벽난로 위 선반에 있는 담배를 가지러 가며] 아—. 나, 괜찮아요. [담배에 불을 붙이고 다시 자리로 돌아온다. 이 제 제법 똑바로 걷는다.]

루퍼트 그런데 말이야, 실내등을 이렇게까지 환하게 밝혀 놓아야 하나?

그라닐로 밝은 게 어때서요?

루퍼트 흠, 나쁠 건 없지만, 나는 은은한 조명을 좋아하는 편이라서. 저기 갓이 멋진 램프가 있는데, 저걸 켜면 어떻겠나?

브랜던 [일어나서 램프로 다가가며] 그러죠. 좋아요. [램프를 켜고, 문 옆의 실내등 스위치를 끄러 간다.] 하지만 너무 편안하게 자리 잡지는 마세요. 우리는 머지않아 출발해야 하거든요. [실내등을 끄자, 탁자 위의 램프만이 무대를 밝히고 있다.]

루퍼트 오—. 훨씬 낫군. [다리를 꼬고, 의자 깊숙이 뒤로 파고

관으로, 불확실하고 고통스러운 세상을 살아가는 방편으로서 쾌락에 탐닉한다.

든다.] 훨씬 좋아. 오늘 좀 울적했거든. 아, 지금 몇 시지?

브랜던 [시계를 보며] 11시 이십오 분 전이네요.

루퍼트 11시 이십오 분 전이라. 자네들은 내가 빨리 돌아갔으면 하겠군. 그렇지 않아?

브랜던 그렇지는 않아요, 루퍼트.

루퍼트 나도 아니길 바라네. 마음이 너무 울적해서 집에 가고 싶지 않거든. 제발 봐주게. 오늘 밤은 좀 이상해.

브랜던 이상하다니, 왜요?

그라닐로 [브랜던의 말에 이어서] 왜 이상한데요?

루퍼트 뭐라고 딱 집어 표현할 수는 없어. 난 이게 문제라네. 천둥 때문인 것 같기도 하고, 또 다른 것들 때문인지도……. [술을 한 모금 마신다.] 천둥이 치면 늘 기분이 별로긴 해. 하기야 매번 이 시간쯤이면 울적해지곤 한다네. 11시 이십오 분 전. 참 묘한 시간이야……. 자네, 골드스미스의 『밤의 서정』,[30] 읽어 봤나?

브랜던 아니요. 읽은 기억이 없군요.

루퍼트 안 읽어 봤다고? 한번 읽어 보게. 도시의 밤에 관한 이야기야. 조만간 그 작품을 현시대에 맞게 다시 써 봐야겠어. 그리고 그때, 밤의 시간을 11시 이십오 분 전으로 해야겠네. 아주 멋진 시간 아닌가. 특히나 그 시간엔 사람을 감성적으로 만드는 뭔가가 있어.

브랜던 뭐가 그렇게 멋진데요?

---

30 아일랜드의 작가. 올리버 골드스미스(Oliver Goldsmith, 1730~1774)의 *A City Night Piece*를 가리키는 것으로 보인다. 번잡하고 덧없는 도시의 밤 풍경을 묘사하며 인생의 무상함을 이야기한다.

루퍼트 왜냐하면 이 시간이야말로 런던이 '왜?'라는 질문을 던지기 시작하는 시간 같거든. 모든 것의 의미를 알고 싶어 하고, 생활의 단조로움과 쾌락의 어리석음이 똑같이 투명해지는 시간이라는 말일세. 직장을 잃은 하녀들과 슬럼가의 타락한 미녀들이 돈벌이를 위해 거리를 헤매는 시간이기도 하고 말이야. 또 광고판이 번쩍이고, 택시와 버스가 뒤엉킨 교통 체증의 시간이지. 그리고 공연장에 몰린 런던의 관객들이, 연극의 뻔한 결말을 보기 위해 어둠 속에 자리를 잡는 시간이라네. 막이 내리면 애국가가 울려 퍼지고, 그들은 추운 데다 비까지 내릴지도 모르는 밤거리로 쏟아져 나오겠지. 그러고는 택시를 잡느라 아우성치거나 기차역으로 걸음을 재촉할 거야. 어떻게든 집으로 돌아가서 식은 저녁을 먹고, 오늘과 똑같은 내일을 맞이할 준비를 해야 할 테니까. 그런가 하면, 아직 조금 더 험한 꼴을 봐야 하는 이들도 있다네. 나이트클럽과 카바레는 여태 문을 열지 않았지만, 곧 영업을 시작할 테고……. 아무튼 이러한 생각들이 꼬리에 꼬리를 물고 끝없이 이어질 때도 있다네. 11시 이십오 분 전. 지독한 시간이야. 섬뜩한 시간이지. 쾌락이 끝나는 시간일 뿐 아니라, 쾌락 자체가 무의미하다는 사실을 깨닫게 되는 순간이기 때문이야. 자, 내게는 지금 이 시간이 그러하다네. 게다가 오늘 밤엔 천둥까지 치지 않았나. 11시 이십오 분 전에…….

브랜던 맞아요, 루퍼트. 그런데 하고 싶은 말을 다 하고 나면 11시쯤 되겠군요. 그러니까 한마디로, 속세의 삶에선 아무런 의미나 목표를 찾을 수 없다는 뜻인가요?

루퍼트 내 경우엔 그렇다네. 혹시 자네는 찾았나?

브랜던 저요? 그럼요. 저는 세상사에 흥미를 느끼거든요.

왜 세상사에 관심을 안 두는 거죠? 탐험이나 크리켓 경기 같은 데에 재미를 붙이고 사랑에 빠져 보세요. 아니면 골프, 금융 활동, 강의 같은 거라도 시도해 보면 어떨까요?

루퍼트 아니면, 자네가 오늘 밤 제안했듯이 살인을 저질러 보거나.

[잠시 침묵이 흐른다.]

브랜던 지금 말씀하셨듯이 살인도 있겠네요.

[브랜던이 술잔을 비우고 나서, 다시 실내등 스위치을 켠다.]

자, 루퍼트, 등 떠밀어 보내고 싶지는 않지만……

루퍼트 아니, 정말로 그러려고 하는 건 아니겠지? 지금 이같은 내 기분을 망치려는 건가?

브랜던 아뇨. 루퍼트의 기분을 망치고 싶지는 않아요. 하지만 저희는 곧 출발해야 해요. 그 전에 짐도 싸야 하고, 이것저것 해야 할 일들이 많거든요.

루퍼트 오, 제발, 내 기분을 망치지 말아 주게. 지금처럼 쭉 이어지면 오늘 밤엔 뭔가를 쓸 수 있을지도 몰라. 너무 야박하게 굴지 말라고. 자, 술 한 잔 더 줄 수 있겠나?

브랜던 [루퍼트에게 다가와서 그의 술잔을 가져간다.] 물론이죠, 루퍼트. 서두르실 필요는 없어요. 다만 그라닐로와 제가 짐 싸는 모습을 지켜보면서 시상을 얻기는 힘들 거 같다는 말이었어요.

루퍼트 아니, 시상이 떠오를 거 같네. 여기 좀 더 머물면서,

자네들이 짐 싸는 모습을 좀 구경하면 안 되겠나?

　　브랜던 [술이 담긴 잔을 가져다주며] 글쎄요―. 생각해 보자고요. 그런데 루퍼트, 오늘 밤에 좀 취하신 거 같은데요?

　　루퍼트 그거야 당연하지. [술을 몇 모금 마신다.] 그럼, 이렇게 하세. 나는 여기 좀 더 있다가, 자네들이 떠나는 걸 보고 가겠게.

　　[그라닐로가 자리에서 벌떡 일어나 서빙 테이블로 가더니, 술을 그득히 따른다. 브랜던이 그라닐로에게 다가간다.]

　　브랜던 이제 그만하지, 그라닐로.

　　그라닐로 네 일에나 신경 써.

　　브랜던 그만해, 그라닐로, 이미 많이 마셨어.

　　그라닐로 [술잔을 서빙 테이블 위에 거세게 내려놓으며 큰 소리로] 네 일에나 신경 쓰라고! [무대 중앙으로 나온다.]

　　브랜던 [다시 무대 중앙으로 온다.] 좋아, 마음대로 해. [밝은 어조로] 루퍼트, 여기 더 있다가 우리가 떠나는 걸 보시겠다고요? 좋죠. 마저 마시고, 기분 내키는 대로 하세요. 하지만 지금 상태로는 그라닐로와 오늘 밤에 출발하기는 쉽지 않을 거 같네요.

　　그라닐로 나는 전혀 안 취했어. 루퍼트는 왜 계속 여기서 우리 가는 걸 보겠다는 거지? 그 이유가 궁금하군. 왜 우리가 가는 걸 굳이 보겠다고 하시나요?

　　브랜던 그라닐로, 루퍼트는 말이야, 우리가 가는 걸 보겠다고 계속 기다리겠다는 게 아니라고. 그리고 네가 무슨 말을 하는지 모르겠어. 오늘 밤엔 너와 아무 일도 못 할 것 같군. 이제 좀 지치는 거 같아. 루퍼트, 잔을 비우세요. 그라닐로는 내게 맡겨 두시고요.

루퍼트 [잠시 말을 못 잇고 브랜던을 바라본다.] 그럼, 이제 나더러 가라는 말인가?

[긴 침묵이 흐르고, 루퍼트와 그라닐로가 동시에 브랜던을 본다.]

브랜던 [조용하고 확신에 찬 목소리로] 루퍼트, 그게 무슨 말이에요? 가게 한다뇨?

루퍼트 아, 아닐세. 그저 잠깐, 자네도 내가 가 주기를 바라는 줄 알았네. 그뿐이야.

브랜던 전혀 아니에요. 싱거운 대화에 싫증이 나서, 그라닐로와 조용히 시간을 좀 가져야 할 것 같아서요. 가시라는 뜻은 아니었어요.

루퍼트 그런가?

브랜던 그럼요, 아니에요.

루퍼트 그럼 됐어. 좀 더 있겠네. 술 한 잔 더 주겠나? [잔을 내민다.]

그라닐로 내가 그랬잖아! 내가 그랬지……

브랜던 [입가에 미소를 띠며] 오늘은 정말 기분이 야릇하신가 보네요, 루퍼트. [술잔을 받아서 서빙 테이블로 간다.]

루퍼트 아니야. 야릇하기보다는, 뭔가 영감을 받은 것 같아. 사람에겐 영감이라는 게 있지 않은가. 오늘 밤엔 정말이지, 아주 특별한 영감을 받은 것 같다네.

브랜던 오―. 어떤 영감인데요?

루퍼트 아―. 나중에 말해 주겠네.

[그라닐로가 일어나서 창가로 간다. 루퍼트가 도중에 그를 멈춰 세운다.]

자네 혹시 핀 같은 거 가지고 있나, 그라닐로?
그라닐로 뭘 가지고 있느냐고요?
루퍼트 핀 말이야.
그라닐로 [재킷의 깃을 더듬는다.] 여기 있네요. [핀을 건넨다.]
루퍼트 고맙네. [핀을 받아서 자기 재킷 깃에 꽂는다.]

[브랜던이 루퍼트에게 술을 가져다준다.]

아―. 고맙네. [한 모금 마시고] 오래 있지는 않을 거야.
브랜던 서두르실 건 없어요. [시계를 힐끗 쳐다보고는, 서빙 테이블로 가서 술병과 술잔을 캐비닛 안에 정리해 넣기 시작한다.] 11시 십오 분 전이군요. [하품을 하며] 오늘 밤엔 운전하고 싶지 않네요.
루퍼트 그럴 거야. 오늘 밤엔 좀 묘한 기운이 감돈다니까. [조끼 주머니에서 콜리시엄 티켓을 꺼내더니, 그라닐로가 준 핀으로 차분하고도 조심스럽게 자기 옷깃에 꽂는다.] 존스턴 경이 나갈 때 봤나? [마치 꽃을 쓰다듬듯이 티켓을 만지작거린다.]
브랜던 [술병을 치우며 아무렇지 않은 듯] 아니요. 왜요?
루퍼트 기분이 좀 가라앉은 듯 보이더군. [술잔을 비우며] 쓸쓸해 보이기도 하고. 그래, 아무튼, 이제 가 봐야겠네.

[루퍼트가 일어난다. 그라닐로는 창가에 있고, 브랜던은 서빙 테이블 앞에 있다. 두 사람 다 루퍼트를 보지 않는다. 루퍼트가 망설이다

가 천천히 창가에 있는 그라닐로에게 다가간다. 그러고는 창문을 열고
몸을 기울여 바깥을 내다본다.]

루퍼트 바깥 날씨는 좀 어떤가?
그라닐로 좀 나아졌어요.

[루퍼트는 창가에 그대로 남아 있고, 그라닐로는 궤짝이 있는 데
로 온다. 그라닐로가 브랜던을 보자, 브랜던도 그를 쳐다본다. 안심한
눈빛을 교환하고, 그라닐로는 두 손을 주머니에 꽂은 채 약간 비틀거
리며 궤짝 위에 걸터앉는다. 그때까지 창밖을 내다보던 루퍼트가 갑자
기 창문을 닫고 돌아서더니, 창턱에 기대서서 두 사람을 바라본다. 두
사람은 여전히 루퍼트를 의식하지 않는다. 루퍼트는 지팡이를 짚고 절
뚝이며 무대 중앙으로 나온다. 그러고는 궤짝 위에 지팡이를 올려놓고,
두 손으로 얼굴을 감싼 채 생각에 잠긴다.]

루퍼트 자, 나는 이제 돌아가서 자야겠네.
브랜던 [마지막 술병을 집어넣은 뒤, 루퍼트가 있는 쪽으로 몇 걸
음 다가온다.] 루퍼트, 오늘 이렇게 와 주시고……. 여러모로 고
마워요.
루퍼트 [같은 자세로 고개를 끄덕이며] 내가 즐거웠지. 자네
덕분에 좋은 시간을 보냈네. 진심이야.

[루퍼트가 지팡이를 내리고 똑바로 선다. 그 순간, 그라닐로는 술
이 완전히 깬 듯, 겁에 질린 눈동자로 루퍼트를 바라본다.]

루퍼트 참 재미있는 저녁이었어.

로프   213

브랜던 어ㅡ. 여기, 옷깃에 꽂혀 있는 건 뭐예요?

[루퍼트가 먼저 브랜던을 힐끗 쳐다보고는, 그대로 미동도 하지 않은 채 그라닐로를 바라본다.]

그라닐로 [느리지만 긴장된 어조로] 루퍼트가 알았어. [고개를 끄덕이며] 루퍼트가 알았다고.

브랜던 조용히 해, 그라닐로.

그라닐로 [신경이 극도로 예민해졌는지 브랜던의 말에 귀 기울이지 않는다.] 맞아, 루퍼트가 다 알고 있다고. 으아아악! [고막을 찢는 비명을 지르며 궤짝을 두드리기 시작한다.] 루퍼트가 알았어! 알아 버렸다고!

브랜던 [그라닐로를 잡고 흔들며 더 크게 소리를 지른다.] 입 닥쳐! 제발 그 지저분한 입 좀 닥치라고!

그라닐로 [신음을 내며 궤짝에 기대서 비틀거린다.] 오, 오ㅡ. [신음은 길게 떨리는 흐느낌으로 이어진다.]

[루퍼트가 절뚝거리며 무대 오른편으로 나온다.]

브랜던 [화를 억누르며] 조용히 해! 수선 피우지 말라고! [루퍼트에게 다가온다.] 루퍼트.

루퍼트 그래.

[그라닐로는 궤짝 옆에 주저앉은 채, 숨을 헐떡이며 훌쩍이고 있다.]

브랜던 루퍼트, 이건 당신과 상관없는 일이에요. 그라닐로와 내 문제니까. 그러니 우리끼리 해결할 수 있게, 그만 가 주겠어요?

루퍼트 [지팡이를 내려다보며] 자네들의 문제를 내게 말해 줄 수는 없겠나, 브랜던? 내가 도와줄 수도 있잖아.

브랜던 아니요. 아무 얘기도 하지 않을 겁니다. [문으로 향하며] 가 줘요. 당신과는 상관없는 일이에요.

루퍼트 [여전히 지팡이를 내려다보며] 그래, 브랜던. 나와는 상관없는 일인지도 모르지. 하지만 공공질서엔 관계된 일일 수도 있지 않나. 그리고 지금 여기서는, 내가 대중을 대표하는 유일한 존재야. 그러니 내게 말해 주겠나?

[브랜던이 위협적인 기세로 다가선다. 루퍼트 역시 그를 향해 다가서자, 브랜던이 흠칫 놀란다.]

브랜던 그만 갈 건가, 아니면 남아 있을 건가?

[두 사람이 서로의 눈을 노려본다. 그라닐로는 길고 느리게 신음한다. 잠시 정적이 흐른다.]

루퍼트 아니, 브랜던. 난 가지 않아. 자네도 보다시피, 지금 내가 좀 난처한 상황이어서 말이야.

브랜던 [한층 악의적인 어조로] 아니, 그보다 좀 더 긴박한 상황 같은데.

루퍼트 [서 있는 자리에서 꼼짝도 않고 가볍게 숨을 몰아쉬며] 오―. 그게 어떤 상황인데?

브랜던 아주 위험한 상황.

로프

[브랜던이 돌연 앞으로 다가서자, 루퍼트는 뒤로 물러서며 지팡이를 들어 방어 자세를 취한다. 브랜던이 힘들이지 않고 지팡이를 잡아채더니 수평으로 내린다. 두 사람은 지팡이를 움켜쥔 채 서로를 노려본다.]

브랜던 몹시 위험한 상황이라고 할 수 있겠지.
루퍼트 [잠시 생각하다가] 브랜던, 나는 절름발이야. 방어 능력이 없는 사람이라고.
브랜던 그렇지.
루퍼트 하지만 내게는 선견지명이라는 게 있다네.
브랜던 선견지명?

[그 순간 강철이 번뜩이며, 지팡이에서 칼이 뽑혀 나온다. 지팡이 검이었던 것이다. 이제 브랜던의 손에 들린 것은 빈 칼집에 불과하다.]

루퍼트 하지만 이건, 선견지명에 대한 보상인 동시에 부담이기도 하지. [브랜던을 향해 칼을 겨냥한 채 옆으로 빠르게 절뚝거리며 걸어간다. 그러고는 무대 뒤쪽으로 이동한다.] 그런데 난 좀 더 유용한, 또 하나의 작은 무기를 가지고 있다네. [호주머니에서 작은 은빛 호루라기를 꺼내 보인다.]
브랜던 그건 뭐지?
루퍼트 이거? [높이 들어 보인다.] 호루라기라네. 경찰관이 내게 주더군.

[브랜던이 재빨리 루퍼트에게 다가간다. 루퍼트가 방어 자세를 취하자, 브랜던은 잠시 멈칫한다. 그러더니 서빙 테이블로 가서 술 한 잔

을 따른다.]

브랜던 [한층 차분해진 어조로] 오! 경찰관이 언제 그걸 줬지?

루퍼트 이십 분 전, 내가 담뱃갑을 찾으러 이곳에 다시 오기 전에 받았다네. 그리고 지금은 저쪽 모퉁이에서 내가 이걸 사용할 때만을 기다리고 있지. 내가 이걸 사용하느냐, 마느냐는 자네에게 달렸어.

브랜던 내가 어떻게 하기를 바라지, 루퍼트?

루퍼트 내가 원하는 건 두 가지야. 두 개의 진실. 이 티켓에 관한 진실, [티켓을 찢어 버린다.] 그리고 저 궤짝에 관한 진실. 아니, 그 안에 들어 있는 것에 관한 진실이라고 해야겠군.

브랜던 두 가지 다 말해 줄 수 있어. 티켓에 대해선 전혀 아는 바가 없어. 그리고 궤짝에 관한 진실이라니? 도대체 무슨 말인지 모르겠군.

루퍼트 어느 쪽도 만족스러운 답은 아니군.

브랜던 [루퍼트에게 조금 더 다가서며] 루퍼트, 오늘은 인사불성으로 취한 것 같으니 그만 돌아가는 게 좋겠어.

루퍼트 내가 좀 취하기는 했지, 하지만 인사불성은 아니야. 그리고 난 돌아가지 않아.

브랜던 도대체 왜 이러는 거지? 그 쓸데없는 의심은 다 뭐고?

루퍼트 쓸데없는 의심은 아니지, 브랜던. 확실한 근거가 있으니까. 우선 내가 9시 십오 분 전, 이 집에 전화했을 때, 수화기 너머로 [그라닐로를 가리키며] 저기 있는 자네 친구가 불을 끄라고 절규하는 소리를 들었다네. 바로 그때부터 의심이 들기 시작했지. 그리고 그 의심은 자꾸 불어났어.

브랜던 자꾸 불어났다고! 자꾸 불어났다니! 무슨 뜻이야? 뭘 의심하는데?

루퍼트 살인을 의심하고 있네, 브랜던. 자네가 로널드 켄틀리를 살해했다는 혐의 말이야.

브랜던 루퍼트, 미친 거야?

루퍼트 그럴지도 모르지. 내가 미쳤다는 걸 자네가 증명할 수도 있겠군.

브랜던 뭘 의심한다고?

루퍼트 살인, 브랜던.

브랜던 [안도하는 척하며] 맙소사! 가여운 루퍼트! 당신의 그 말이 나를 안심하게 하는군. 정말 얼마나 한시름 놓았는지, 당신은 모를 거야. 잠시 당신이 진실을 꿰뚫어 본 줄 알고 놀랐잖아. 만약 그랬다면 제법 불편한 상황이 펼쳐졌을 테지. 하, 살인이라니! 세상에, 기가 차는군. [바닥에 주저앉아 있는 그라닐로를 향해] 들었나, 그라닐로. 루퍼트가 의심하고 있다잖아, 우리더러 살인을 저질렀다고 말이야! 살인! 대단하지 않아?

루퍼트 지금 나를 속이려는 건가?

브랜던 속인다고! 인사불성으로 만취한 사람을? 속인다고? 어디, 해볼 테면 해 보시지! 호루라기를 불어 보라고! 어서 호루라기를 불어서 경찰을 부르지그래! 불러 봐! 마음대로 해 보라고!

루퍼트 아—. 내가 정말 미쳤는지도 모르지. 하지만 이왕 내 마음대로 해 보라고 했으니, 저 궤짝 안을 살펴봐도 되겠나?

브랜던 궤짝 안을 본다고! 원한다면 5만 개의 궤짝을 열어 보일 수도 있어! 나가!

루퍼트 [매우 침착하게] 난 5만 개의 궤짝을 열어 보려는 게 아니라네, 브랜던. 바로 저 궤짝 안을 보겠다는 거지. 그런데 지금 나가 버리면 그럴 수가 없지 않은가.

브랜던 당신은 미치광이 술주정뱅이이야!

루퍼트 그래, 그렇다 치고, 저 궤짝 안을 보여 줄 수 없겠나?

브랜던 [소리친다.] 좋아!

[깊은 정적이 흐른다. 루퍼트가 무대 왼편으로 절뚝거리며 걸어가다가, 다소 의아한 눈빛으로 브랜던을 바라본다. 그러고는 창가로 가서 다시 한 번 같은 눈빛으로 브랜던을 본다. 다시 무대 중앙으로 나와서 잠시 생각한다.]

루퍼트 좋아, 그럼 보겠네.

[잠시 말없이 서로를 마주 본다. 브랜던은 제법 궤짝 가까이에 서 있다.]

브랜던 어서 열어 봐. 뭘 망설이지?

루퍼트 아무튼 자넨 여러모로 아주 영리해.

브랜던 당신에게도 똑같이 말해 줄 수 있으면 좋겠군, 어리석은 인간 같으니. [조금 더 다가선다.]

루퍼트 조금 떨어져 있어 주겠나? 저 의자에 가 있지그래? [지팡이 검으로 무대 오른편의 의자를 가리킨다.]

[브랜던은 루퍼트의 말대로 따른다. 루퍼트는 잠시 생각하다가 궤짝으로 다가간다. 그라닐로는 여전히 바닥에 주저앉아 있다. 루퍼트가

자물쇠를 살펴보고, 뚜껑을 들어 올리려 힘을 준다.]

잠겨 있군. 자물쇠가 채워져 있어. [궤짝 끝에 걸터앉는다.]

브랜던 그래서 뭐?

루퍼트 열쇠 어딨나?

브랜던 몰라. 내가 왜 알아야 하지? 2층에 있는지도 모르지.

루퍼트 2층?

브랜던 그래. 내가 가서 가져와야 하나?

루퍼트 [일어서며] 아니, 가지 말게. [서빙 테이블로 가서, 은제 호두까기를 집어 든다.] 내가 열 수 있어. [두 사람을 번갈아 쳐다보며 궤짝으로 향한다.] 내가 이렇게까지 해야겠나?

[브랜던은 응수하지 않는다.]

꼭 이렇게까지 해야 해?

브랜던 [갑자기 폭발적으로 소리친다.] 열쇠 여기 있어! 여기 있다고! [조끼 주머니에서 열쇠를 꺼내 바닥에 내던진다.] 자, 열어 봐. 그다음에 무슨 일이 벌어지든 그건 당신 몫이야!

루퍼트 고맙네.

[루퍼트가 열쇠를 집어서 자물쇠를 열기 시작한다. 브랜던이 달려들지만, 루퍼트가 조금 더 빠르게 반응한다. 루퍼트는 몸을 돌려 궤짝 위에 걸터앉은 채 브랜던의 가슴을 향해 칼을 겨눈다.]

브랜던 그 안을 보고 나면 후회할 거야, 루퍼트 카델! 후회하게 될 거라고.

루퍼트 그건 내가 감수하겠네. 다시 저 의자로 돌아가 주겠나?

[브랜던이 루퍼트의 말대로 따른다. 루퍼트는 다시 자물쇠를 여는 데 열중한다. 드디어 자물쇠가 풀리고, 루퍼트는 뚜껑을 열기 전에 잠시 멈춘 채 브랜던을 돌아본다. 그러고는 천천히 뚜껑을 열면서 안을 들여다본다. 긴 침묵이 이어지다가 돌연 궤짝 뚜껑이 쾅 하고 닫힌다. 루퍼트가 불편한 다리를 끌고, 있는 힘을 다해서 문을 향해 내닫는다. 궤짝 안의 광경을 보고 예상보다 더 큰 충격을 받았음이 분명하다. 그러다가 돌아서서 무대 중앙으로 향한다. 그러고는 완전히 압도당한 채 서 있다.]

루퍼트 오─. 너, 이 사악한 종자⋯⋯. [경멸과 공포로 얼룩진 입가를 손으로 쓸며] 더럽고 흉악한 인간⋯⋯. [몸을 떨며 울먹인다.]

브랜던 [목소리를 낮추어] 루퍼트, 좀 앉아, 할 말이 있어.

루퍼트 가여운 로널드 켄틀리를! 그 애가 너한테 무슨 잘못을 했기에? [조금 더 다가선다.]

브랜던 앉아, 루퍼트. 제발 앉으라고. 할 말이 있다잖아.

루퍼트 [정신을 가다듬으며] 앉으라고, 브랜던? 무슨 뜻이지?

브랜던 [일어선 채 언성을 높이며] 앉으라고! 앉아서 내 말을 좀 들으라잖아. 설명하겠다고!

루퍼트 설명?

브랜던 [약간 흔들리는 모습을 보인다.] 앉아, 제발 앉아! 이제 내 목숨은 당신 손에 달렸으니, 날 가엾게 여겨서라도 설명을 좀 들어 줘! 제발 자비로운 마음으로 내 설명을 듣고 나서, 나를 심판해 줘! 저기 앉아서 나를 심판해 달라고!

[루퍼트가 천천히 다가와서 왼쪽 의자에 앉는다.]

루퍼트 좋아, 설명해 보게.

[브랜던은 자리에 앉기 전에 창문가로 걸어갔다가, 무대 중앙으로 돌아와 앉는다. 그러고는 얼굴을 두 손에 파묻은 채 생각에 잠긴다.]

브랜던 루퍼트, 당신은 정신이 깨어 있는 사람이야, 그렇지?
루퍼트 그렇다고 자부하지.
브랜던 지금 당신은 나를 교수대로 보낼 수도 있어.
루퍼트 그런 것 같군.
브랜던 그리고 그라닐로도.
루퍼트 그라닐로도.
브랜던 루퍼트.
루퍼트 그래.
브랜던 오늘 저녁에, 올드 베일리와 정의에 관해 했던 말 기억해?
루퍼트 기억하지.
브랜던 그 둘의 차이에 대해 했던 얘기도 기억하지? 당신이 지적했잖아.
루퍼트 그랬지.
브랜던 좋아. 그걸 잊지 말아 줘. 당신은 우리를 정의의 손에 맡기는 게 아니야. 이제 다른 질문을 하나 하지. 당신은 도덕성을 중시하는 사람이 아니야, 그렇지?
루퍼트 맞네, 중시하지 않지.
브랜던 게다가 당신은 생명을 그다지 존중하지도 않잖아,

그렇지?

루퍼트 존중하는 편은 아니지.

브랜던 내 말 들어 봐, 루퍼트. 잘 들어야 해. 그래, 내가 이 일을 저질렀어, 나와 그라닐로가. 둘이 같이 했다고. 모험심 때문이었어. 모험과 위험을 경험하고 싶어서, 위험을 감수해 보고 싶어서 말이야. 당신 니체를 읽지, 루퍼트?

루퍼트 그래.

브랜던 그렇다면 그가 위험을 감수하며 살라고 가르쳤다는 사실도 잘 알 테지.

루퍼트 그래.

브랜던 그리고 니체 역시 당신만큼이나 개인의 생명을 하찮게 여긴다는 것도. 그러니 위험을 감수하며 살라고 가르쳤을 거야. 그래서 우리는 그렇게 살기로 했을 뿐이야. 실천을 한 거지. 다른 사람은 입으로만 떠들어 대는 걸 우리는 실행한 거라고, 이해하지?

루퍼트 계속 얘기해 봐.

브랜던 들어 봐, 루퍼트. 내 말을 잘 들어. 당신은 이해할 거야. 당신은 내 말을 이해할 수 있는 유일한 사람이니까. 설사 당신이 우리의 관점을 수용하지 않더라도, 당신은 우리를 경찰에 넘길 수 없어. 우리 두 사람의 목숨을 내놓는다 한들, 저 하나의 목숨을 되살릴 수는 없으니까. 단지 세 사람을 죽이는 것밖에 안 되는 일이지. 설마 그런 선택을 하지는 않겠지. 아, 다른 모든 걸 떠나서, 우리 목숨은 당신 손에 달려 있어. 당신 손에! 우리 생명을 당신 손에 맡기지. 당신은 우리를 죽이지 못해. 당신은 살인을 저지를 사람이 아니야. 만약 우리를 경찰에 넘긴다면, 그건 당신 손에 들린 칼로 우리를 베는 것과 다르지 않아. 당신은 살인자가 아니잖아, 루퍼트!

루퍼트 그럼, 자네는?

브랜던 우리도 살인자는 아니야. 암, 아니지! 루퍼트, 이 시대의 노예가 아니라고 말해 줘. 보르자 시대[31]였다면, 이런 일쯤은 아무것도 아니었을 거야. 제발 당신이, 사회적 관습에서 해방된 사람이라고 말해 줘. 루퍼트, 우리를 경찰에 넘기지 마. 그럴 수 없다는 걸 당신도 잘 알잖아. 그럴 수 없어. 당신은 그럴 수 없어! 그럴 수 없어…… [긴 침묵이 흐르고] 우리를 경찰에 넘길 건가?

[잠시 정적이 흐른다.]

루퍼트 그래, 알아들었네. 자네 말에도 일리가 있어. 세상은 기이하고, 어둡고, 이해할 수 없는 곳이니 말이야. 나 역시 이해하지 못하는 부분이 훨씬 더 많지. 그럼에도 늘 서투른 논리를 적용하려 들다 보니 이상한 길로 들어서게 돼. 이번 경우도 그런 거 같군. 자네는 내가 했던 말을 내 면전에 들이밀었고, 따라서 나는 내 말에 책임을 져야 하네. 앞으로 다시는 논리를 맹신하지 않을 거야. 자네는 내가 생명을 하찮게 여긴다고 말했어. 그래, 자네 말이 맞아. 나는 그런 인간이지. 그런데 거기엔 자네의 생명도 포함된다네. [자리에서 일어난다.]

브랜던 무슨 뜻이지?

루퍼트 [저녁 내내 자제력을 잃지 않고 침착하던 루퍼트가 갑자기

---

31 체사레 보르자(Cesare Borgia, 1475~1507)의 시대를 가리킨다. 니콜로 마키아벨리가 집필한 『군주론』의 모델로 유명하며, 범죄와 폭력의 미덕을 주장하기도 했다.

흥분감을 감추지 못하고 분노에 찬 목소리로 단호하고 명확하게 소리친다.] 무슨 뜻이냐고? 무슨 뜻이냐고? 자네들은 무고한 스무 살의 한 청년을 여기 데려와서 목 졸라 죽였어. 지금 저 궤짝엔, 불과 네 시간 전만 해도 생기 있게 웃고 뛰어다니며 삶을 즐기던 한 청년의 주검이 들어 있지. 자네들이 한 번도 웃어 본 적 없는 웃음을 짓고, 경험해 본 적 없는 활기를 구가하던 청년 말일세. 자기들의 잔인하고 교활한 쾌락을 위해 생명을 빼앗고 신성 모독의 죄를 저지른 주제에, 이제 와서 본인 생명은 그렇게 소중하던가. 자네들의 죄는 단순히 그것뿐만이 아니지. 그를 사랑하는 모두의 삶을 망쳐 버렸으니까. 자네들은 그의 아버지에게 죽음보다 더 쓰라린 고통을 안겨 주었어. 평온하게 삶을 마무리하리라 기대하며 여태껏 성실하고 열심히 살아온, 아무 죄 없는 노인에게 말이야. 오늘 이후로 그의 세상은 온통 암흑천지일 테지. 아마 짐작할 수조차 없을 정도로 뒤틀려 버릴 거야. 자네들이 저지른 짓이란 바로 이런 것일세. 심지어 오늘 그를 이 자리에 불러서 더럽고 악랄한 장난까지 쳤어. 참으로 비열하고 저속한 짓이야. 그러고도 너희 같은 자들이 흔히 주장하듯, 삶이라는 게 한낱 더러운 장난에 불과하다면, 이제 그 장난을 자네들 삶에 해 보는 건 어떻겠나?

브랜던 [안색이 창백해지면서 얼어붙은 듯 굳어 버린다.] 무슨 말을 하는 거야? 뭘 하려는 거지?

루퍼트 그건 내가 할 일이 아니야. 이 사회가 해야 할 일이지. 이 사회가 너희를 어떻게 할지, 나로서는 말해 줄 수 없어. 그건 사회의 몫이니까. 하지만 거의 정확한 단서 정도는 줄 수 있지. [궤짝으로 다가가서 뚜껑을 다시 덮으며] 자네들은 교수대로 보내질 거야! 이 인간 말종들! 너희 둘 다 교수형에 처해질 거

로프

225

라고! 교수형!

[루퍼트는 호루라기를 손에 든 채 절뚝거리며 창가로 달려간다. 그러고는 창문을 열어젖히고 몸을 바깥으로 기울인다. 루퍼트는 밤공기를 가르듯 날카로운 호루라기 소리를 세 차례 울린다.]

막이 내린다.

끝

옮긴이 이화여자대학교 영어영문학과를 졸업하고, 미국 뉴욕주립대학교에서
민지현 교육학 석사 학위를 받았다. 현재 뉴욕에 거주하면서, 번역 에이전시
엔터스 코리아의 번역가로 활동하고 있다. 옮긴 책으로 애니 짐머만의
『런던의 마음 치유 상담소』, 콜린 후버의 『베러티』, 크리스토퍼 엣지의
『앨비의 또 다른 세계를 찾아서』, 제임스 맥브라이드의 『어메이징
브루클린』, 버지니아 울프의 단편 소설을 엮은 『블루&그린』 등 다수가
있다.

가스등 1판 1쇄 찍음 2025년 5월 23일
1판 1쇄 펴냄 2025년 5월 30일

지은이 패트릭 해밀턴
옮긴이 민지현
발행인 박근섭, 박상준
펴낸곳 (주)민음사

출판등록 1966. 5. 19. 제16-490호
서울시 강남구 도산대로 1길 62(신사동)
강남출판문화센터 5층 06027
대표전화 02-515-2000 팩시밀리 02-515-2007
www.minumsa.com

ⓒ 민지현, 2025. Printed in Seoul, Korea

ISBN 978 89 374 3133 3 04800
ISBN 978 89 374 2900 2 (세트)

* 잘못 만들어진 책은 구입처에서 교환해 드립니다.